맨손의
꿈이
가장
뜨겁다

공신 최고 멘토 구본석의 '꿈이 이루어지는 공부 전략'!

맨손의 꿈이 가장 뜨겁다

구본석 지음

단칸방 문제아에서 인권변호사가 된
구본석의 꿈과 도전, 인생 2막 이야기

문예춘추사

차례
—

1 PART 세상에서 가장 아름다운 용기, '꿈'

1 마침내 '인권변호사'가 되기까지

2 나는 꿈을 꾼다, 고로 존재한다

2 PART 준비된 자에게만 꿈은 현실이 된다

1 이루고 싶은 것이 있다면 체력부터 길러라

2 아는 것과 모르는 것의 분별, 그것이 곧 앎이다

3 삶의 기본, 약속은 지켜져야 한다

4 악마는 디테일에 있다

5 빨리 가려면 혼자 가고 멀리 가려면 함께 가라

1 PART 세상에서 가장
아름다운 용기, '꿈'

　현재 자신이 별 볼일 없는 사람이라고 지레 겁먹고 주저하지 마라. 정말 이루지 않으면 안 되는 간절한 꿈이 있다면 일단은 덤벼라. 약해도 부족해도 좋다. 그 길에서 넘어지고 계속 넘어져서 온몸이 만신창이가 되면 굳은살이 올라올 것이고, 그 굳은살은 허약하기 그지없던 당신의 맨살을 덮는 갑각이 되어 연약한 당신을 보호해줄 것이다. 이것이 꿈을 이루고자 하는 자의 기본자세이다.

마침내 인권변호사가 되기까지

1

"꿈을 계속 간직하고 있으면
반드시 실현할 때가 온다."

—괴테

인권변호사

내 꿈은 인권변호사였다. 그리고 그 꿈을 이뤘다.

사실 인권변호사가 되었다는 말은 반쯤은 허풍이다. 변호사윤리
장전 전문에 따르면, 모든 변호사는 기본적으로 인권을 옹호하고 사

회정의의 실현을 사명으로 한다. 대형로펌에서 기업 법무를 전문으로 한다고 해서 인권을 생각하지 않는 것도 아니다. 주변에 아는 대형로펌 소속 변호사 중엔 나보다도 인권의식이 투철하신 분들이 훨씬 더 많다. 공익인권변호사 일을 한다고 명함을 내미는 것 자체가 부끄러울 정도다. 반대로 공익인권변호사라고 해서 영리활동을 하지 않는 것도 아니다. 당장 나만 해도 어떻게 하면 돈을 더 벌 수 있을까 하루 종일 수익모델을 구상하고, 네임밸류를 높이기 위해 유튜브(Lawmantist 구본석 채널)도 하고 있다.

그럼에도 내가 택한 공익인권변호사로서의 지향점은 수지가 맞지 않더라도, 시간이 나지 않더라도, 시민사회의 공익 또는 사회적 약자의 인권과 관련된 사건을 맡으려고 노력하는 삶이다. 사회에 도움이 되고 있다는 느낌을 받으며 자아실현을 해보겠다는 것이지, 거창한 사회정의까지는 잘 모른다. 어려움에 처한 사람들에게 도움을 줄 때 가장 행복한 것뿐이다. 그 이상 그 이하도 아니다.

그러나 이 길에 발을 들이기까지 정말 많은 시간이 걸렸다. 인권의 '인'자도 몰랐던 중학교 시절, 인권변호사라는 직업이 멋있어 보여서 '저런 사람이 되고 싶다'는 생각에서 출발한 것이, 근 20년을 돌고 돌아 드디어 그 자리에 서게 된 것이다. 만약 그 여정이 이렇게나 길고 힘든 것인 줄 미리 알았더라면 진즉에 다른 길로 돌렸을지도 모른다. 하지만 미련했던 건지, 알고도 모르는 척했던 건지, 정말 애도 많이 먹었고, 고생이 쌓일수록 그 꿈은 더욱 간절해졌다. 마지막 변호사

합격자 발표 날, 명단에 '구본석' 이름 세 글자가 있는 것을 확인하고 서야 20년을 참아온 눈물을 마음껏 쏟아낼 수 있었다.

가난한 어린 시절

가난한 집 삼남매 중 첫째 아들로 태어나 사교육이라고는 무엇 하나 제대로 못 받을 형편에서 자랐다. 부모님도 딱히 고등교육에 대한 열망이 없어 아무 생각 없이 즐겁게 뛰어놀 수 있는 유년시절을 보냈다. 부모님이 공부를 시키지는 않으셨지만, 공부를 잘해서 인정받는 것이 즐거운 일이란 걸 일찍부터 알게 되어, 그냥 알아서 공부를 하기 시작했다.

모범생으로 어른들의 예쁨을 독차지하던 어린 시절의 구본석은 초등학생이 되자 엇나가기 시작했다. 처음으로 가난의 현실과 마주쳤다. 우리 초등학교는 건너편 부촌 아파트와 내가 사는 공공임대주택 아파트에 거주하는 학생들이 함께 다니는 학교였는데, 건너편 부촌 아파트에 사시는 부모님들이 친구들에게 그렇게 가르쳤는지 '엄마가 너랑 놀지 말래'를 시전했다. 초등학교 생일 파티를 할 때면 초청장을 보내는데, 가장 친했던 친구의 생일 파티였는데도 공공임대주택에 사는 나만 제외되었다.

그래서 어린 마음에 이유도 모르게 이런 무시를 받게 만든 부모님을 원망했고, 나랑 같은 마음을 가진 친구들과만 어울렸다. 친구들이 문구점에서 과자 같은 걸 몰래 주머니 속에 넣을 때 주로 망을 보는 역할을 맡았고, 아버지 담배를 몇 개씩 훔쳐서 흡연하는 친구들에게 상납도 했다. 그렇게 내 마음을 알아주는 친구들과 어울리는 것이 삶의 위안이 되었다.

인권변호사라는 꿈

기본 머리는 있었는지 중학교 때는 곧잘 성적이 나왔고, 노는 친구들과 어울리다 보니 인기도 많아서 반장도 해봤다. 그렇지만 그냥 지기 싫어서 공부한 거지 딱히 뭐가 되고 싶다거나 목표가 있어서 공부한 것은 아니었다. 시험기간에만 바짝 공부에 집중했고, 나머지 시간에는 친구들과 피시방을 전전했다.

그러다가 중학교 3학년으로 올라갈 무렵 아버지가 허리를 크게 다치셨는지, 지병 때문인 건지 집에 드러누우셨다. 아홉 살이나 차이 나는 막둥이 동생도 있었고, 어머니는 집에서 부업 정도만 하셨기 때문에 집안 경제 사정은 급격히 악화되었고, 당장 하루하루 끼니를 걱정해야 할 판이 되었다. 그러다 보니 나 역시 자연스레 당장 생계에 도움이 될 만한 직업을 찾는 것을 고려해볼 수밖에 없었다. 그래서 생각한 것이 실업계 고등학교로 진학하는 것이었다. 내신도 그만하면 잘 나올 테고 체력도 좋으니 어떻게든 집안을 부양해볼 수 있을 것 같았다.

그러나 어머니는 완강하셨다. 어머니는 초등학교 때 공부를 잘하셨고 공부를 더 많이 하고 싶으셨지만, 집이 가난하다 보니 아들들

(외삼촌들)만 공부할 수 있었고 딸들(엄마와 이모들)은 공부 대신 밭농사를 하게 되어 공부를 접을 수밖에 없었다. 어머니는 배우고 싶었지만 못 배운 슬픔을 평생 안고 살아가셨다. 가난 때문에 배움의 뜻을 펼치지 못한 설움을 적어도 자식들에게는 물려주고 싶지 않으셨다. 그래서 기술을 배우는 것보다는 일반계 고등학교를 가서 대학교 졸업장을 땄으면 좋겠다고 하셨다.

사회적 약자로 살아가면서 먹고 싶은 걸 못 먹고, 입고 싶은 걸 입지 못하는 불편함도 있었지만, 억울한 일을 당해도 억울하다고 말 한마디 하지 못하고 오히려 당해도 싸다는 취급을 받았을 때가 가장 슬펐다. 초등학교 때부터 알 수 없는 이유로 멸시받고 왕따를 당했으며, 억울하다고 반항해도 반항한 나만 나쁜 놈이 되었다. 같은 처지에 있는 내 친구와 옆집 이웃도 그랬고, 우리 부모님도 그랬다.

적어도 억울하면 억울하다고 목소리를 내고 싶었고, 당하면 당한 것에 대해 정당하게 보상받고 싶었다. 그것은 당연한 이치였지만, 그 당연한 것이 지켜지지 않는 것이 현실이었다. 무엇인가가 가슴속에서 끓어올랐다. 그동안 응어리졌던 한과 분노가 표출되어 가슴속에 메아리쳤다. 네가 잘못된 것이 아니라, 그렇게 무시하는 사람들이 잘못된 것이라고. 그리고 나와 같은 사람들이 잘못되지 않았다고 말할 수 있는 사람이 되라고.

때마침 온 세상이 들썩였다. 찢어지게 가난했던 고졸 인권변호사 출신이 대통령이 되었다고. 정치가 뭔지도 모르고, 그 사람 이름도

난생 처음 들어봤고, 설령 들어봤다고 해도 전혀 관심 밖에 있던 사람이지만, 한 가지 가슴에 꽂힌 것은 있었다. 그 사람은 가난했지만, 가난해서 못 배웠지만, 평생을 당하고 살아왔지만, 평생을 당한 사람을 위해 싸워왔다는 것.

정치인이나 대통령 따위는 관심도 없었다. 당한 사람을 위해 싸우는 직업이 있다는 것을 처음 알게 된 것이 중요했다. 뭔가 신대륙을 발견한 느낌이었다. 그래서 친구들에게 물었다. 이번에 대통령 된 사람, 정치하기 전에 직업이 뭐였냐고. 친구들이 답해주었다. 그는 전직 인권변호사였다고.

공부에 미치다

그러나 인권변호사는 하고 싶다고 마음만 먹어서 되는 것은 아니었다. 태어나서 난생 처음으로 가슴에 품은 꿈은 그 현실적인 벽이 너무나도 높다는 것을 알게 되었다. 보통 사법고시라 함은 있는 집자식들이 부모의 풍족한 지원을 받아 공부에만 목숨 걸고 준비해도 겨우 될까 말까 할 대한민국 최고의 어려운 시험이었다. '있는 집도, 부모의 풍족한 지원도, 공부에만 목숨 걸 수 있는 여건도' 안 되는 내가 할 수 있을까라는 생각이 들었다.

하지만 확고한 목표가 있으니 무엇을 해야 할지는 분명했다. 간단하게 말해서 사법고시를 패스하면 되고, 사법고시를 치려면 법대를 가야 하고, 법대를 가려면 공부를 잘해야 했다. 그냥 잘하는 것도 아니고 전교 1등을 할 정도로 잘해야 했다. 마냥 집안과 환경을 탓하기 이전에, 일단 뭐가 됐든 전교 1등을 찍어야 했다. 무식한 놈이 용감하다고, 마음만 먹고 덤비면 전교 1등은 그냥 할 수 있는 것인 줄 알았다. 어려서부터 운동을 오래 해와서인지(검도만 6년 넘게) 체력도 되겠다, 공부만 열심히 하면 당연히 된다고 생각했다.

그러나 현실은 호락호락하지 않았다. 영어책을 폈는데 단어를 모르겠는 건 기본이고, be 동사에 알파벳 B가 없다는 사실에 쇼크를 받았다. 'be 동사'라는 것은 'B동사'를 말하는 것인 줄 알았고, 알파벳 B가 들어간 동사들을 'be 동사'라고 부른다고 생각했다. 수학은 더 가관이었는데 방정식에서 왜 X가 들어가 있는지를 끝까지 이해하지 못했다.

모르겠다고 포기할 수는 없었다. 일단 모로 가도 서울로 가야 하는 거 아닌가. 기초지식을 탄탄히 쌓지 못해서 생긴 일이라고 결론을 내리고, 초등학교 수학책과 초등학생이 보는 기초 영단어 및 기초 영문법 책을 구매하여 공부를 다시 시작하기로 마음먹었다. 다만 남들보다 느리다는 핸디캡을 극복하기 위해 스피드를 생명으로 삼았다. 처음에는 일주일에 한 권으로 시작하여 가속도를 붙이고 3일에 한 권, 급기야는 하루에 한 권을 뗄 수 있을 정도로 몰아붙였다. 모르면 반복해서 풀면 된다는 생각으로 한 번 막힌다고 해서 지체하지 않았다.

'시작이 늦은 것은 괜찮다. 하지만 시작이 늦다고 해서, 달리는 속도까지 느린 것은 정당화되지 않는다.'

이러한 일념 하나로 중학교 3학년이 마무리될 즈음에는 모든 과목의 진도를 따라잡을 수 있었고, 중3 겨울방학에는 1월에 고1, 2월에 고2 수학을 완파할 수 있었다. 고등학교 입학 후 첫 시험에 드디어 전교 1등을 할 수 있었다. 고등학교 졸업할 때까지 많은 우여곡절이 있었지만 전교 1등의 자리를 내어주지 않기 위해 부단히 노력했다.

'전교 1등이 마음먹는다고 뚝딱 될 정도로 그렇게 쉽게 되는 거였어?'라며 공감하지 못할 수도 있다. 그러나 그 과정에는 수많은 피, 땀, 눈물이 있었다. 눈을 뜬 모든 순간에는 공부만 생각했으며, 쉬는 시간에도 부족한 연산능력을 키우기 위해 '두 자리수 곱하기 두 자리수'의 암산을 하는 등 끊임없이 두뇌를 괴롭혔기에 가능한 일이었다. 심지어 잠을 잘 때도 영어 듣기를 틀어놓고 잠을 잤고, 꿈에도 공부하는 꿈을 꿨다. 공부든 뭐든 내가 이루고자 하는 것에 이렇게 진지한 태도로 임한다면, 당장 최고까지는 아니더라도 눈앞에 직면한 장벽을 넘을 수 있지 않을까 생각해본다.

서울대 법대 탈락

하지만 아무래도 기초가 부족한 것은 어쩔 수 없었다. 항상 마지막 결정적인 순간에는 초등학교, 중학교 과정에서 단순반복학습하면서 길렀어야 할 내공의 부족으로 발목이 붙잡혔다. 제아무리 하늘을 감탄시킬 잔꾀와 기술이 있더라도, 시간의 굴레 속에 이어져온 수만 번의 발길질은 당해낼 수 없는 법이었다. 시간의 벽을 조금이라도 넘어

보고자, 남들보다 더 많은 시간과 집중력을 들여야만 했다.

공부 시간 확보를 위해 잠을 줄여야 했지만 밤만 되면 쏟아지는 잠 기운에 터무니없이 무너지기도 했다. 밤잠을 극복하기 위해 과감히 23시에 자기로 했다. 그러고는 새벽 1시에 일어나 등교시간인 7시까지 6시간을 공부하고 학교에 갔다. 매일 피로에 젖었지만 피로에 굴복당할 여유조차 없어, 쉬는 시간마다 쪽잠을 자며 피로를 회복해나 갔다.

이러한 정성 덕분인지 고3 현역 수능에서 좋은 점수를 받아 서울대학교 법과대학에 1차 합격을 했다. 문제는 2차 관문에서 논술 면접으로 평가하는데 단 한 번도 제대로 된 논술 면접을 공부해본 적이 없었다는 점이다. 1차 합격과 2차 시험 사이에 학원을 다닐 수 있었지만 부모님께 경제적 짐을 얹어드리고 싶지 않아, 혼자 어쭙잖은 책으로 공부했던 것이 큰 화로 돌아왔다.

이름과 수험번호를 입력했으나, "죄송합니다. 귀하는 합격자 명단에 없습니다"라는 글자를 본 순간 통한의 눈물을 흘렸다. 그렇게 가히 목숨을 걸었다고 할 수 있을 정도로 공부했는데 현실의 벽은 너무 높았고 차가웠다. 앞으로 뭘 더 어떻게 해야 할지 아득하기만 했다. 마음을 항상 따뜻하게 데워준 꿈을 품은 가슴의 열기가 차갑게 식어버리자, 그해 겨울은 유난히 추웠고 그로 인해 몸과 마음은 꽁꽁 얼어버렸다.

재수 그리고 실패

겸손은 어렵고 자만은 쉽다.

오랜 시간 쌓아왔던 겸손의 탑은 서울대 1차 합격으로 와르르 무너졌다. 재수학원 수업은 시시했다. 이미 다 알고 있고, 다 풀 수 있는 문제를 1년이나 들여서 풀어야 하는 현실이 답답했다. 서울대 들어갈 준비는 어느 정도 됐으니, 성인이 된 나 자신을 가꾸고 싶었다. 자습시간을 확보한다는 핑계로, 중요하지 않다고 생각한 수업들을 빠지면서 친구들과 놀러 다녔다.

그동안 부족했던 수면 시간도 늘렸고, 삶에는 긴장감이 없었다. 그냥 빨리 다시 수능 시험이 다가왔으면 좋겠다고 생각했다. 친구들과의 끈끈한 우정과 처음으로 눈을 뜬 이성에의 설렘으로 청춘에는 따뜻한 봄날이 찾아왔고, 소중하게 간직해온 꿈에는 냉기가 서리기 시작했다.

결과는 역시나 정직했다. 역대급으로 수능을 망쳤다. 나를 믿어준 사람들에게 고개를 들 면목이 없었다. 단순히 어려서 그런 것이라고 치부하기에는 혹독한 현실이었다. 믿음은 불신으로, 기대는 실망으로 돌아왔다. 사람들이 응원해준다는 것은 그저 응원해주는 것에서 그치는 것이 아니라, 그 응원을 배반했을 때 응원의 함성소리 크기만큼 야유의 소리로 바뀔 수 있다는 걸 유념했어야 했다.

불신과 실망은 몸으로 받아내면 그만이었지만, 끝까지 신뢰해주고 기대해주는 사람에게는 어떻게 해야 할지 몰랐다. 그 사람들은 내가 천벌받을 만한 짓을 했어도 마지막까지 나를 감싸줄 사람들이기에 그들에게 아픔을 줬다는 사실이 더욱 가슴 아팠다. 그 사람들을 우리는 '부모님'이라고 부른다.

또 한 번의 불합격 통지를 받은 겨울날, 어머니는 마음 여린 아들이 혹시나 아무것도 못 챙겨 먹었을까봐 따뜻한 붕어빵 한 봉지를 건네주며 아무 말 없이 자리를 비켜주셨다. 그 붕어빵을 먹으며, 내년 이맘때쯤에는 어머니께 함박 미소와 감동의 눈물을 선물하겠노라고 다시금 마음을 다잡았다.

필사즉생, 필생즉사

삼수는 이 악물고 버텨나가며 혼자 하기로 굳게 결심했다. 이미 삼수할 즈음에는 학원에 돈을 쏟을 경제적 여유조차 없었다. 나락에 떨어진 느낌에서 하루하루 비참하게 공부했다. 비참한 자신, 그리고 나로 인해 비참해진 가족. 집에 있노라면 더욱 우울해지고 마음이 무거워졌다. 친구들은 캠퍼스의 낭만을 즐길 때, 어두컴컴하고 비좁은 방안에 갇힌 나를 보고 있노라면 더욱 깊이 우울의 늪으로 빨려들어가곤 했다.

그런 비참과 우울보다 더 무서운 것은 '다시 한 번 한다고 해도 될까?' 하는 의구심이었다. 어차피 안 될 기구한 운명을 타고났기에 기를 쓰고 덤벼도 안 되고, 마음을 놓아버리니 더 안 되고. 설령 고3 때보다 더 열심히 하고 더 수준 높은 경지에 이른다고 해도, 수능 당일에 무슨 문제가 나올지 모르고 어떤 컨디션일 줄 어떻게 알 수 있을까? 이렇게 수없이 생각을 해도 답이 안 나오는 문제에 대한 고민이 꼬리에 꼬리를 물어 나를 더 심연으로 끌어당기고 있었다. 한 번 상처 입은 꿈은 자기방어기제를 맹렬하게 작동시키고 있었다.

이러다가는 수능까지 가기도 전에 미쳐버릴 것만 같아, 집에서 최대한 먼 대학교 일반인 도서관에서 공부하기로 하고, 집에 들어오지 않는 길을 택했다. 기분이 조금만 우울하고 처지면 집으로 곧바로 향하곤 하는 나약한 귀소본능을 마치 김유신이 말 목을 베듯 잘라버렸다. '필사즉생(必死卽生, 죽고자 하면 살 것이요) 필생즉사(必生卽死, 살고자 하면 죽을 것이다)'의 마음으로 소멸 직전에 이른 사기를 끌어올리기 위해 집에 돌아가지 않겠다는 배수진을 쳤다.

처음에는 도서관에서 같이 공부하게 된 치대지망생인 어떤 형과 같이 텐트를 쳤다. 대학교 도서관 안쪽 빈 마당 자갈에 텐트를 설치하고 거기서 숙박을 했다는 의미다. 새벽 6시에 텐트에서 일어나 바로 옆에 붙어 있는 도서관 열람실로 가서 공부를 시작해서, 새벽 2시까지 주구장창 공부만 했고, 2시쯤 다시 도서관 안쪽 빈 마당에 텐트를 설치하여 거기서 잠을 잤다. 집은 일주일에 딱 한 번 토요일 오후에 돌아갔고, 일요일 오전까지 조금 쉬다가 일요일 오후에 다시 도서관으로 돌아가 1주일간의 공부캠핑을 시작했다.

기생충이 따로 없었다. 학교 관리 차원에서도 안전상의 문제로 우리를 여러 번 쫓아냈으나, 우리는 아랑곳하지 않고 관리 나올 타이밍을 피해 '도박(도서관 숙박)'을 했다. 애초에 새벽 6시를 기상시간으로 잡아둔 것도 7시쯤 관리인이 순찰을 돌기 때문에 감시망을 피하기 위함이었다.

꿈은 열정을 먹고 자란다. 꺼져가던 꿈의 불꽃이 다시 활활 불타기 시작했다. 수능모의고사 성적은 전국구에 있었고, 수능 보기 전 육군사관학교와 경찰대 본고사를 치렀는데 최상위권 성적으로 합격을 했다. 무엇보다 결과를 떠나서 매일 매일 그렇게 공부캠핑 내지 도박을 하고 있는 생활 자체가 재미있었다. 말 그대로 어디 멀리 여행을 떠나 장기간 캠핑하는 느낌이었다. 공부는 유희였고, 레저 활동이었다. 장마로 인해 텐트가 무너져 잠자다가 빗물로 온몸이 홀딱 젖었을 때도, 이렇게까지 처절히 살아가는 나 자신에 반해버리고 말았을 정도였다.

가을부터는 날씨가 추워져 텐트를 할 수 없었고, 같이 경찰대 체력시험에서 만나게 된 아론이라는 친구와 함께 도서관 내부 소파에서 잠을 자며 공부하는 스터디 메이트를 꾸렸다. 서로가 성적도 비슷했고, 둘 다 승부욕이 강했기에 마지막까지 긴장의 끈을 놓을 수 없었고 수능 전전날까지 도서관에서 숙박하며 청춘을 이야기하고 꿈을 노래했다. 이렇게 마음놓고 꿈을 노래할 수 있는 꿈의 동반자가 있어서 좋았다. 내심 이제 이틀 후면 이렇게 마음껏 꿈을 향해 필사적으로 노력하는 시간들이 끝난다고 생각하니, 후련하기보다는 아쉬운 심정이었다.

결과는 말하지 않아도 알 수 있지 않은가? 그렇다. 그렇게 꿈에만 그리던 서울대학교에 합격했다. 사실 여기까지는 예전에 출간했던 『공부는 내게 희망의 끈이었다』에 자세히 소개되어 있으니, 더 깊은 고민과정을 엿보고 싶다면 이 책을 읽어볼 것을 추천한다.

서울대 입학

무슨 말이 필요할까. 때로는 가슴이 내면의 감정을 차마 담아낼 수 없을 정도로 큰 감정을 표현하기 위해서는 한 글자로도 충분할 때가 있다. 아니 한 글자여야만 한다. 입학하여 처음으로 느꼈던 그 나의 감정은 다른 것도 아닌 '샤' 그 자체였다.

서울대 정문을 의미하는 샤는 사전적으로는 'ㅅ ㄱ ㄷ'이 세 글자가 합쳐진 것으로 '서울'의 ㅅ, '국립'의 ㄱ, '대학교'의 ㄷ을 따와서 하나로 합성하여 형상화한 것으로서, 무미건조하기 이를 데 없는 것이다.

하지만 그 샤를 외부인으로서 보는 것과 내부인이 되어 일상적으로 등하교를 할 때마다 밟는 것은 그 상징적인 의미가 다른 것이었다. 높디높은 샤의 문턱을 넘은 순간, 그 이전에는 경험할 수 없었던 완전히 다른 세상이 펼쳐지기 시작했다. 그 의미를 이해하기 위해서는 거창한 학벌주의를 끌어올 필요도 없었다.

'2년 전의 나'는 비록 최종 면접이라는 문턱까지 갔지만 그 문턱을 못 넘을 것 같다는 생각을 하며, '샤'를 향해 꼭 다시 돌아오겠노라고 약속했었다. 하지만 뼈를 깎는 재수, 삼수를 거치면서 다시 오는 길이 이렇게 멀고도 험한 길일 줄은 당시에는 상상도 못했을 뿐만 아니라, 다시는 못 올 수도 있었고 오히려 이렇게 2년 만에 돌아오게 된 내가 정말로 운이 좋은 사람이라는 것을 알게 되었다. 그리고 나에게 이런 기회를 준 운명의 여신께 감사하며, 이 기회를 소중히 여겨 꼭 좋은 일을 하는 데에 여생을 쓰겠노라고 다짐했다.

매일 기도했다. 서울대만 붙게 해준다면, 제주에서부터 샤까지 3보 1배를 하겠노라고. 어머니께 효도하고, 남들을 위해 평생 봉사하며, 내 삶이 아닌 다른 사람들을 위한 삶을 살겠노라고. 하루에도 수백 번, 수천 번 기도했다.

어머니도 기도했다. 독실한 불교 신자였던 어머니는 새벽같이 일어나 눈이 오나 비가 오나 매일 단 하루도 빠짐없이 아들의 꿈이 이루어지기를 바라는 마음 하나로 108배를 했다. 몸이 편찮으신 날에도 아픈 몸을 붙잡고 강인한 마음 하나로 108배의 정성을 이어오셨다. 그러면서도 엄마가 해줄 수 있는 게 이것밖에 없다고 미안해하신 어머니셨다.

그래서 우리 가족은 서울대 입학식에서 서로를 보며 별 말 없이 그저 뜨거운 눈물을 흘렸다. 웃을 줄 알았는데 울었다. 기쁠 줄 알았는데 슬펐다. 가벼울 줄 알았는데 무거웠다. 모르겠다. 아직도 왜 그랬는지를.

처음에는 정말 아무것도 모르고 덤빈 '하룻강아지'였다. 의기양양했던 하룻강아지는 냉혹한 현실에 치이면서 호되게 당하기 시작했다. 그렇게 물리고 뜯기고 찢어지고 닳고도 닳디 닳아서 당장이라도 툭 건드리면 와르르 무너질 정도의 뼈 쪼가리와 거죽때기밖에 남지 않았다. 그런데 이 하룻강아지의 가슴속에는 줄곧 소중하게 품어왔던 꿈이 있었다. 그 꿈만큼은 끝끝내 지켜내기 위해 맞으면 맞을수록 영혼 속에 독기를 가득 품었다. '하룻강아지'는 그렇게 '미친개(mad dog)'가 되어갔다.

그쯤 되자, 샤는 더 이상 서울대를 상징하지 않게 되었다. 샤는 젊은 날의 동경이자 그 과정에서 흘려왔던 수많은 피, 땀, 눈물들의 무덤 그 자체였다. 그 무덤 앞에 그 누가 하염없이 웃을 수 있고, 기뻐할 수 있고, 가벼울 수 있으랴. 서울대 입학식은 꿈을 이룬 자의 축하 자리가 아닌, 그 꿈을 이루는 과정 속에서 흘려온 피, 땀, 눈물들에 대한 경의를 표하는 자리였던 것이다.

내겐 너무 무거운 자유전공

로스쿨 제도로 인해 법학부가 폐지되어 자유전공학부에 입학했고, 처음에는 문·이과를 넘나드는 공부에 푹 빠졌지만, 시간이 지날수록 공허감이 몰려왔다. 만약 법학부를 갔다면, 가는 길은 단순했다. 사법고시를 단기간 내에 패스하여 연수원 공부를 마치고 법조인이 되는 것. 이십 몇 년 살아올 때까지 그 길만을 생각해왔다. 그런데 이제는 나보고 아무거나 선택하란다. 법학부와 의학과, 치의학과, 간호학과, 사범대학만 빼고. 문·이과 상관없는 것은 기본이고 게다가

예체능까지 할 수 있으면 하란다. 심지어 전공을 만들고 싶으면 만들어보란다. 허허 참.

미칠 지경이었다. 남들은 행복한 고민이라며, 깊은 고뇌에 빠진 나를 향해 혀를 찼지만, 그게 단순히 행복한 고민 수준의 문제가 아니었다. 고기도 먹어본 놈이 먹어본다고, 평소에 자신의 삶을 주체적으로 선택해본 사람이 자기 인생의 중대사가 될 전공도 잘 선택한다. 이과로 들어왔지만 경제 정책을 다루는 고위 공무원이 되고 싶다고 경제학과 수학을 전공한 동기, 문과로 들어왔지만 종합예술인 건축학에 매료되어 건축학을 전공한 동기, 기계공학을 전공하고 싶었지만 기계 디자인을 다루고 싶다고 디자인을 전공한 후배, 패션 쪽에 관심이 많아 패션 산업에 대한 이해를 넓히고 싶다고 의류학과 경영학을 전공한 후배 등, 이미 중고등학교 시절 치열하게 자신의 삶에 대해서 고민해온 친구들이 많았다. '법대 들어가서 사법고시 통과해야지'라고만 생각해왔고, 애초에 왜 법조인이 되고 싶었는지조차 기억이 가물가물했던 나와는 다들 딴판이었다.

사법시험

그래서 결국 회귀한 것이 사법시험에 도전하는 것이었다. 당시에 법조인이 되기 위해서는 로스쿨이라는 선택지도 있었지만, 아직 로스쿨이 자리 잡지 못한 상황이어서 결국 로스쿨은 한국 사회에 잠시 나타났다가 사라지는 섬광과 같을 것이라는 분석이 횡행할 때였다.

나 역시도 그 길고 긴 로스쿨의 여정을 가기에는 현재의 열정을 쏟을 무언가에 너무 목말라 있었다.

결국 사법시험 막차를 타기로 하고, 주변에 선전포고를 했다. 그러면 왜 사법시험이었던가? 주변 사람에게도, 스스로에게도 명분이 필요했다. 일단 시간이 쪼들린다고 느껴졌다. 삼수까지 하면서 소중한 20대 초반을 2년이나 날려먹었으니 남들보다 2년을 더 벌어야 한다는 조바심에 속이 타들어가고 있었다. 로스쿨 진로를 고민한다 치면 학부 5년(자유전공학부는 복수전공이 필수이니 조기졸업이 아닌 이상 사실상 5년제다), 군대 2년, 로스쿨 3년 하면 앞으로 10년이나 더 남았다. 더군다나 로스쿨은 어마어마한 학비로 악명이 높았을 때이기도 했고, 당시엔 현대판 음서제라고 비판을 많이 받고 있던 때이기도 해서, 로스쿨 다니는 것 자체가 엄두가 나지 않았다. 그때까지 어머니 혼자서 도배일로 그 천문학적인 학비와 생활비를 지원해줄 수 있을지도 의문이었고, 아무런 빽도 없었기 때문에 로스쿨을 들어가는 건 물론이거니와 로스쿨에서 버틸 수 있을지도 의문이었다.

그에 반해 사법시험은 평균적으로 5년 정도 걸리고 정말 성실하게 공부하면 3년 정도에도 가능하다고 하니, 3년 정도만 이 악물고 어머니 조금만 고생시켜서 패스만 하면 우리 집의 모든 고통을 끊어낼 수 있을 것 같았다. 연수원생은 로스쿨생과 달리 이미 고시를 패스한 신분이기 때문에 5급 공무원 대우를 해주어 월급도 받을 수 있고, 아무리 못해도 100% 변호사가 될 수 있으니 선망의 대상이 아닐 수 없었다. 군 법무관으로 군 문제도 해결할 수 있으니, 대학교 1학년 22세에 3년 더해서 25세면 인생 대부분의 고민을 종결지을 수 있었던 것이다.

이 정도면 충분한 명분도 얻었다. 달리기만 하면 되었다. 오랜만에 승부욕을 자극하는 도전 과제가 생겨서 그동안 멈췄던 심장이 다시 뛰는 느낌을 받았다. 그렇게 법서를 차근차근 모아 사법시험 준비에 들어갔다.

용이 되고 싶은 이무기

집안 사정상 아버지는 삼수시절 집을 나가버렸다. 어머니 혼자서 여린 몸으로 삼남매를 키우며 삼남매 모두 대학에 보내고 대학 등록금 및 생활비를 책임지셨다. 옷 한 벌 사 입으시지도 않고, 해질 대로 해진 옷을 입고 다니면서 힘든 도배일을 하셨다. 그 옷마저 도배 풀과 페인트가 묻어 세탁도 안 되는 옷이었다. 어머니는 특히 이가 안 좋으신데, 치아가 아무래도 비용이 많이 드는 부위다 보니 자신의 치아 진료는 엄두도 못 내셨다. 이는 계속 벌어지셨고, 이가 이를 공격하여 이가 빠져도 그 고통을 참아내며 병원 한 번 안 가셨다.

그렇게 어렵게 모은 돈을 자신에게 쓰지 않으시고 자식들이 혹여나 배는 주리지 않을까 우리 삼남매에게 돈을 쥐어주셨다. 그런 어머니에게 손을 벌려서 해야 하는 사법시험 공부였다. 하필이면 4년 전액 장학생이었는데, 고시 준비로 중도 휴학하면 장학금의 취지와는 맞지 않아 장학생에서 잘릴 수도 있었다. 책 한 권이 10만 원에 육박하고, 과목마다 기본서만 사려고 해도 100만 원 정도가 들어가며, 나중에 사설강의라든지 문제집까지 고려하면 몇 천만 원은 그대로 나가는 구조였다. 그렇다고 알바를 하자니 시간이 얼마 없었다. 이미 사법시험 폐지 법률안이 통과되어, 알바를 하면서 그 돈으로 공부하면 사법시험 폐지 기한을 넘겨버려 고시 낭인이 될 것이 눈에 선했다.

인터넷 강의는 또 오죽 비싼지 민법 강의 같은 경우는 100만 원이 족히 넘었다. 그런데 들어야 하는 강의는 과목당 하나씩만 들어도 500~600만 원이 든다. 물론 어떤 이들에게는 이 돈이 크게 부담되지 않거나, 조금은 부담될지라도 적절히 소화할 수 있을 정도일지 모른다. 하지만 이 돈이면 어머니 몇 달 수입과도 맞먹고, 이 돈을 고스란히 부담 지웠다가는 동생들은 밥도 굶을 판이었다.

그래서 책도 고시촌에 있는 중고 서점 가서 사오고, 강의도 인터넷 강의가 아닌 테이프 강의를 들었다(그때만 해도 아직 테이프에 녹음된 강의를 들을 수 있었다). 문제는 중고 책은 상태가 좋기는 했지만 최근 판례를 놓치게 된다는 점이고, 테이프 강의도 들을 만은 하지만 인터넷 강의가 보편화된 시점에서는 인강을 듣는 사람들에 비해 현저히 효율이 떨어진다는 점이다.

상황이 이러하다 보니 밥도 제일 싼 메뉴만 골라 먹었고, 추운 날 난방도 안 되고 드러누우면 몸 하나 겨우 들어가는 자취방에서 생활하게 되었다. 그러다 보니 한창 건장한 20대 초반 남성임에도 몸이

상하기 시작했고, 온갖 골병이란 골병은 다 들기 시작했다. 병원비도 아까워서 약국에서 제일 싼 감기약만 사다 먹었다.

그렇게 반년을 공부하니 친구들도 다 떨어져나갔고, 학교에서는 고립되었으며, 가족들은 더욱 극심한 가난 속에 빠져들었다. 어머니는 더욱 초췌해지셨지만 묵묵히 돈 부쳐달라면 바로 바로 보내주셨는데, 이제 중고등학생이 되어가는 막내 동생한테도, 대학생이 되어 꾸미고 싶어도 꾸미지 못하는 큰동생한테도 못할 짓이었다.

우울감은 심해졌고, 집에 혼자 틀어박히는 날이 많아졌다. 공부하는 그 순간이 너무 고통스러워 공부가 안 되면 평소에는 가지도 않던 만화방에 가서 하루 종일 만화만 보기도 했다. 학점도 너무 안 좋아져서 장학금 최소 커트라인을 겨우 넘기는 아슬아슬한 수준이었다. 결국 냉철하게 선택해야만 했다. 다행히도 안 될 게임을 부여잡고 있을 정도로 멍청하지는 않았다. 현실적으로 고려했을 때, 이 상태로 몇 년을 더 공부하면 무조건 떨어지게 된다고 생각했다. 내가 들은 다른 고시생들은 일류 강사들의 현장 강의를 듣는 것뿐만 아니라 집에서 영양식, 보양식을 매끼 먹고 마시며 좋은 오피스텔을 얻어 햇살 잘 들어오는 최적의 조건에서 공부하고 있었다. 주말에는 수영이나 요가 등을 하면서 체력관리 및 스트레스도 관리하니 애초에 그들과 나는 상대가 안 되는 게임을 하고 있었다.

물론 그러한 생각 자체가 나약한 생각임은 분명했다. 고졸인 고(故) 노무현 전 대통령은 훨씬 더 적은 인원을 뽑는 사법시험 준비를 하는 동안 가족 생계도 책임지며 온갖 일용직 일이란 일은 다 하면서 공부를 이어나가 당당히 시험을 패스했을 뿐만 아니라 판사에까지 임용되셨다. 그 외에도 수많은 미담들은 가득했다. 나도 그런 용인 줄 알았으나, 실상은 용이 되고 싶은 이무기에 불과했다. 나약한 나를 탓하지 않기로 했다. 그냥 내가 부족해서였고, 더 이상 가족들의 피를 빨아먹으면서까지 용이 되고 싶지는 않았다.

사실 돌이켜보면, 돈은 중요했지만 길은 있었다. 뜻이 있는 곳에 길이 있다고, 재수 삼수할 때는 이보다 더 안 좋은 경제 상황이었음에도 대학을 가고자 하는 열망이 강하니까 주변에서 많은 도움을 주었다. 학원 선생님들은 내 사정을 아시고 자기 수업을 무료로 듣게 하거나 대전 지역 1타 강사들을 찾아가서 무료로 강의를 듣게 부탁도 해주셨다. 고등학교 은사님들은 사정이 어려운 걸 아니까 문제집 남는 것들을 무료로 주시기도 하셨고, 심지어 해진 운동화를 신고 체육 수업을 하는 나를 보고 안타까워 새 운동화를 사주신 체육 선생님도 계셨다. 그래서 지금 생각해보면 '어떻게 그 어려운 경제 형편을 뚫고 대학을 갔지'라는 의문이 들 정도로 뜻을 펼치는 데 커다란 장애가 없었다. 세상은 아직 그 정도로 차갑지는 않은 곳이다.

나중에 결국 로스쿨로 돌아왔을 때 보니까 경제적으로 더 나아진 것은 없었다. 오히려 머리가 커지고 나이가 들다 보니 20대 초반보다 돈 씀씀이가 늘어나 소득은 없는데 소비만 느는 상황이었다. 어머니는 나이가 드셔서 경제 활동을 하시는 데 더 애를 먹었고, 막내 동생도 어느덧 대학생이 되어 경제적 부담이 가중된 상황이었다. 하지만 다행히도 나처럼 경제적 형편이 어려운 사람도 법조인의 꿈을 펼 수 있도록 로스쿨생 생활비 대출 제도가 마련되어 있었고, 한국장학재단에서 법학전문대학원 장학금 제도가 원활히 지원되다 보니 공부하는 데 어려움은 있었지만 변호사 시험을 완주 못할 정도는 아니었다. 결국 모든 것은 마음먹기에 달렸고, 가고자 하는 뜻만 완고하다면 길이 있기 마련인 것인데, 당시에는 현실에 안주하고자 하는 어린 마음에 세상과 주변 환경을 탓하며 쉽게 꿈을 접었던 것이다.

혹시라도 이 글을 읽는 분들 중에 간절한 꿈이 있지만 현실의 벽에 막혀 주저하거나 포기하신 분이 계시다면, 그분들께 언제 어디서 어느 누군가는 그 간절함에 응답해주시는 분이 계시기 때문에 일단은 그 소중하게 가꿔온 꿈을 계속 이어갔으면 좋겠다는 말을 전해드리고 싶다. 그리고 그런 사람이 안 나타날 경우, 비록 한없이 부족한 나에게라도 찾아오신다면, 그분들께 약소하나마 제가 해드릴 수 있는 한에서 (경제적이 아니더라도) 후원해드리고 싶다는 말까지 덧붙이고 싶다.

공부의 신 멘토 활동

오랜 시간 지켜오던 꿈이 생각보다 허무하게 날아가면서 정처 없이 살아가던 중, 내 꿈은 못 지켰지만 꿈이 있어도 형편이 안 되거나 어떻게 해야 꿈에 다가갈 수 있는지 모르는 학생들의 소중한 꿈을 지켜주기 위해 수능 멘토링 활동에 전념하기로 했다. 원하는 대학 자체가 꿈의 종착역은 아니었지만, 적어도 꿈을 이루기 위한 경유역은 된다고 생각했기에 그 경유역까지 빠르고 안전하게 모셔다주는 운전사가 되기로 했다.

학생들의 가장 순수한 꿈을 지켜주는 일을 하노라면, 혹여 나 역시도 그 시절로 돌아가 새로운 꿈을 찾을 수 있을지 모르겠다는 생각도 해보았다. 실제로 많은 학생들은 어떻게 하면 세상에 도움이 되는 사람이 될 수 있을지를 고민하며 자신들의 꿈을 설정해나갔고, 잘 달리지는 못하더라도 방향을 잃지는 않았다.

물리적 한계로 더 많은 이들에게 도움의 손길이 닿지 않는 것을 아쉬워하던 차에 인터넷 강의로 공부법을 전달해보는 것은 어떻겠느냐는 제의를 받아 도전을 해보았다. 때는 인터넷 강의가 보급되어 막 정착이 된 시기였는데, 공부법 강의는 과목별 강의에 비해 소수였고, 공부법 강의를 전면에 내건 강의는 없을 시점이었다. 따라서 공부법 강의만 100강 넘게 기획한 나의 시도는 엄청난 도전이었다. 가뜩이나 공부 시간 부족에 시달리는 학생들이 누가 100강이나 되는 공부법 강의를 보겠냐는 반응들이 많았다.

하지만 내가 가진 모든 것을 털어놓으려면 100강이어야 했다. 아니 사실 100강도 부족했는데, 마침 2학년 2학기 말에 급작스럽게 군대를 가야 할 일이 발생하여 100강으로 멈춘 것이다. 일단 강의 한 편당 20~30분 정도씩 끊어 시리즈물로 나누었으며, 호흡을 가능한 짧게 하기로 했다. 강의가 길어지면 듣는 사람들한테도 부담이 되기 때문이다.

당시 나는 인터넷 강의 공장장이라고 불렸다. 매일 밤을 새서 강의할 영상의 시나리오를 짜고, 하루 종일 강의를 찍었다. 찍고 5분 쉬고 또 찍고… 공신 사무실에서는 그곳에서 잠을 자도록 배려까지 해주었다.

뭐 그렇게 할 말이 많냐고 할 수도 있다. 하지만 특별한 사교육 도움 없이 혼자서 무(無)에서 시작해서 무언가를 이루어내는 길에는 수많은 고군분투의 과정이 있었다. 새로운 공부법을 시도하고, 그에 따라 나온 성과를 보고 공부법을 수정하고, 수정된 공부법을 다시 적용하여 원래의 공부법과 비교해보고, 다른 친구들에게도 검증하여 이론으로 만들어내고…, 이 모든 과정은 흡사 과학자의 길을 방불케 하는 것이었다. 그렇게 철저히 과학적으로 수년간 피땀눈물 흘려가며 갈고 닦아낸 공부법이었다.

그 공부법을 다시 불특정 다수에게 설명해주는 임무를 띠었으므로, 최대한 쉽게 풍부한 예시를 들어가며 설명을 해주었고, 문제풀이를 통해 검증하는 모습까지 보여줘야 했기에 품이 많이 들 수밖에 없었다. 주변에서는 뭐 그렇게 애를 쓰냐고 생각했을지 모르지만, 그것은 거대한 도전이자 실험이었다.

그 과정에서 꿈의 더욱 본질적인 면에 다가설 수 있었다. 처음에 가졌던 인권변호사라는 꿈도 사실 수단에 불과했다. 결국 '무엇 무엇'을 하기 위해 인권변호사라는 것이 필요했던 것이고, 그 '무엇 무엇'의 블랭크(blank)를 지금까지 한 번도 채워본 적 없는 거 아니냐는 자성의 목소리가 내면에서 들려왔다.

'사람이 사람답게 살 수 있는 세상, 그래서 가진 게 없더라도 모두가 행복할 수 있는 세상', 그런 세상에 조금이라도 보탬이 되고자 시작한 일 아니냐는 것이 나의 결론이었다. 그런데 알다시피 그런 꿈은 나 혼자서는 도저히 이룰 수 없는 것임은 자명하다. 어디선가 내가 없는 어느 분야에서 누군가가 열심히 좋은 일을 해주어야 하고, 그 좋은 일을 서로 공유하면서 연대의식을 쌓아야만 가능한 일이었다. 이러한 공부법 강의는 그 연대의식을 만들어나가는 씨앗을 뿌리는 과정이라고 생각했다. 공부법 강의를 수강하는 학생 중에서 내가 전하는 시그널에 반응하는 사람들이 한두 명 나타나 리액션을 보내주고, 다시 그러한 생각을 주변 사람들에게 확산시켜 나간다면 시작은 미약할지 몰라도 끝은 창대하리라 믿었다. 그러므로 이 모든 것은 인생을 거는 투자였다. 그러니 대충할 수 없었고 필사적으로 몸부림칠 수밖에 없었던 것이다.

지금 와서 돌이켜보건대, 그때의 그 수고로운 시간들은 결코 헛되지 않았다. 강의를 들은 많은 학생들이 나를 찾아왔고, 내가 보낸 시그널에 응답하여 자신들도 단순히 자신들만을 위한 행복이 아닌 다른 사람들을 행복하게 해주는 삶을 살겠노라고 말해주었다. 그리고 그러한 만남은 10년이 훌쩍 지난 지금까지도 이어져 나의 2010년에 응답한 수많은 사람들이 형/오빠-동생, 아빠-딸(?) 하며 지내고 있다. 사람은 누구나 저마다의 우주를 갖는 존재이니, 이제는 그 별 같은 사람들이 내 암흑의 우주를 빼곡히 채워 성운과 은하를 형성하며 밝게 빛내주고 있다.

해병대 입대

때는 2010년 11월 23일이었다. 아직도 어제의 일처럼 선명한 기억이 남는 날이 있는데, 그날이 그랬다. 자유전공학부 교수님의 초대로 자택인 신사동에 들렀다가 서울대로 돌아오는 길이었다. 지하철 입구로 들어서려고 하는데, 어떤 사람들이 '호외요, 호외'라고 하면서 신문을 뿌려댔다.

〈태극기 휘날리며〉 같은 영화에서나 볼 법한 일이었다. 인터넷과 TV, 라디오는 속보로 도배되었다. 북한이 연평도를 포격하여, '진돗개 셋'에서 '진돗개 하나'로 경계태세를 격상시킨다는 것이었다. 참고로 우리 군은 평상시에는 '진돗개 셋'을 유지하지만, 적 부대 및 요원의 침투 징후가 농후하거나 위기 발생이 예상되는 경우 '진돗개 둘', 침투상황이 발생하고 대간첩작전이 전개될 때는 '진돗개 하나'로 격상되는 시스템이었는데, '진돗개 하나'는 당장 전쟁이 벌어질 수도 있는 가장 높은 단계의 경계조치였다.

태어나서 처음 느껴보는 전쟁의 기운이었다. 가족들이 안전한지 확인 전화부터 돌렸다. 다행히 연평도 해병들의 발 빠른 대응으로 더 큰 피해는 막을 수 있었지만, 아직까지 긴장의 끈을 놓을 수 없는 일촉측발의 상황이었다. 더 안타까운 것은 서정우 하사(당시 병장)와 문광욱 일병(당시 이병) 두 해병이 전사했다는 사실이었다. 속에서 용솟음치는 무언가가 있었다. 비록 사법시험을 준비하다가 반년 만에 중도하차한 나였지만, 그래도 조국을 위해 쓰임이 있어야 하지 않을까 생각했다.

맹목적인 애국심의 발로만은 아니었다. 가난해서 꿈꾸는 것조차 사치였던 내가 서울대까지 다니면서 호의호식하며 꿈을 향해 달려갈 수 있는 것은 국가라는 제도가 잘 돌아가고 있기 때문이었다. 나처럼 가난한 사람에게도 뒤떨어지지 않는 높은 수준의 고등교육을 제공해주는 교육제도, 거주 공간 하나 구하기 어려운 형편에도 대전의 길목 좋은 곳에 든든한 삶의 공간을 마련해준 공공임대주택제도, 어려운 형편인 학생에게도 양질의 영양을 제공하는 무료급식제도, '국립' 서울대학교, 고학생(苦學生)에게도 배움의 기회를 주는 장학제도 등 지금의 나는 많은 국민들이 모아준 피와 같은 세금과 배려를 기반으로 이루어졌다고 생각했다. 당장 북한에서 태어났다면 이런 좋은 혜택을 누리지 못하고 평생을 살아갔을 가능성이 크다. 이런 고마운 대한민국을 위해 지금까지 받은 것을 다 토해낼 수는 없겠지만 조금이라도 보답을 할 수는 있지 않을까 생각했다.

또한 국가가 안전해야 국민들의 삶이 안정된다. 일제에게 나라를 뺏겼을 때, 그 피해는 고스란히 10대, 20대 소녀들과 생계유지가 곤

란한 사회적 약자층이 받았다. 소녀들이 일본군에 끌려가 차마 입에 담을 수도 없는 성폭력을 당하고 있을 때, 사회적 약자로 못 빌어먹는 사람들이 강제로 군함도 등지로 끌려가 노동착취를 당하고 있을 때, 그들을 지켜줄 곳은 그 어디에도 없었다. 당장 우리 외할아버지만 해도 일제에 의해 강제징용에 끌려가셨고, 여러 이유로 요절하여 어머니는 아버지 없는 자식으로 평생을 가난하고 외롭게 사셨다.

공산군의 남침으로 나라가 쑥대밭이 됐을 때, 소중히 가꾸었던 모든 재산들은 강탈당하고 같은 민족임에도 사상이 다르다는 이유로 참혹한 살상을 당했다. 나라가 흔들리면 당장 내 가족, 내 식구들이 바로 위험에 처하는 것인데, 꿈을 꾼다는 것 자체가 말이 안 되는 일이었다.

애국주의, 국가주의까지는 가지 않더라도, 내 가족들은 내가 지켜야 한다고 생각했다. 그래서 전쟁이 나면 최전선에 배치되어 내 가족과 내 친구들의 가족을 지켜주고 싶었다. 교전이 벌어진다면 서해방위선이 가장 중요했고, 서해방위선을 지켜내기만 해도 서울과 수도권을 방어할 수 있어 전쟁 승기를 잡을 수 있다고 판단했다. 그래서 내가 가야 할 곳은 다른 곳이 아닌 서해방위선을 지키는 해병대였다.

총기난사 사건과 거대한 폭력

운이 좋게도(?) 나는 서해 5도 최북단인 백령도에 배치됐다. 그때부터 맺어진 서해 5도와의 인연은 지금까지 이어져 그곳은 내 마음속 제2의 고향이 되었다.

　서해 5도는 들어갈 때 울고 나올 때도 운다는 말이 있다. 대한민국 최격오지 중 하나로 당시 기준으로 인천에서 백령도까지 배를 타고 5시간 반이 걸렸을 정도니, 육지에서 이어져오던 번뇌의 끈은 자연스레 느슨해지거나 끊어졌다. 서해 한가운데 덩그러니 놓여 있는 백령도는 특유의 바다 내음과 해무(海霧)로 뒤덮여 몽환적인 느낌마저 자아내는 곳이었다.

　백령도에서 근무하면서 아직까지 인생에 영향을 미치고 있는 2가지 대사건이 일어났다. 먼저, 가장 큰 충격을 준 사건은 '해병대 총기 난사 사건'이다. 연평도 포격 사건 직후에 들어온 기수(병 제1135기)로서 역대급 치열한 경쟁률을 뚫고 들어온 우리 동기들은 솔선수범 자기 몸을 던져 나라를 지키겠다고 입대한 '아름다운 청년'들이었다. 훈련소에서 다소 내성적이지만 애국심만큼은 진지했던 동기를 만난 적이 있었는데, 그 동기는 전역하면 소소하게 행복한 가정을 이루는 것이 꿈이라고 했다. 나는 그 동기의 성품상 그 꿈이 이루어질 거라고 확신했다.

　그러나 당시 해병대는 기수 문화로 점철되는, 폐쇄적이고 조직적인 성격이 강한 부대로 유명했다(지금은 병영문화가 많이 개선되어 선진적인 문화로 타군에 모범이 되고 있다). 그래서 기수 문화에 적응하지 못하면 폭력을 당하거나 기수에서 열외되어 투명인간 취급을 받기도 했다. 그런 폭력적인 악습이 결국 곪아터져버렸고, 해병대 문화에 적응

못하여 기수 열외라는 왕따로 고통받던 해병 하나가 후임 하나와 공모하여 자신을 괴롭히던 동료 해병들에게 총기를 난사한 사건이 벌어진 것이다. 무려 4명이 사망하고 2명이 부상을 당한 이 비극으로 온 나라가 충격에 휩싸였고, 해병대 안에 있던 나 역시 엄청난 소용돌이 속으로 빨려들어가고 말았다.

나는 TV를 통해 사건의 전말을 확인하던 중 정말 깜짝 놀라 기절할 뻔했다. 주범과 끔찍한 살인을 공모한 후임 해병이 그때 잠시 이야기를 나누었던 훈련소 동기였던 것이다! 내가 아는 그 누구보다 선량하고 성실한 친구였는데, 폐쇄적인 내부 문화에 부적응했다는 이유만으로 소외당했고, 결국 극단적인 선택을 해버리고 말았으니 슬프지 않을 수 없었다. 나라를 지키러 왔을 뿐인데, 미래의 자식들에게 떳떳한 아빠가 되고 싶었을 뿐인데, 누가 그를 살인자로 만들었는가!

물론 그렇다고 해서 그 친구의 잘못이 사라진다거나 정당화되는 것은 아니다. 그 친구는 실제 범행에 가담하지는 않았지만, 성실히 병역의무를 수행하고 있는 소중한 국군 장병들의 목숨을 앗아가려고 모의한 사실은 분명한 만큼 그에 대한 죗값은 확실히 치러야 한다 (대법원 2013. 1. 24. 선고 2012도8980판결로 징역 10년이 확정되었다). 그러나 그 선량했던 동기를 악마로 만든 배경에는 집단적 폭력이 있었다. 같은 부대원들은 부조리에 적응하지 못했던 그를 괴롭히기 위해 폭력보다 더 무서운 왕따를 시켰고, 신실한 개신교 신자였던 그가 무엇보다 소중하게 보관해왔던 성경책을 불태웠으며, 담뱃불로 몸을 지져 지워지지 않는 상처까지 남겼다.

　나는 처음으로 거대한 폭력이 주는 공포감에 몸서리쳤다. 천사도 악마로 만들고, 장밋빛 미래도 핏빛 현실로 만드는 보이지 않는 힘. 한낱 개인의 작은 정의감으로는 맞설 수도 없는 거대한 힘. 연약한 자일수록 더 깊게 파고들어 가차 없이 쇄도하는 잔혹한 힘. 그 앞에서 양가적(兩價的) 감정을 느꼈다. 하나는 그 거대한 폭력을 없애지는 못하더라도 쉴 새 없이 쏟아지는 무자비한 공격으로부터 약자를 보호해주는 우산이 되고 싶다는 감정이고, 다른 하나는 맞서려 해도 맞설 수 없고 바꾸려 해도 바뀌지 않는 잔인한 현실 앞에 무력감을 느껴 그냥 이로부터 벗어나고 싶다는 감정이었다.

　이후에 펼쳐진 나의 삶은 이 두 가지 감정 사이를 왔다 갔다 하는 진자운동이었고, 지금은 전자의 길을 가려는 문턱에 서 있다. 나 역시 처음에는 그 무시무시했던 해병대 조직문화에 부적응했었다. 그러나 운이 좋았던 나는 좋은 동료들을 만났고, 그들은 부족한 나를 폭력으로 질책하지 않고 따뜻하게 감싸주었다. 같은 훈련소 동기로 출발해 무작위 배정을 받아 누구는 인생의 악연을, 누구는 인생의 가연을 만났다. 어찌 이 운명의 장난이 아닐 수 있으랴. 그때부터였던 것 같다. 운명의 힘을 거스를 순 없지만, 적어도 앞으로 마주할 누군가에게 항상 좋은 인연이 될 수 있는 사람, 그 어디에선가 부적응하고 있는 누군가가 있다면 먼저 손 내밀어 따뜻하게 안아줄 수 있는 사람이 되어야겠다고 다짐하게 된 것이.

서해 5도에서 만난 학생들의 꿈

　백령도에서 겪은 두 번째 인생 경험은 서해 5도의 학생들과 인연을 맺은 것이었다. 군 입대 전에 학생들을 멘토링한 경력이 인정되어, 운이 좋게 서해 5도에서 대민지원의 일환으로 학생들 멘토링을 할 수 있는 기회가 주어졌다. 군부대에서는 한정된 시간에 최대한 많은 학생들에게 도움이 되도록 서해 5도를 순회하며, 학교 전교생을 대상으로 하는 강연 형태로 멘토링을 하게 했다. 그래서 서해 5도에 거주하는 모든 초·중·고등학생들을 만날 수 있었다.

　육지의 때가 타지 않은 학생들의 꿈은 어떤 것일까 알고 싶었다. 학생들을 만날 때마다 '당신의 꿈은 무엇입니까?'라는 말로 대화의 물꼬를 텄다. '간호사', '소방관', '선생님', '어부', '부모님 숙박업을 물려받는 것' 등등 가지각색 저마다의 색을 지니고 있었다. 그리고 모두들 공통된 꿈이 있었다.

　'이 아름다운 섬을 예쁘게 잘 가꾸어 나가는 것, 자신들이 사회로부터 도움을 받은 만큼 나중에 사회에 도움이 되는 사람이 되는 것.'

　멘토링을 해주겠다는 내가 오히려 멘토링을 받아버렸다. 하물며 이 어린 학생들도 이렇게 이타적인 삶을 꿈꾸는데, 더 많은 혜택을 받고 자란 나는 사회를 위해 더 좋은 일을 해야만 했다. 그리고 그 출발선상에서 이 학생들의 소중한 꿈을 지켜주기 위해 부족하나마 내가 가진 지혜를 모두 나눠주려고 있는 힘껏 노력했다.

이런 나의 마음이 얼마나 진지했는지 군인 신분으로 열성을 다한 멘토링 활동이 큰 화제가 되어 매스컴을 탔고, 덕분에 모범해병으로 꼽혀 대통령이 백령도 부대를 방문했을 때는 같이 식사를 하는 영광도 누릴 수 있었다. 하지만 그보다 더 중요한 것은 나중에 전역하고서 다시 서해 5도를 찾았을 때, 그 학생들이 나를 기억해주고 내 도움을 받아 자신들의 꿈을 키워나갈 수 있었다고 말해주었다는 사실이다. 이로써 촛불의 꿈이라는 희망을 느꼈다. 촛불 하나의 힘은 미약할 수 있어도, 다른 초에 불을 붙일 수 있는 힘이 있어 그 촛불들이 모이면 누구나 마음껏 꿈꿀 수 있는 환한 세상을 만들 수 있다는 작은 희망 말이다.

현빈의 꿈

다른 사람들의 꿈을 지켜주는 것이 내 꿈이었지 정작 스스로가 뭔가 되겠다는 꿈은 구체적으로 없었던 시절, 전출 간 해병대사령부에서 김태평 해병(연예인 현빈)을 맞후임으로 만났다. 맞후임이란 같은 생활반을 쓰는 병사들 중 본인과 가장 가까운 뒷기수 후임으로서, 비슷한 계급에 있기 때문에 식사, 청소 등 모든 생활반 일을 함께하는 파트너를 말한다. 무슨 인연이었는지 현빈과 남은 1년여의 군 생활을 함께할 수 있었다.

마찬가지로 현빈에게도 꿈이 있느냐고 물었다. 내가 아는 사람 중 가장 꿈에 근접한 사람이었기에, 그런 사람은 꿈에 대해 어떤 생각을 지니고 살아가는지 궁금했다.

현빈도 다른 사람들을 행복하게 해주는 것이 꿈이었고, 그 길이 연기라고 말했다. 그런 꿈이라면 이미 성공하지 않았느냐고 되물었는데, 비단 우리나라 사람들만 자신의 연기를 보고 즐기는 것이 아니라 국적을 불문하고 한 사람이라도 더 자신의 연기에 감명을 받아 행복해지기를 바란다고 답했다. 단순히 더 많은 돈과 명예 때문이 아닌 순수하게 행복을 찾아 더 큰 꿈을 좇는 그의 모습에 감동받았다.

전역하는 마지막 날, 맞후임이었지만 나이가 더 많았던 태평이형에게 형 덕분에 새롭게 생긴 나의 꿈을 말해주었다. 그것은 '나중에 서로의 분야에서 정상이 되어 다시 만나는 것'이었다. 그리고 지금 연기 분야에서 정상에 다다른 태평이형을 만나기 위해, 나는 오늘도 분주히 정상으로 올라가야만 한다.

공학을 전공하다

많은 생각거리를 안겨준 해병대를 전역하고서 새로운 분야의 공부를 하고 싶었다. 지금까지 쭉 바라보았던 법학 말고, 남녀노소, 국적불문하고 모든 이들에게 편의를 가져다주는 것을 목표로 하는 공학이라는 학문에 관심이 생겼다. 공학 분야 중에서도 현대 산업의 혈액이라고 할 수 있는 '에너지'에 대해 공부해보고 싶었다. 에너지를 공부하는 것은 곧 환경을 공부하는 것이기도 했다.

수학은 대학교에 와서 미적분학까지 배웠다지만(물론 그럼에도 서울대 이과로 들어온 과학고, 영재고 수재들에게는 한참 못 미치는 수준이었다), 과학은 중학교 수준에 머물러 있었고, 그마저도 군대를 막 전역해서 머리가 굳어 있던 내가 이제 막 과학고, 영재고, 민사고를 조기졸업하고 갓 서울대에 입학한 친구들과 경쟁하려니 겁이 나기는 했다. 하지만 이미 주사위는 던져졌으니, 어떻게든 해내야만 했다.

"있잖아, 사람은 말이야, 상상력이 있어서 비겁해지는 거래. 그러니까 상상을 하지 말아봐. 엄청 용감해질 수 있어."

박찬욱 감독의 영화 〈올드보이〉의 명대사이다. 우리는 새로운 것을 시작할 때, 항상 먼저 가능성을 계산한다. 그리고 그것이 될 것 같으면 지체 없이 달리지만, 불가능해 보이면 지레 겁먹는다. 그것을 위해 많은 시간과 비용을 들였음에도 결과가 실패로 끝나는 상황을 가정한다. 이러한 상상은 그 시간과 비용을 고스란히 소모되고 결실을 맺지 못하는 기회비용으로 계산시켜, (비용-편익 분석에 따라) 선택을 더욱 주저케 만든다. 도전하지 않은 자기 자신을 정당화하기 위해 '어차피 저 선택지는 아무리 노력해도 안 될 거였어' 내지는 '저 선택지를 이루었어도 막상 이루고 보면 별거 아닐 거야'라고 자기 만족하는 '신포도(sour grape)'의 우를 범하도록 한다. 그러면서 사람들에게 그것이 얼마나 어렵고 불가능한 일인지를 핏대 높여 설명한다. 자기가 도전하다가 실패하는 것은 너무나도 자연스러운 것이며, 그것을 미리 예측해서 애초에 도전하지 않은 자신이 얼마나 현명한지를 보여주기 위함이다.

그러나 적어도 내 경험에 따르면, 일단 깨져도 부딪히는 것이 맞았다. 실패해도 그것을 위해 들이는 시간과 비용은 공중분해되어 영원히 소멸하는 것이 아니라 소중한 도전의 경험으로 남는다. 그리고 더욱 중요한 사실은 막상 해보면 별거 아닌 경우가 더 많다는 것이다. 우리가 상상하는 것처럼 낭떠러지는 높지 않고 수심은 깊지 않다. 인간은 적응의 동물이라 하고자 하는 마음만 있다면, 처음은 못해낼 것 같아도 이내 적응하고야 만다.

우리가 처음 자전거를 탈 때를 떠올려보면 안다. 네발 자전거를 타던 우리는 두발 자전거를 타며 균형을 유지하는 것이 불가능하다고 생각했다. 두발 자전거에서 첫발을 내딛는 순간 바로 고꾸라졌었다. 하지만 넘어지면 다시 일어나고 넘어지면 다시 일어나면서 어느 순간 균형 감각을 익히게 되고 그러면 금세 두발 자전거를 탈 수 있게 된다. 마찬가지로 처음에 부모님이나 선생님이 구구단을 외우라고 시켰을 때, 우리는 81개나 되는 구구단을 어떻게 외우나 골머리를 앓았다. 하지만 계속하다 보니 어느새 구구단이 외워졌고, 지금은 누가 쿡 찌르면 1초 안에 답을 말할 수 있으며, 어느 순간에는 1초 안에 답을 말하지 못하면 바보 취급받게 된다. 이렇듯 모든 새로운 것의 출발은 누구에게나 어렵고 해내지 못할 일 같지만, 다소간의 성장통을 견뎌낼 수 있는 인내력만 있다면 누구나 해낼 수 있는 것이 된다.

그 믿음 하나로 차근차근 수학과 과학을 해나갔다. 주변의 만류도

있었지만, 처음에 서울대 간다고 공언했을 때 모두가 비웃었어도 그
것을 보란 듯이 해낸 경험도 있는 내가 이까짓 것 못해내겠냐며 이
를 악물고 덤벼들었다. 그래서 나중에는 해당 전공수업의 분위기를
주름잡는 복학생 형/오빠가 될 수 있었고, 교수님들로부터도 재능
이 있다는 얘기를 들을 수 있게 되었다. 더불어 '수학적 모델링과 최
적화'를 주 무기로 삼는 공학적 마인드를 모르고 살았다면 내 인생이
얼마나 단조로웠을까 싶을 정도로 공학의 매력에 흠뻑 빠져들었다.

에너지를 전공하다

물론 처음 생각했던 것과는 조금 다르지만, 에너지자원공학을 공
부한다는 것은 사회 전반의 산업 근간을 공부하는 것이었다. 산업혁
명이라는 것 자체가 에너지원(혹은 동력원)의 변화에서 출발하는 것이
다. 석유/가스 공학을 이해하는 것은 현 산업의 베이스를 이해하는
것이었고, 신재생에너지 공학을 공부하는 것은 미래 산업사회와 환
경을 공부하는 것이었다.

언젠가는 환경이 미래사회의 핵심 키워드가 될 것이라고 믿었다.
기후위기는 차치하고서라도, AI가 주도하는 4차 산업혁명에서 훨씬
더 많은 계산량이 요구될 것임에 따라 지금의 수준보다 더 많은 전
력을 가동할 필요성에 직면할 것이고, 화석연료나 원자력으로 그 전
력 규모를 맞출 경우 지구는 유례없는 대환경 위기에 직면할 것이기
때문이다. 그래서 경제성도 충족하면서 에너지 효율 면에서나 환경

적인 측면에서나 모든 조건을 맞추는 이상적인 에너지전력시스템을 구상하는 전문가가 되고 싶다는 생각을 했다.

마침 교수님도 나의 이런 생각에 동조하여 유학을 권하셨고, 유학 조건을 충족할 준비만 된다면 재정적인 지원까지 뒤따르는 절호의 기회를 얻을 수 있었다. 대전의 작은 동네에서 골목대장하던 꼬맹이가 미국에서 공부하고 세계를 누빌 수 있다고 생각하니 가슴이 두근거려 잠을 못 이룰 지경이었다. 그동안 그렇게 찾아 헤맸지만 찾지 못했던 그 갈증이 한순간에 해결되는 시원함을 맛볼 수 있었다. 그렇게 미래를 꿈꾸며 폭주기관차처럼 공부하던 내게 다시 한 번 운명을 뒤바꾸는 뜻밖의 사건이 벌어졌다.

세월호, 노란리본, 그리고 블랙리스트

군 복무를 하고 있는 동안, 중고등학생이었던 멘티들은 이제 어엿한 성인이 되어 하나둘씩 찾아오기 시작했다. 스승 된 기쁨을 인생의 세 가지 낙(樂) 중 제일로 꼽으며 천하에 왕 노릇하는 것은 여기에 비견할 수 없다고 노래했던 맹자의 말이 떠오르는 순간이었다. 하지만 그 가벼운 마음도 잠시, 그 멘티들은 대학생이 되어 어떻게 하면 불안한 청춘을 잘 보낼 수 있는지에 대해 조언을 구해왔다. 청춘이란 꿈을 찾아나가는 과정이라고 정의 내렸던 나는, 꿈꾸는 청춘들을 응원하기 위해 그들과 연대하고자 '몽존(夢存)'이라는 단체를 만들었다. 그러나 거창한 슬로건과는 다르게 친목모임으로 만남을 이어나가고 있던 터였다.

그러던 2014년 4월 16일. 단원고 학생 325명, 교사 14명을 비롯한 476명을 태운 세월호가 전복되었다.

대한민국은 일순간 모든 것이 멈춰버렸다. 처음에는 승객 전원이 구조되었다는 뉴스 보도가 나와서 모두들 안도의 한숨을 내쉬었으나, 이는 사상 최악의 오보로 기록되는 거짓 뉴스였다. 승객 476명 중 구조된 사람은 불과 172명밖에 되지 않았고, 299명이 사망하고 5명이 실종됐다.

대한민국 사람이라면, 특히나 자식을 가진 사람이라면 누구나 말을 잇지 못했다. (몇몇 구조 자격증을 가진 잠수부들을 제외한) 살아 있는 우리들은 해줄 수 있는 게 아무것도 없었다. 그저 꼭 살아 돌아오길 바라는 마음으로 기도하는 것이 우리들이 할 수 있는 유일한 것이었다.

우리 몽존 사람들이 '노란리본'이란 걸 만들어보면 어떻겠느냐고 같이 생각을 모았다. 미군이 파병을 나갈 때 파병 군인 가족이 꼭 살아 돌아오라는 의미에서 나뭇가지에 '노란 손수건'을 매달았다는 전설에서 유래한 것으로, 조금 더 간결하게 만들 수 있는 '노란리본'을 만들어 꼭 생환해달라는 마음을 담아 팽목항에 걸어보자는 취지였다. 다 같이 으쌰으쌰해서 홍대, 강남, 대학로 등 서울 주요 번화가로 나가서 우리가 만든 노란리본을 나누어주었다. 나는 온라인 홍보를 맡아, '노란 손수건' 전설을 소개하고 진심을 담아 우리 모두 같은 마음으로 노란리본을 달아줬으면 좋겠다는 글을 작성하고 공신 사이트를 비롯한 페이스북 등의 각종 SNS에 게재하는 방식으로 여기저기 흩뿌렸다. 그걸로는 부족하다고 생각해서 노란리본 현수막을 만들어 서울대 캠퍼스 한가운데에 있는 '자하연'이라는 연못에 걸어두었다.

그러던 어느 날, 노란리본이 네이버 실시간 검색어 1위를 달성했고, 모든 사람들의 카톡 프로필 사진이 '잊지 않겠습니다'라는 글귀가 달린 노란리본으로 도배되었다. 노란리본은 비단 대한민국뿐만 아니라 전 세계 각지로 퍼져나가 당시 챔피언스 리그를 펼치고 있던 영국 축구구단들도 노란리본을 달아주었고, 할리우드 스타들도 노란리본 달기에 동참해주었다. 우리들의 작은 날갯짓이 나비효과를 일으켜 전 세계에 노란리본이라는 허리케인이 불었다. 역시 진심은 통하는 법이었다.

그런데 문제는 그다음에 있었다. 얼마 지나지 않아 몇몇 사람들은 세월호에 싫증을 느꼈고, 세월호를 잊지 못하게 만드는 노란리본에 염증을 느꼈다. 산 사람은 살아야지, 언제까지 온 국가가 장례식 분위기로 슬퍼하고 우울해야 하느냐는 논리였다. 이런 상황을 감지한 언론과 정치인들은 세월호와 노란리본을 향해 득달같이 공세를 펼치기 시작했다. 세월호는 단순한 교통사고이고, 교통사고에 국가가 무슨 책임이 있냐는 프레임을 씌워 세월호 유가족을 공격하기 시작했다. 그들에게 유가족은 희생자를 이용해서 보상금을 타내고, 국가적 혜택을 받아내려는 '시체팔이꾼'으로밖에 보이지 않았다. 세월호 유가족들이 제시한 요구사항 그 어디에도 존재하지 않았던 '사망자 전원 의사자 지정', '생존학생 전원 명문대학 특례입학'을, 마치 그들의 요구사항인 것처럼 비아냥거리는 가짜뉴스를 양산해내기 시작했다. 진상 규명을 요구하며 단식을 지속했던 '유민아빠' 김영오 씨는 자신이 진짜 유민이 아빠가 맞는지까지 증명해야만 했다.

이에 더하여 우리와 같이 노란리본을 알리는 사람들이나 '진실을 인양하라'고 목소리 높이는 사람들을, 이 기회를 틈타 정권에 반기를 들고 정치세력화하려는 '정치꾼' 내지는 '시위꾼'으로 묘사했다. 노란리본 움직임을 처음 시작한 단체의 대표인 나는 반정부적인 성향을 띤 빨갱이가 되었고, 청와대 블랙리스트로 특별감시 대상이 되었다(청와대가 '공부의신' 대표 강성태 형에게 개인적으로 연락을 취하여 노란리본을 만든 '구본석'의 신상을 꼬치꼬치 캐묻고, 나를 특별한 주의가 요구되는 관리 대상이라고 했다). 어느 날은 이상한 단톡방에 초대되었는데 '박사모'로 의심되는 사람들이 '이 ×× 가 북의 지령을 받은 빨갱이로, 계속 이렇게 간첩질을 했다가는 가족들 안전을 보장할 수 없다'고 폭언과 욕설로 뒤덮인 협박을 했다.

노란리본 운동을 하는 사람들 사이에서도 내분이 일어났다. 이참에 정치세력화해서 정치 공론장에 정식으로 진상 규명을 요구해야 우리들의 목소리가 반영된다는 축과, 우리는 정치를 하자고 노란리본 운동을 시작한 것이 아니므로 정치세력화하는 순간 사건의 본질이 왜곡되어 진영 싸움으로 변질되므로 정치권 밖에서 더 많은 사람들과 연대하여 진상 규명을 요구하자는 축이 첨예하게 대립했다. 줄곧 사람들의 목숨에는 '좌'와 '우'가 있는 것이 아니라고 주장해왔던 나는 본의 아니게 후자 편의 주축이 되었고 전자를 지지했던 사람들과 갈라지게 되었다.

27세(만 25세) 대학생으로서는 도저히 감당할 수 없었던 무지막지한 거대한 폭력이 전방위적으로 쏟아졌다. 정치에는 일절 관심도 없었고, 단순히 한 명이라도 더 살아 돌아왔으면 좋겠고 이런 사고가 일어난 원인을 낱낱이 밝혀 다시는 이런 대참사가 반복되지 않았으면 좋겠다는 순수한 마음에서 시작했는데, 나는 어느 순간 빨갱이가 되고 블랙리스트에 올랐으며 사람도 잃는 신세가 되었다.

극심한 우울증에 시달렸다. 폭력은 만연했다. 사람들은 세월호 유가족을 조롱하고, 단식투쟁을 벌이는 사람들 앞에서 보란 듯이 폭식투쟁을 벌였다. 무고한 가족까지 끌어들여 협박하는 폭력까지 밀려들어오자, 공포를 넘어 무력감만 더해졌다. 대한민국이 싫어졌다. 사람들이 미웠다. 어차피 국내에선 특별 관리받는 문제의 인물로 낙인찍혀버렸으니, 더 이상 대한민국에 남아 있을 미련이 없어졌다. 하루빨리 미국으로 도피 유학을 떠나 일평생 사람을 상대하지 않고, 자연속에 파묻혀 최신 기술만을 개발해내는 엔지니어 내지는 학자가 되고 싶었다.

유학준비

　다시 한 번 목표가 정해졌다. 목표만 정해지면 달리기는 잘하는 사람이었기에 거칠 것은 없었다. 2015년으로 넘어가는 추운 겨울방학에는 TOEFL과 GRE 점수를 만들어내느라 쉴 새 없이 공부만 이어나갔다. 공부를 억지로 우겨넣었다는 말이 더 정확하겠다. 머릿속이 공부로 채워지지 않으면 세월호와 노란리본의 여파로 인한 불안한 생각이 가득 차기 때문이었다. 사람에 대한 환멸로 대인기피증까지 생겨서 극한의 외로움에 빠지자 고양이를 가족으로 맞이하기까지 했다. 길고양이 첫째 서울이, 사람에게 버려졌던 둘째 구름이와 셋째 솜이만이 나를 있는 그대로 사랑해주었다.

　하지만 사람을 만나지 않은 덕분에 성과는 더 잘 나올 수 있어서, 유학의 길이 바로 눈앞에 보이기 시작했다. 물리라고는 F=ma밖에 몰랐던 내가 불과 2년여 만에 에너지 분야 최고 전문가로서의 길목에 서게 됐다. 이 분야는 소수 엘리트가 기술을 독점하는 곳이기 때문에, 유학만 성공적으로 잘 마칠 수 있다면 엑슨 모빌이나 BP 같은 세계 최고의 에너지 기업에서 일하면서 천문학적인 돈을 벌 수 있었다. 주변 사람들도 인권변호사 같은 낭만에 젖은 꿈이 아닌, 현실적인 돈과 명예를 얻을 수 있는 길로 방향을 틀어버린 나를 반겼다. 특히 자유전공학부측에서는 1기 입학생이 자유전공학부의 도입취지에 맞게 문·이과를 교차하여 해당 분야 전문가가 된다니 더욱 좋아해주었다. 모든 이들의 지지를 등에 업을 수 있는 이 길이야말로 올바른 선택이라고 생각했다.

작은 것들을 위한 시

이제 교수님 추천서만 남았다. 아메리칸 드림을 안고 저 먼 미국을 향한 비행기만 탑승하면, 최소 10년간은 한국 땅을 밟지 못할 것이다. 홀가분하기도 하고 섭섭하기도 했다.

떠나기 전 우연히 세월호 유가족을 만날 기회가 생겼다. 그 유가족의 시계는 아직도 2014년 4월에 멈춰 있었다. 그들은 찢길 대로 찢겨져 겨우 죽지 못해 살고 있었다. 그중 한 분이 내게 고맙다고 선물을 주셨다. 당신이 만들어준 노란리본 덕분에 사건을 잊으려 하는 세력들이 아무리 발악해도 잊히지 않을 수 있었다고 말해주셨다. 자신들에게 가해지는 어떠한 폭력도 노란리본이 주는 힘을 이길 수 없기에, 자신들을 짓밟아도 무섭지 않다고 이야기해주셨다. 그러고는 미국 가서도 세월호를 잊지 말고, 미국 친구들에게도 나누어주라면서 노란리본을 한 움큼 쥐어주셨다.

그렇게 선물과 노란리본을 받고 돌아온 날, 머릿속에는 온갖 생각들이 겹쳐 떠올라 잠을 이룰 수 없었다. 예전 해병대 복무 시절 백령도 총기난사 사건이 떠올랐다. 그때도 한 개인에게 가해지는 거대한 폭력, 그 폭력 앞에 '작은 것들(small things)'이 처참히 무너지는 것을 보면서 '작은 것들'을 보호해주는 우산이 되고 싶다는 생각을 한 적이 있었다. 중3 때도 '작은 것'이었던 나는 다른 '작은 것들'을 위한 삶을 살고 싶어 공부를 시작했었다.

그런데 지금은 너무 멀리 돌고 돌아 '작은 것들'을 외면하고 '큰 것'이 되기 위해 떠나는 것이 아닌가. 물론 다른 길로 인생의 방향을 트는 것이 나쁜 것은 아니다. '작은 것들'을 위한 삶이 아닌 '큰 것'을 위한 삶을 사는 것이 나쁜 것은 아니다. 이것은 맞고 틀리고의 영역 밖에 있는 주관적 가치판단의 문제다.

내 손을 꽉 움켜진 유가족의 작은 손을 생각했다. 거대한 물결이었으나 이제는 너무나도 작아져버린 노란리본을 생각했다. 세상에서 버림받았던 나의 작은 고양이들을 생각했다. 그리고 10년 뒤에 내가 있어야 할 곳을 생각했다.

이내 내 머릿속에는 연구실이 그려지지 않았고, 변호사 사무실이 그려졌다. 그러고선 내 가슴이 내게 말을 건네주었다. 아직도 늦지 않았다고, 너 자신을 더 간절히 원하는 곳으로 가라고, 지금 머릿속에 떠오르는 바로 그곳으로 가라고.

지금 내가 가야 할 곳은 미국이 아닌 로스쿨이었다. 그 순간 눈이 떠졌다. 오랜 꿈에서 깨어난 것 같았다. 아니 다시 오랜 꿈나라로 들어가는 것 같았다. 심장은 벌렁벌렁 다시 한 번 요동치기 시작했다. 앞으로 남은 짧은 인생, '작은 것들을 위한 시(Poem for small things)'를 쓰며 살아가기로 했다.

일생일대의 기회

사실 그렇게 로스쿨을 가기로 마음먹고 나서 내 마음은 한 차례 더 왔다 갔다 진자운동을 했다. 로스쿨을 가기로 마음먹은 때가 세월호 1주기가 지나고 얼마 안 된 2015년 5월 무렵이어서 당장 8월에 있을 로스쿨 입학시험(LEET) 준비가 제대로 되지도 않은 상태였지만, 졸업요건을 맞춘다고 계절학기까지 꽉꽉 채워 듣는 바람에 리트 원서 접수기간을 놓쳐버린 것이었다.

애초에 시험을 치고 떨어졌으면 억울하지는 않았을 텐데, 아주 사소한 실수 하나로 시험 자체를 못 치게 되어버렸으니 심한 허탈감이 몰려왔다. 주변 사람들에게는 다시 로스쿨 가겠다고 동네방네 떠들고 다녔는데, '결과가 어떻게 됐어?'라고 물으면 너무 창피해서 답할 말이 없었다.

마침 학교 봉사활동 수업으로, 한국의 스티븐 호킹이라고 불리는 (불의의 사고로 신체 일부가 마비되셨지만 포기하지 않고 거대한 학문적 성과를 이룬) 이상묵 서울대 교수님을 보조하게 되었다. 교수님과 함께 있는 시간이 많아지다 보니 교수님께 그동안의 인생 역경을 토로하며, 인생에 대한 조언을 구할 수 있는 기회가 많아졌다. 누구보다 큰 역경을 겪으셨음에도 불구하고, 그것을 딛고 전 세계적으로 존경받는 인물이 되신 이상묵 교수님의 조언은 내 인생에 정말 값진 것들이었다. 그러면서 내가 가진 자연계 분야의 학문적 능력을 아까워하셨던 교수님은 남극 탐사를 보내줄 테니, 거기서 새로운 것을 보고 느끼는 바가 있다면 지구과학이나 물리학 쪽으로 학문적 성과를 쌓을 수 있도록 도와주겠다는 획기적인 제안을 하셨다.

그 누구에게도 쉽게 주어지지 않을 일생일대의 기회 앞에 나는 크게 흔들렸다. 로스쿨은 이미 경쟁 포화 영역으로 미래를 보장해주지 못하는 불확실한 선택지였고, 남극 탐사-논문 작성-유학의 길은 어느 정도의 성공이 보장된 확실한 선택지였다. 그냥 이공계로 유학가라고 했으면 거절했을 텐데, 전 세계 1인자의 든든한 지원이 보장된 공부의 길이라면 생각이 달라질 수밖에 없었다. 미래를 미리 볼 수 있다면, '어떤 길을 가야 내가 더 성공할 수 있을까'를 너무나도 확인해보고 싶었다.

그러다 문득 집에 걸려 있는 노란리본이 다시 눈에 들어왔다. 어떻게 보면 이 유학의 고민은 이미 에너지공학으로의 유학 고민에서 한번 정리된 문제였는데, 다시 같은 고민에 빠진 것이다. 에너지공학은 자의로 결정하고 고민한 진로였지만 지구과학 혹은 물리학은 단순한 우연에 의해 주어진 선택지였다. 이쯤 되면 정녕 그 학문 자체가 좋아서 공부의 연장선에서 유학을 가는 것인지, 유학이 가고 싶어서 학문을 쇼핑하듯 선택하는 것인지 의심스러웠다. 인생을 이렇게 바람 부는 대로 방향을 바꾸며 살고 싶지 않았다. 그래서 교수님의 호의는 감사하지만 정중하게 거절하기로 했고 다시 원래 가던 방향으로 돛대를 세웠다.

스물아홉, 아홉수 인생

진로에 대한 고민이 끊임없이 이어지다 보니 어느덧 서른을 바라보는 '스물아홉(2016년)'이 되었다. 그리고 그 스물아홉은 내 인생에서 가장 혹독한 시련이 불어닥친 '아홉수'의 해였다.

일단 리트를 너무 쉽게 본 대가를 혹독히 치렀다. 주변에서 여름방학이 끝나고 약 1개월 정도 기출 몇 회분만 훑고 들어가서 리트 고득점을 맞고 서울대 로스쿨에 수월하게 들어가는 사람들을 워낙 많이 보다 보니, 나 역시 그들과 비슷한 부류라고 착각했다. 더군다나 시간도 많아 기출 분석 좀 하고 실전 연습만 보충하면 리트는 가뿐히 통과할 줄 알았다. 그래서 추가적인 정성 점수를 더 따내기 위해 제2외국어 점수라도 만들자는 의미에서 중국어 공부에 매진했다. 남들은 리트 공부할 때 혼자 중국어 공부하는 맛은 꿀맛이었다. 그래서 중국어가 머릿속에 쏙쏙 들어왔고, 중국어 공부하면 시간 가는 줄을 몰랐다. 덕분에 3개월 만에 HSK 6급을 따는 기염을 토하기도 했다.

전작 『공부는 내게 희망의 끈이었다』에서도 밝혔듯이, 나는 자만을 잘하는 사람이다. 그래서 항상 쉽게 생각하는 버릇이 있다. 중국어 점수까지 만들어뒀겠다, 행색은 이미 서울대 로스쿨생이었다. 그러나 그것은 완전한 착각이었다.

로스쿨에 쉽게 들어가는 서울대 학생들과 나는 근본부터가 달랐다. 그들이 한 달 정도만 리트 공부하고 들어갔다는 것은 실은 착시 현상이었다. 그들은 워낙 머리가 좋은 데다가 논리적으로 독서하는 훈련도 어려서부터 탄탄하게 잘 되어 있어서, 오랫동안 갈고 닦아왔던 재능을 다시 리마인드하는 차원에서 기출 몇 회 풀고 들어갔던 것이다. 달리 말하면, 그들은 이미 20여 년간 차근차근 쌓아온 재능을 다시 끌어올리는 데에는 한 달이면 충분했던 것이다.

시험을 보는 동안은 쭉쭉 풀려나가서 전국 수석을 하는 줄 알았다. 평소 모의고사를 칠 때는 만성적인 시간 부족 문제에 시달려왔기 때문이다. 그래서 시험 끝나는 날 어머니께 전화하여 "이러다 1등하는 거 아닌지 몰라"라며 너스레를 떨기도 했다.

그런데 채점을 해보니 내 인생 본 시험 중 역대 최악이었다. 대학 내신시험도 아니고 수능만큼 큰 시험이었음에도 불구하고, 맞은 개수보다 틀린 개수가 더 많은 적은 처음이었다. 리트는 수능 국어 업그레이드 버전인 '언어이해'와 IQ 테스트와 유사하며 추론능력만 별도로 추출한 '추리논증' 두 과목과 논술로 이루어져 있는데, 언어이해는 35개 중 17개, 추리논증은 35개 중 15개를 맞았다.

가슴에 총을 맞은 것 같았다. 이쪽에 재능이 없어도 너무 없었다. 스스로가 이토록 비논리적이고 비이성적인 사람인 줄 몰랐다. 이성적 사고방식 자체가 전혀 작동되지 않았다. 무엇보다 더 무서운 것은 1년 다시 한다고 해도 더 잘할 거라고 생각되지 않는다는 점이었다. 리트 시험에는 무서운 속설이 하나 있는데, 그것은 바로 리트 점수는 태어날 때 유전자에 새겨져서 태어난다는 '리트신수설(LEET神受說)'이다. 워낙 단시간 내에 고차원적인 사고능력을 요하는 문제들로만 구성되어 있어서, 근본적인 사고력 자체가 뒤바뀌지 않는 한 개선이 불가능하다는 점에서 나온 말이다. 리트야말로 잔기술과 초고액 과외가 통하지 않는 무시무시한 시험이었다. 서른을 바라보고 있는 나는 다른 경쟁자에 비해 머리가 더 굳어져 있을 것이고, 사고력이란 걸 어떻게 뜯어고쳐야 하는지 방법도 전혀 몰랐기에 좌절과 절망만이 주어졌다.

표준점수를 받아보니 100점으로 딱 전체 평균 점수였다. 평균이면 잘하는 것 아니냐고 생각할 수 있는데, 직장 다니면서 그냥 한 번 찔러보거나 아직 대학교 졸업반은 아니지만 시험이란 걸 미리 경험해보자는 차원에서 치는 허수들이 워낙 많은 시험이다. 그렇게 시험 삼아 쳐보는 사람들과의 합으로 평균이면, 실제 로스쿨 경쟁자들 사이에서는 하위권이다. 서울대학교 내부 커뮤니티 '스누라이프' 글들을 뒤져보니 이 점수면 서울대 내에서는 꼴찌 수준이었다.

그동안 진로를 고민한답시고 시간만 잡아먹고 서른을 목전에 두고도 이뤄낸 것 하나 없었다. 더 이상 뒤처져서는 안 된다고 판단했다. 최하위권이나마, 학점과 전공 및 기타 정성 점수로 대전본가 집 앞에 있는 로스쿨에 들어가기로 마음먹었다. 어찌 보면 외지 생활을 너무 오래해서 마음의 정착지를 못 두고 물결 따라 바람 따라 흔들리는 것 같았다. 엄마도 아버지가 집을 나가고 나서 우리 삼남매 대학 보내느라, 학비 대주느라, 생활비 대주느라 바쁘게 일하시면서 혼자 외롭게 사셨는데, 이제 큰아들이 어머니 옆을 지켜줘야겠다는 생각이 들었다. 엄마, 나, 고양이 셋이 단란하게 살다 보면 마음도 안정되고 오순도순 행복해질 것 같았다.

그러나 아버지가 집을 나가고 나서 아버지 역할을 대신 해주고 있는 작은외삼촌은, 나의 선택을 존중하지만 후회 없이 최선을 다해서 얻은 결과가 맞냐고 반문하셨다. 그냥 노력하지도 않고 잘 안 되니까 편한 길로 숨어드는 것 아니냐는 것이었다. 그런 선택이 지금 당장은 어머니한테 좋은 일이 될지도 모르지만, 장기적으로 후회하는 삶을 살고 있으면 어머니가 행복할 수 있겠냐고도 했다. 어머니 인생은 어머니 인생이고, 내 인생은 내 인생이니, 자신의 인생을 어머니 인생과 결부시키지 말고 가던 길을 가라고 했다.

그렇다. 이제 와서 또 로스쿨 학벌을 따질 것도 아니고, 집 앞 로스쿨에 가든 인서울 로스쿨에 가든 그것은 중요하지 않았다. 다만, 리트라는 시험을 제대로 건드려보지도 않고 수박 겉핥기만 하다가 그렇게 진지하지 않게 나온 결과에 따라가는 것은 적어도 내 인생에 대한 예의가 아니었다. 하다못해 대학에 뜻이 있는 사람이 수능 기출문제 한두 번 훑어보고 나온 점수로, 그 점수대에 맞춰서 대학을 가진 않지 않은가. 하물며 그보다 더 중요한 의미가 있는 이 시험에서 그런 태도로 임하다니 스스로에게 너무 실망스러웠다.

그래서 결과가 어떻게 되든 염두에 두지 말고 리트 시험에 다시 응하여 최선을 다해보기로 했다.

촛불 혁명과 인권변호사

분명 하나쯤은 뚫고 나온다.
다음 한 발이 절벽일지도 모른다는
공포 속에서도 기어이 한 발을 내딛고 마는,
그런 송곳 같은 인간이.

—드라마 〈송곳〉 중에서

발단은 이랬다. 한창 망한 리트 때문에 고통의 시간을 보내고 있을 무렵, 최순실 게이트가 터졌고 정국은 그야말로 혼돈의 늪으로 빠져 버렸다. 문제의식을 느낀 국민들은 점차 한두 명씩 모이더니 촛불시위로 번지기 시작했다. 민주주의와 법치주의를 공부하고자 하는 대학생으로서 사태를 더 이상 관망할 수 없었다. 국민의 위임을 받은 국가의 대표자가 자신의 권한을 한 개인에게 사유화시키는 것은 대한민국 헌법 제1조가 공언하고 있는 민주공화국 시스템 자체를 부정하는 것이었다.

특히나 갖은 공작을 다하여 세월호 진상 규명을 요구한 사람들의 입을 틀어막으려고 노력하였고 일견 성공하는 듯 보였으나, 결국 그 응어리졌던 사람들의 한(恨)이 담긴 목소리가 광장으로 터져 나오고 말았다. 이 사태와 무관하지 않은 나 역시 얼떨결에 소환되었고, 광장에 나와 목소리를 높이는 선발대가 되었다. 내 인생은 부유(浮遊)하고 있지만, 국가는 부유하면 안 될 것 같았다. 나는 다음 한 발이 절벽일지 모른다는 공포 속에서도 기어이 한 발을 내딛고 마는 송곳 같은 인간이었다. '가장 앞에서 가장 날카로웠다가 가장 먼저 부서져버리고 마는' 그런 송곳 같은 인간 말이다.

10월부터 눈발 흩날리는 겨울을 넘어 봄까지 거의 매일 광화문에 출근하여 '세월호 진상 규명'과 '성역 없는 국정농단 수사'를 목이 쉬도록 외쳤다. 낮에는 매일같이 청와대 앞 청운효자동에 펼쳐진 폴리스 라인 바리케이드에 노란리본을 걸어두며 경찰들과 대치했다. 가장 앞에서 가장 소리 높여 구호를 외쳤지만, 선을 넘으려 하시는 다른 시민 분들을 앞장서서 막아서기도 했다. 밤에는 사람들과 종이컵이 꽂힌 초에 불을 나누며 축제를 즐기기도 하였고 손이 꽝꽝 언 아이들에게 직접 준비한 핫팩을 나누어주기도 하였다. 광화문 상인들은 우리들 때문에 장사에 애를 먹었음에도, 눈발 흩날리는 추운 겨울날 따뜻한 커피와 음식들을 무료로 나누어주면서 힘내라고 응원해주셨다.

국가는 행정권을 발동해 청와대 앞 집회 및 시위에 제한조치를 내렸고, 공익인권 변호사님들은 그때마다 법원에 '청와대 앞 시위금지 처분 중지 가처분' 신청을 하여 시민들이 마음껏 촛불시위를 할 수 있도록 해주었다. 그분들이 보이지 않는 곳에서 우리 시민들의 권리를 지켜주고 있다고 생각하니 가슴이 설렜다. 마침 폴리스 라인에서 같이 시위하던 고등학생들이 "아저씨는 나중에 뭐가 될 거예요?"라고 물었을 때 "인권변호사가 되고 싶어요"라고 답하게 되었다.

　인생이란 참으로 기묘한 것이, 결국 그때 그 가처분을 받아내준 변호사님들과 나는 현재 같이 일하고 있다.

　꿈은 이루어진다 ★

사고력 혁명

　광화문에서의 긴 겨울이 지나고 어느덧 3월의 봄이 찾아왔다. 이제는 더 이상 내 인생에 대해 손 놓고 있을 수 없었다. 나머지는 다른 사람들에게 맡기기로 하고, 공부를 하러 떠났다.

　일생일대의 대수술이 필요했다. 지금까지 쌓아온 사고력은 엉망진창이었음이 객관적인 시험을 통해 밝혀졌다. 고여서 썩은 부분은 도려내고, 건강하고 싱싱한 사고를 이식해야만 했다. 그러려면 안이한 공부법부터 버려야 했다.

　그래서 달려간 곳은 '메○ 로스쿨'이었다. 다른 건 모르겠고, 풀코스 패키지로 고3처럼 스파르타식으로 집중 관리해주고, 모든 수업을 원하는 대로 들을 수 있으며, 거의 매일 실전처럼 시험을 쳐서 객관적인 성적 통계 데이터를 그 즉시 확인시켜주는 시스템이어서 마음에 들었다. 지난 한 해 동안 가장 안 되었던 부분이 자기 객관화였기 때문이다. 비용은 꽤나 들었지만, 그동안 과외해서 모아둔 돈을 털고 부족한 부분은 어머니로부터 지원받아 충당했다. 지금 얼마 아끼자고 또 실패를 겪고 시간을 잃을 수는 없는 노릇이기 때문이었다.

1년의 기회비용은 천문학적인 것이기에 일단은 돈을 아끼지 않기로 했다.

매일 시험을 치고, 실시간 나의 위치를 확인하는 것이 가장 무서웠다. 겨울 동안 다른 일 하느라 준비가 안 되었는데, 실전처럼 본 시험과 같은 수준의 문제를 풀어야 했다. 역시나 결과는 처참했다. 아무래도 여기까지 온 사람들이니만큼 모두 절박했고, 어느 정도 실력을 갖춘 사람들이기에 상대적 위치는 더 낮게 나왔다. 매일 매일의 성적이 하위권을 기어다니고, 독해 속도와 문제를 처리하는 속도가 너무 느려 꼭 몇 지문씩은 날리다 보니 자신감은 0에 수렴해갔다.

일단 가장 큰 문제는 과학 지문 중 생물학에 유독 약하다는 것이었다. 그도 그럴 것이 아무리 이공계 전공을 했다 하더라도, 에너지자원과 관련된 전공이었기에 생물학을 접할 기회는 없었고, 고등학교 1학년 공통과학이 마지막이었으므로 그쪽에 대한 배경지식이 전무하다 싶을 정도였다. 그래서 생물학 지문만 읽으면 글자가 머리를 그대로 튕겨나가 다 읽어도 머릿속에 남는 것이 없었다. 그래서 고등학교 생물 1과 2 교과서를 펴보기 시작했고, 간단한 문제집으로 생물학 문제를 풀어나갔다. 평소에 수능 국어 약한 멘티들에게 배경지식에 의존하지 말라고 했는데, 정작 사람이 물에 빠져 죽게 생기니 그딴 것은 눈에 들어오지도 않았다. 생물학 시험을 볼 것도 아니고 해서 빨리 빨리 개념만 훑자는 마인드로 스피드를 높이다 보니 약 보름 만에 고등학교 생물 1과 2에 나오는 웬만한 개념은 이해가 됐다. 그 결과 생물학 지문이 나오면 주눅 들기보다는 오히려 반가웠고 실제 시험 전까지 가장 자신 있는 분야가 되었다.

심한 구멍은 배경지식으로 어찌어찌 막을 수 있었지만, 그것은 근본적인 해결책이 될 수 없다는 것은 자명한 사실이었다. 그래서 고안해낸 것은 3가지에만 집중하는 것이었다. 첫째는 쟁점을 찾는 것이고, 둘째는 모든 지문을 논리 수식화하는 것이며, 마지막은 오사고 노트를 작성하는 것이다(이에 대해서는 추가적으로 더 관심 있는 분들을 위해 유튜브에 상세한 설명 영상을 올려드리겠으니 양해 바란다).

살라, 오늘이 마지막인 것처럼

매일 머리에서 쥐가 나도록 두뇌를 괴롭혔다. 진짜 머리에 과열이 심해져 팽팽 도는 느낌이 들었고, 현기증 때문에 구토까지 한 적이 수차례였다. 자기 전에 매일 오늘을 인생의 마지막인 것처럼 살았는지 되돌아보았다. 더 이상 기력이 남지 않아 온몸에 힘이 없고, 두뇌가 타 없어진 것 같을 때(burn to death), 잠이 들라 치면 '오늘 이렇게 잠들어 죽어도 여한이 없겠다'는 생각이 들었다.

인간의 두뇌도 근육이라는 말이 있다. 무거운 무게를 들어올리려면 근육의 밀도와 용량을 키워야 하고, 근육을 키우려면 근육에 과부하를 주어 찢어야 한다. 그러면 인간의 몸은 찢어진 근육을 메우기 위해 그 틈으로 새로운 근세포를 만들어낸다.

마찬가지로 고차원적인 생각을 단시간 내에 더 많이 해내기 위해서는 두뇌 용량을 키우고 뇌세포 밀도를 높여야 한다. 두뇌근육을 키우려면 두뇌에 과부하를 줄 정도로 생각을 '더 가열하게(work it harder), 더 정확하게(make it better), 더 빨리(do it faster), 더 강하게(make me stronger)' 몰아붙여야 한다. 몸을 만들기 위해 무게를 올리듯, 책을 더 많이, 더 빨리, 더 정확하게, 더 게걸스럽게 읽어댔다. 그러자 독서 속도가 점차 빨라지고, 더 정확하게 되더니, 1일 1책을 하는 페이스까지 올라왔다. 다 타버린 뇌세포들을 메우기 위해 더 싱싱하고, 더 강하며, 더 많은 뇌세포가 생성되기 시작했다(과학적으로 진실인지는 모르겠다).

당시의 심경을 담은 글 하나가 있어 소개하고자 한다.

이번 시험만큼은 저에게만 집중하려고 노력했던 시기입니다. 솔직히 20대에 삼수 시절을 제외하고 온전히 저 자신에게만 집중했던 시간은 없었습니다. 그래서 제 삶의 주인이 제가 아닌 것 같다는 생각에 가득 찼었고 삶이 허황됐습니다. 매일 매일이 붕 뜨는 느낌이었고, 생각 없이 살다 보니 이리 저리 세상 풍파가 이끄는 대로 이끌리며 삶을 살게 되었습니다.

이번 시험을 준비하는 과정에서 많은 것을 배웠습니다. 이 시험의 가장 큰 장점은 엄청나게 많은 양의 글을 소화해야 한다는 것이고, 논리적 감각을 아주 예리하게 갈아야 한다는 점이었습니다. 아마 그 어느 때보다 많은 독서를 한 시간이었던 것 같고, 독서의 즐거움을 느낀 시간들이었습니다. 앞으로도 꾸준히 제 삶의 주관을 갖기 위해 더 치열하게 독서를 해야 한다는 생각이 가득할 따름입니다.

무엇보다도 올해 느낀 것 중 가장 큰 배움은 혼자만의 시간에 침잠해질 수 있었다는 것입니다. 거의 수행자와 같은 시간을 보냈습니다. 일체의 SNS와 카톡도 다 끊고 인간관계도 최소화했습니다. 처음엔 무척이나 외로웠고 지금도 외롭습니다. 하지만 이제 고독은 저의 소중한 친구입니다. 수많은 사색 속에서 '나는 누구인가'를 끊임없이 궁구하며 그동안 꾹꾹 눌러왔던 나 자신과 진정으로 대화할 수 있게 되었습니다. 저는 이제 제가 원할 때면 언제든 내면의 저를 불러내어 대화할 수 있게 되었습니다. 뚜렷한 내가 생기고, 저만의 삶의 철학들이 그 형태를 갖추게 되면서 세상의 변화에도 크게 흔들리지 않는 제 삶의 뿌리를 내리기 시작했습니다. 그리하여 점차 두렵지도 무섭지도 불안하지도 않게 되었네요. 심지어 앞으로 닥칠 시험이 크게 두렵지도 않습니다. 그저 시험을 즐기고 싶을 뿐입니다. '어떠한 지문 내용이 나와서 나를 지적 자극해줄 것인가'에 대한 기대감에 사로잡혀 있을 뿐입니다.

작년의 실패는 저에게 뼈아팠지만 오히려 지금 이처럼 값진 시간들을 준 은혜와도 같습니다. 저는 제가 원하는 이 길을 준비할 수 있고, 또 집중할 수 있으며, 무엇보다 많은 사람들의 응원을 받을 수 있어 항상 감사하며 살아가고 있습니다.

기적의 리트

드디어 시험 날의 해가 밝았다. 삼수의 저주인지, 축복인지, 이번 리트도 재수이긴 했지만 어이없이 날린 첫해까지 포함하면 어쨌거나 삼수라고 봐도 무방했다. 그래서 느낌이 좋았다.

심장이 너무 두근대서, 다른 사람들의 종이 넘기는 소리까지 거슬릴 정도로 극도로 예민해졌다. 내 종잇장은 넘어가지 않는데 옆 사람들 종잇장은 휘리릭 넘어가니, 초조해서 참을 수 없어 평소에 쓰지도 않던 귀마개를 착용했다. 한 지문 한 지문 빠르고 정확하게 풀어나갔다. 막히는 문제는 그동안 갈고 닦아왔던 이성의 감을 믿고 가장 맞을 것 같은 선지를 찍었다. 자신 있는 순서의 지문부터 빨리 빨리 풀고 넘어가서 시간을 벌어놓고, 마지막에 제일 자신 없는 지문을 여유 있게 풀었다(철학->윤리->사회->과학->규범->기술). 마지막 기술 지문이 역시나 킬러 지문이었고, 다른 데서 시간을 벌어둔 덕분에 기술 지문에 20분을 쏟아 안정적으로 모든 문제를 다 풀 수 있었다.

추리논증은 전년보다 체감 난이도가 확 올라서, 시간 내에 못 풀 것 같다는 계산이 서자, 시간만 많이 걸리고 풀어도 정확한지 아닐지 모르는 문제는 X표를 쳐놓고 없는 문제 취급하며, 나머지 문제에 집중하기로 했다. 수석급을 노리지 않는 이상 모든 문제를 푸는 것이 불가능했고, 모든 문제를 다 풀려고 하다 보면 다른 문제에 정확도가 떨어져 전체적으로 결과는 더 안 좋아지기 때문이다. 역시나 막판에 시간이 부족해질 거라는 판단은 맞아들었고, X표 친 문제를 제외한 나머지 문제를 다 푼 후 X표 친 문제 몇 개를 건들자 시험이 끝났다.

채점 결과는? 언어이해, 추리논증 각 표점 60점대 후반을 받아 130점을 넘겼다. 거칠게 말하면, 상위 약 10%대 전후의 점수였다. 그게 무슨 자랑할 점수냐고 비아냥거릴 분들이 계실지도 모르지만, 적어도 내게는 기적적인 성과였다. 어떤 로스쿨을 쓰더라도 합격이 어려운 점수에서 서울대 로스쿨 1차를 뚫을 점수가 되었으니, 리트신수설이 횡행하고 있는 이 판에서는 그냥 새로운 사람으로 다시 태어났다고 보는 것이 더 빠르겠다.

결과적으로는 서울대 로스쿨에서 최종 탈락을 하고, 성균관대 로스쿨에 합격했다. 소위 말하는 스카이 로스쿨은 20대를 선호하고 학점도 많이 보는데, 나는 30대가 되었음에도 객관적으로 딱히 내세울 만한 성과도 없었고 문과에서 생판 노베이스로 에너지공학을 하면서 학점도 많이 깎아먹었기 때문에 마지막에 최종 탈락하게 되었다.

하지만 상관없었다. 1년의 값어치는 그 이상 충분했고, 공익인권변호사가 되겠다고 마음먹은 이상 어디 로스쿨이네 하면서 서열 따지는 학벌에 연연하는 사람이 아니었다. 적어도 내겐 스펙 좋은 변호사보다 진정성을 가진 변호사들이 더 의미가 있다고 느껴졌다. 잘 포장된 겉껍데기보다는 튼실한 알맹이를 꽉 채우는 그런 사람이 되고 싶다는 생각밖에 없어서 그런 건 애초에 눈에 들어오지도 않았다. 무엇보다 첫해의 준비과정은 후회만 남았지만, 이듬해의 준비과정은 후회가 남지 않았고 후회가 남지 않은 과정에서 얻어지는 결실 또한 후회가 없는 것이었다.

정말 어렵게, 어렵게 본 무대로 돌아오는 데 10년이 걸렸다. 10년을 기다린 만큼, 로스쿨에서 마지막 목숨을 다 걸기만 하면 됐다.

10년의 기다림

로스쿨에 입학했다고 해서 다 온 것은 아니지만, 이제 8부 능선은 넘었다. 참 많은 일들이 있었고, 많이 흔들렸다. 결국 이렇게 올 줄 알았으면, 진즉에 확고하게 마음먹고 직선경로로 달려왔으면 좋았을 텐데, 운명의 여신이 그렇게 쉽게 놓아주질 않고 싶어했나 보다. 처음 스텝부터 꼬였다. 삼수하면서 로스쿨 법안이 통과되어 법학부가 폐지되었고, 사법고시가 폐지의 길을 걸으면서 사법고시와 로스쿨 간의 알력싸움이 있었으며, 그 과정에서 마음이 급하다 보니 갈팡질팡했다. 누구를 탓하랴.

어차피 과거는 돌릴 수 없는 법, 주어진 앞길에만 집중하기로 했다. 아무리 로스쿨에 어렵게 들어왔어도 결국은 변호사 시험(이하 '변시')을 치르기 위한 코스 그 이상 그 이하도 아니기 때문에, 변시에 못 붙으면 아무런 의미가 없는 것이었다. 이제 더 이상 물러설 곳도 없다. 나이 서른하나에 취직 경험도 한 번 없고, 취직을 위한 스펙 같은 것 하나 쌓은 적도 없고, 여기 오느라 돈도 너무 많이 써버려서 이젠 정말 배수진을 친 심정이었다. 심지어 변시 합격률이 50%를 밑돌고,

동기들 중에는 법대를 졸업했거나 사법고시 경험이 있거나 학부에서 웬만큼 법을 미리 선행학습해왔던 사람들이 많았기 때문에 법에 대해서 전혀 모르는 나로서는 천근보다 더 무거운 심리적 부담감에 짓눌려 있었다. 특히 첫 학기 첫 시험(로스쿨 과목 중 체감 난이도가 가장 어렵다는 '계약법')에서 그야말로 죽을 쒀서, 앞날이 캄캄했다. '정말 법이랑 나랑은 안 맞나'라는 생각까지 들었다.

정글

비인간적인 로스쿨 생활은 사람을 피폐하게 만든다. 흡사 정글을 방불케 한다.

로스쿨에는 '엄정화'라는 것이 있다. 학교마다 상대평가 기준이 달라지면 어느 학교 로스쿨을 다니느냐에 따라 학점의 유불리가 갈라지기 때문에 학점 비율을 전국 로스쿨끼리 통일하고 그 기준을 엄격히 준수하기로 합의한 것을 말한다. A+(7%), A0(8%), A-(10%), B+(15%), B0(20%), B-(15%), C+(9%), C0(7%), C-(5%), D(4%)의 비율로 칼같이 끊어 점수를 부여한다. 학점은 나중에 대형로펌으로의 취직이나 판·검사 직급으로 가기 위한 절대적 요소로 반영되기 때문에 로스쿨 학생들은 학점에 목숨을 건다.

문제는 로스쿨까지 온 학생들은 이미 여러 단계를 거쳐 거르고 걸러져서 온 수재들이라는 것이다. 경쟁이라는 시스템에서 끝까지 살아남은 사람들이고, 경쟁 구조를 누구보다 잘 이해하고 있으며, 정글에서의 생존방식을 가장 잘 알고 있는 전문가들이다. 그러므로 보통 1점 차이로 학점 간 등급이 갈라지기 마련이다. 그 결과 로스쿨이라는 정글에서는 모두가 잠재적 경쟁자가 되고, 진정한 친구가 되기는 어렵다. 이렇게 1점에 목숨 거는 제로섬 게임 속에서 3년을 살게 되면 그들은 괴물이 되어간다. 처음에는 사소한 하나하나에 예민해지다가, 나중에는 그 예민해지는 것 자체에 둔해지고, 그러다 보면 신경질적으로 변해 있어 인성의 바닥이 드러난다. 경쟁자를 제거하기 위해 권모술수를 마다하지 않는 사람도 나타난다. 이렇게 괴물이 되어간 사람들을 두고 '로시오패스(로스쿨+소시오패스)'라고 부른다.

나는 다행히도 운이 매우 좋았다. 심리적으로 무너질 때마다 버팀목이 되어준 동현이라는 동기(현재는 검사가 됨)가 있었다. 서울대 다닐 때부터 봉사활동을 함께한 계기로 친하게 지내다가 서로 우여곡절을 겪으면서 연락이 끊겼는데, 인연이 되려고 했는지 같은 로스쿨에서 우연히 동기로 만났다. 어렵게 다시 만난 인연인 만큼 서로에게 진심으로 대했고, 일심동체가 되어 잠잘 때만 빼고 계속 붙어다니며 로스쿨 3년을 함께 공부해왔다.

동현이 외에도 함께 동고동락하며 스터디원이 되어준 성근형, 영준형, 효범이, 준원이도 있었다. 이들은 정글이 될 뻔했던 내 로스쿨 생활을 사람 사는 곳으로 만들어주었다. 가족 같은 마음으로 잘될 때는 진심으로 축하해주고, 안 되면 내 일처럼 같이 아파해주었다. 남들에게는 가장 힘들고 외롭다는 로스쿨 3년이 내 인생 통틀어서 가장 외롭지 않은 시간이 되었다.

이분들 덕택에 인생길에서는 어디로 가야 할지보다 누구와 가는지가 더 중요하다는 교훈을 알게 되었다. 살인적인 경쟁 속에서도 괴물이 되지 않고 인간으로 살아갈 수 있었던 것은 온전히 이들 덕분이었다.

고시생 라이프

로스쿨 라이프에 대한 웃픈 농담 하나가 있다.

❶ 기분이 좋은 때가 있는가?

❷ 행복한 때가 있는가?

❸ 뿌듯한 때가 있는가?

❹ 그래도 로스쿨 오기를 잘했다는 생각을 한 적이 있는가?

이중 하나라도 해당이 된다면 잘못된 로스쿨 생활을 하고 있다는, 일명 '하자 있는 로스쿨 생활 판별법'이다. 그만큼 로스쿨 생활은 지옥과 같았다. 그도 그럴 것이 법에 대해서 하나도 모르는 노베이스 상태에서 입학하여 3년 안에 사법고시 1차(헌법, 민법, 형법의 기본 3법과 변시 객관식), 사법고시 2차(행정법, 형사소송법, 민사소송법, 상법의 후4법 및 선택법과 변시 사례형), 사법연수원 시험(변시 기록형) 난이도에 육박하는 문제를 풀 수 있는 수준까지 끌어올려야 하기 때문이다. 즉 사법시험과 비교해본다면, 법학부 4년과 평균 고시 생활 5년, 연수원 2년 총 11년에 걸쳐 배울 분량을 로스쿨 3년 안에 끝내야 하니 사법시험을 준비하는 고시생보다 최소 3배 이상의 밀도로 공부해야 하는 것이다. 그러니 매일 시간에 치이고, 압도적인 공부량에 치이고, 날이 갈수록 심해지는 경쟁에 치인다. 잠도 줄여가며 온 시간을 공부만 하더라도 하루에 소화해야 하는 공부량을 물리적으로 따라갈 수 없는 구조라서, 성취도와 정복감보다는 절망감과 패배감에 시달리기 마련이다.

그 밖에도 '로스쿨 3대 멸망 복선'이란 것이 있는데,

❶ 공부 시간이 넉넉하다.

❷ 시험 시간이 남는다.

❸ 할 만큼 한 것 같다.

이 세 가지 중 하나에 걸리면 결과는 필패라는 것이다. 그나마 '하자 있는 로스쿨 생활 판별법'은 로스쿨 생활 중 행복하거나 뿌듯한 순간이 가끔은 있는 것이어서 조금 과장되었다고는 생각하지만, 이 '로스쿨 3대 멸망 복선'은 진리로 여겨진다.

나 역시도 공부에는 일가견이 있다고 자부하는 사람이었지만, 이렇게 살인적인 양의 텍스트를 다루는 공부 앞에서는 처참히 무너질 수밖에 없었다. 애초에 텍스트보다는 수식에 강했고, 대학공부도 수학과 통계학(경제학), 과학과 컴퓨터 프로그래밍(에너지자원공학)을 주요 언어로 하는 전공을 했기 때문에 이렇게 '텍스트의, 텍스트에 의한, 텍스트를 위한' 법학 공부에는 취약했다. 특히나 주요 판례 요지를 외우는 것도 벅차지만, 고득점이냐 아니냐는 그 판례 요지가 나오

게 된 사실관계 배경을 정확하게 알고 있는가에서 결정되기 때문에 산술적으로 주어진 텍스트 양보다 2배 가까운 텍스트를 처리해야 했으니, 슬로 스터디(slow study)로는 도저히 따라갈 수 없었다. 그래서 개발한 것이 패스트 스터디(fast study)였으니, 패스트 스터디에 대한 소개는 다음으로 미룬다.

코로나와 로3

2학년 2학기 무렵, 그전에 개설했던 유튜브 채널에서 스터디 윗미(study with me) 방송(실시간 스트리밍 스터디 방송)을 하기 시작했고, 때문에 집에서 공부를 하게 되었다. 그 덕에 행운이었는지 불행이었는지 당시 학교에서 벌어졌던 동기들 사이의 감정싸움에서 벗어날 수 있었고, 가장 중립적인 위치에 있던 내가 '기대표(성균관대 로스쿨 10기 학생 대표)'로 추천되었다. 솔직히 변시 합격만이 중요하지 그 외 로스쿨 생활에는 큰 흥미가 없어서 내키지 않았는데, 지원자가 없어서 얼떨결에 기대표가 되어버리고 말았다.

2학년 2학기를 매우 성공적으로 마치고 곧 다가올 어마무시한 로3을 철저히 대비하고 있었을 즈음이었다. 12월 무렵부터 '우한독감'이라는 바이러스가 유행이어서 중국이 곤혹을 겪고 있다는 뉴스가 들리기 시작했다. 그 뉴스를 듣고 혀끝을 차면서 그저 남의 일인 듯 생각했다. 하지만 사태는 점점 심각해져버리고 말았다. 국내에서도 확진자가 나오기 시작하더니 사망자 수가 폭증하기 시작했다. TV에는 마치 영화 속에서 좀비 바이러스가 창궐한 도시를 폐쇄하듯, 우한이라는 도시 전체를 폐쇄해버리는 모습이 실시간으로 생중계되었다. 공포 그 자체였다.

얼마 안 있어 마스크 착용 의무화가 시작되고, 밖에 나가는 것이 무서워지기 시작했다. 사회적 거리 두기 제한이 생겨나고, 공공시설들은 모두 폐쇄에 들어갔다. 당연히 로스쿨 학생들의 초미의 관심사는 학교를 폐쇄하느냐 아니냐에 집중되었다. 우리 로스쿨 학생들에게는 대안이 없었다. 다른 공공도서관도 일찍이 폐쇄된 지 오래이고, 폐쇄된 환경인 독서실이나 스터디카페는 바이러스에 더 취약한 곳이기 때문에 기피 공간이었고(심지어 그마저도 곧 폐쇄되었다), 그렇다고 집에서 하자니 공부가 잘될 리가 만무했다.

이와는 반대로 학교를 개방시키면 코로나 바이러스 확진자가 1명이라도 나올 경우 그 책임은 누가 질 것이냐는 목소리도 만만치 않았다. 바이러스 전이 속도가 상상을 초월하기 때문에 1명이라도 걸리는 순간, 나머지 학생들의 안전은 담보하지 못할 뿐더러 모두 자가격리 대상자가 되고 학교는 강제 폐쇄된다. 그러면 학교 안에 있는 물품들을 하나도 가지고 나오지 못하게 되어 공부에 결정적 치명타를 입히게 되는 것이다. 이렇듯 학생들에게는 학교 개폐가 인생이 걸린 중대사였다.

그런 학생들의 목소리를 대변하여 학교 측에 전달하는 입장에서 애를 많이 먹었다. 학교 측에서도 학교를 폐쇄하면 학생들 역량이 떨어진다는 건 알고 있던 터라 쉽게 폐쇄할 수 있는 상황도 아니었지만, 반대로 그러다가 확진자가 1명이라도 나오면 그것이 주는 피해는 더욱 크기에 이러지도 저러지도 못하는 딜레마 상황에 있었다. 워낙 중요한 문제이니만큼 독단적으로 결정할 수 있는 문제가 아니어서 전체적으로 학생들 의견을 수렴해나갔다. 서로 대립되는 양자의 입장을 조율하면서 좁혀나갔다. 워낙 민감한 사안이라서 글자 하나에도 오해의 소지가 없도록 공지사항 및 설문 글을 여러 번 수정해나갔다. 학교 측과도 양자의 입장차를 보여주면서 합리적인 대안을 세우도록 함께 고민해나갔다. 그 과정 속에서 정작 내 공부는 할 수 없었고, 어느덧 3월, 4월이 훌쩍 지나가버렸다.

변시에는 민사법(민법+민사소송법+상법+기타 민사특별법) 과목이 제일 중요하다. 워낙 방대하고 어려운 법이기 때문에, 3학년 1학기는 민사법을 총체적으로 다질 수 있는 마지막 기회의 시간이다. 3월, 4월, 5월, 6월 중 잠시라도 페이스를 잃어버리면, 그대로 나락이다. 그 황금 같은 시기를 다른 학생들 편의를 봐주려다가 놓쳐버린 것이다. 모든 강의는 비대면 인터넷 강의로 이루어졌기에 들어야 할 강의는 쭉쭉 밀려 있었으며, 1주일에 듣는 강의 수보다 새로 업데이트된 강의 수가 더 많은 지경에 이르렀다. 모든 중요한 시험엔 3수를 해왔던 3수 징크스가 여기서 발현된다고 생각하니 암울해졌다.

변시 재수는 인생 마감이었다. 어머니도 나이가 드셔서 더 이상 생활비를 손 벌리는 것도 이젠 못할 지경이었고, 큰동생은 곧 결혼한다하고, 막내 동생도 자기 꿈을 위해 대학원 가면서 학비를 모으는 판이라, 더 이상의 지체는 가족 모두의 피해로 이어졌다. 무엇보다 로스쿨 생활비 대출을 받고 있었는데, 만기가 딱 3학년이어서 만약 떨어지면 만기 도래로 그동안에 빚진 돈을 몽땅 갚아야만 했다. 그런데 재수를 한다면 돈은 배로 들 텐데, 그 상황에서 빚진 돈을 오히려 갚아야 하는 상황이니 자칫하다간 공부 자체를 그만둘 수밖에 없는 최악의 경우도 생각하지 않을 수 없었다.

그렇게 암울해지니 공부가 더 잘되는 것이 아니라 벼랑 끝과 블랙홀에 몰리는 느낌이었고, 그렇게 대학교 1학년 이후 역대 최악의 학기를 보내고 말았다.

막판 스퍼트

올림픽 육상 경기를 지켜본 사람이라면, 누구나 막판 스퍼트가 승부를 가르는 가장 중요한 순간이란 걸 알고 있다. 마라톤 선수들도 보면, 42.195km를 달리는 대장정에서 적정 속도를 내고 선두그룹 내지는 제2그룹 정도에서 뒤떨어지지 않게만 달리다가 마지막 스타디움에 들어선 순간 전속력으로 달린다. 그 속도는 웬만한 100m 달리기 선수들의 속도에 육박한다. 사실상 스타디움에 들어가기 전까지 코스를 달리는 것은 막판 스퍼트를 위한 전초작업이라고 봐도 무방하다. 스타디움에서 승부를 뒤집을 수 있는 물리적 거리에만 뒤처지지 않을 정도로 달리는 것이 코스 달리기의 목표인 것이다.

나 역시 일생의 마지막 시험이 될 수 있는 막판 스퍼트 구간(약100일 전)을 최대 가속도로 달리기로 했다. 다른 시기는 몰라도 이 시기에 후회를 남기면 평생 후회가 남을 것만 같았다. 항상 실패할 때 보면, 잘 달려와놓고서 막판에 지쳐 허덕이다가 추월당한 경우가 대부분이었다. 히포크라테스의 말처럼 기회는 쏜살같이 날아가는데, 변호사 시험의 기회가 5번이나 있다지만 실상 경제적 여건이나 나이 등을 고려하면 이번이 마지막 기회일 수 있었다. 그러므로 더 이상 아낄 체력도 정신력도 없었다. 마지막 변시 치는 5일의 시간을 위한 에너지만 남겨놓고 모두 소진해버려야 했다.

일단 체력이 관건이었다. 그렇게 힘들게 공부했는데 코로나라도 걸리면 그동안의 꿈이 한순간에 산산조각난다고 생각하니 밖에 나가기가 너무 부담스러워서 100일 전부터는 집에 틀어박혀서 시험 날까지 공부만 했다. 그래서 더욱 체계적인 체력관리가 필요했다. 최소 시험 100일 전부터(사실 그전부터도 꾸준히 해오긴 했다) 매일 하루도 빠짐없이 108배와 버피테스트 100개를 했다. 그렇게 두 달을 하니까 체력이 극도로 좋아져서 공부하는 내내 피로감 없이 말똥말똥한 정신으로 공부할 수 있었다. 체력 기반을 만들어놓으니 그다음 필요한 것은 루틴이었다.

❶ 새벽 5~6시에 일어나서(나이 30대 들어 새벽에 일어난다는 것은 죽을 만큼 힘든 일이었다) 전날 정리해둔 핵심 요약본을 빠르게 훑는 것부터 시작했다. 핵심 요약본이라는 것은, 요건사실이나 최근 판례 중에서 중요하거나 약한 부분(오답

노트 포함)들을 여러 번 리마인드하면서 체화시키기 위해 정리해둔 컴퓨터 문서 파일이다. 이렇게 다 보는 데 1시간 정도 걸렸다.

❷ 핵심요약본을 빠르게 스키밍한 후 30분 정도 다시 잠을 잤다. 새벽 5~6시에 일어나서 공부를 하고 나면 아직 몽롱한 상태에 있기 때문에 다시 잠을 보충해줘야 했다. 핵심요약본을 본 것에 대한 수면 학습도 되는 효과가 있었다.

❸ 대략 8~9시 정도에 재기상한 후, 온갖 영양제를 섭취하는 것부터 시작했다. 부족한 영양소를 보충하기 위해서 음식을 섭취하는 데에는 메스꺼움이나 소화불량, 배탈 등의 문제가 부담스러웠기 때문에, 특정 영양소는 반드시 영양제로 섭취했다. 중요도 별로 공부를 위해 반드시 먹어줘야 하는 것들이 있었다 (반드시 사전에 약사와 상의할 것). 벤포티아민(★★★★★), 각종 비타민 B군(★★★★★), 알파-글리세릴포스포릴콜린과 포스파티딜세린(★★★★), 아연(★★★★), 칼슘+마그네슘+비타민D 동시 섭취(★★★), 아슈와간다(★★), 구리(★★), 비타민C(★), 홍삼(☆) 등이 있는데, 이 정도의 영양제는 매일 먹고 시작했다. 이때 채소나 간단한 탄수화물 위주의 아침 식사도 겸했다.

❹ 영양제 섭취 후 오전 12시까지 객관식을 위한 공부를 했다. 변시는 보통 이 오전 시간대에 객관식 시험이 이루어지기 때문이다.

❺ 배달 음식을 주문하고 배달이 오는 동안 108배를 하고 샤워를 했다. 요리를 해 먹는 경우도 있었는데, 그 경우에는 음식이 끓거나 혹은 조리하기 전에 108배를 했다. 맛점 후 30분 정도 동네 앞 간단한 산책을 해주었다.

❻ 다시 오후 4시까지 오후 공부에 매진했다. 사례형을 위한 공부나 최근 판례 위주의 공부를 했다. 대부분의 2학기 수업은 강의만 재생시켜서 출석수만

채웠고(코로나로 인한 비대면 온라인 강의), 도움이 되는 강의 1~2개를 듣기도 했다.

❼ 다시 30분 정도 낮잠을 자고 일어나서 기록형 문제를 간단히 1세트 풀거나 청구취지나 요건사실을 암기했다. 그렇게 공부하고 나면 오후 6시 반 정도 되었다.

❽ 오후 7시까지 약 30분 정도 버피테스트 100개를 했다. 샤워하고 오후 8시까지 휴식을 취했다. 저녁 식사는 따로 하지 않았다. 적어도 나의 경우에는 몸이 부대끼는 상태보다는 가벼운 상태로 공부해야 신경이 더 날이 서서 인지력이 좋아지는 느낌이었기에 저녁 식사는 생략했다. 당이 떨어지면 초콜릿 같은 것으로 보충하면 되는 것이고, 영양소가 부족하면 영양제로 채웠다. 어차피 100일만 하면 되는 것이라 몸에 무리가 오더라도 큰일이야 날까 싶어 변시 전날까지 저녁은 공복 상태로 공부를 이어나갔다.

❾ 오후 8시부터 밤 12시까지 계획표 상에 할당된 사이클 공부를 이어나갔다. 밤 12시부터 새벽 1시까지는 그날 공부한 것의 핵심 요약본을 만들었고, 1시부터 2시까지는 노동법 진도를 뺐다. 새벽 2시가 되어서야 바로 잠을 잘 수 있었다.

이러한 ❶~❾ 루틴을 100일 동안 너무 잘 지킨 나머지, 지금 글을 쓰고 있는 이 순간도 그때의 기억이 어제 일처럼 생생하다. 매일 빡빡하게 짜인 틀에 맞게 공부를 해야 하다 보니, '공부가 하기 싫다? 의욕이 없다? 지친다?'의 매너리즘 따위는 생각할 겨를도 없었다. 그냥 했다(Just do it!). 주변 사람들이 무슨 생각으로 그렇게 공부했냐고 물으면, "무슨 생각을 해요, 그냥 공부하는 거지"라고 말했다. 변시 시험 D-100부터 변시 D-day까지는 요일 감각이나 날짜 감각이 없을 정도로 너무 기계처럼 공부했던 나머지, '죽고 싶었다, 힘들었다'라는 고통도 느끼지 못하고 시간이 휙 지나갔다.

한번 마음먹으면 끝까지 해내고야 말겠다는 굳은 '결심', 절망적인 벼랑 끝에서도 기어코 한 걸음 내딛고야 마는 '뚝심', 그리고 그것을 가능케 하는 '뒷심', 이 세박자를 반드시 잊지 마라.

대망의 변호사 시험

변호사 시험은 화수목금토 5일간의 대장정으로 구성된다. 내가 본 변시는 2020년 제9회 변호사 시험이었다. (2020년 1월 7일~1월 11일).

Day 1. 1월 7일 공법

진짜 시험 전날 너무 무서워서 잠이 잘 오지 않았다. 3수의 징크스가 있는 나로서는 아무리 만반의 준비가 갖추어졌더라도, 불측의 사고가 벌어져 시험을 망치지 않을까 걱정부터 앞섰다. 하지만 이내 마음을 가다듬고 잠을 적정히 잔 후 고사장으로 향했다.

1교시 객관식 문제를 받았을 때, '아 이제 실전이구나' 싶었다. 너

시험 일자	시험시간 및 시험과목						입실시간
	시험 과목	오전		오후			
		시간	문형(배점)	시간	문형(배점)		
1월 7일 (화)	공법	10:00~11:10	선택형(100점)	13:30~15:30	사례형(200점)		오전시험: 09:25
				17:00~19:00	기록형(100점)		
1월 8일 (수)	형사법	10:00~11:10	선택형(100점)	13:30~15:30	사례형(200점)		오후시험: 시험 시작 35분 전
				17:00~19:00	기록형(100점)		
1월 9일 (목)	휴식일						※ 시험실개방 08:00
1월 10일 (금)	민사법	10:00~12:00	선택형(175점)	14:30~17:30	기록형(175점)		
1월 11일 (토)	민사법 전문적 법률 분야에 관한 과목(택1)	10:00~13:30	민사법 사례형(350점)	16:00~18:00	전문적 법률 분야에 관한 과목(택1) 사례형(160점)		

무 긴장되어서 문제도 잘 안 읽혀지고 심장은 쿵쾅댔다. 하필 유독 올해 공법 객관식 문제는 최근 판례를 안 타고 평소 시험에 자주 나오지 않았던 주제들을 많이 건드려서 너무 어렵게 느껴졌다. 답이 확실치 못한 것에 별표를 치고 넘어갔는데, 별표 개수가 점차 많아질수록 불안감은 가중됐다. 계속 헷갈리는 지문 속에서 결단을 내리느라 초조감은 극에 달했고, 시간이 너무 촉박하다 보니 그냥 그동안 공부했던 감을 믿고 찍고 넘어갔다. 그나마 내겐 공법이 주력 과목이었는데, 생각보다 잘하지 못한 것 같아서 나머지 시험들이 두려워지기 시작했다.

2교시 사례형도 만만치는 않았다. 처음 헌법 문제에 너무 욕심을 많이 냈는지 할당 시간을 훨씬 오버해서 문제를 풀었고, 행정법 쪽에서는 감염병 예방법과 같은 너무나도 생소한 법을 가지고 공법적 이슈를 풀어냈기 때문에 답을 쓰면서도 이게 맞나 싶으면서 글자를 채워나갔다.

그렇게 사례형도 제 역량을 못 보여준 것 같아 마음이 많이 우울했다. 그 상태에서 역대 최악이라고 불리는 3교시 기록형을 만났다. 행정법(2문)은 지금까지 단 한 번도 어디서 가르쳐주지 않았던 형식으로 문제가 나왔는데, 이걸 도대체 누가 푸나 싶었다. 어차피 2문은 붙잡고 있어봤자 시간낭비일 것 같아 1문(헌법)에 정성을 쏟았고, 나머지 시간엔 그나마 진짜 가물가물한 기억을 더듬어 그럴듯한 답을 날림으로 채웠다. 나중에 확인해보니 2문을 제대로 푼 사람은 없었는데, 나는 그나마 답은 맞춘 것 같아서 마음을 편히 가지기로 했다.

시험이 끝나고 나서 도저히 쌀밥을 소화시킬 기력도 없어서 칼국수를 혼밥하고 집에 들어가 다음날 형사법을 위한 최근 판례를 빠르게 한 번 쑤욱 훑고 단권화된 개념정리본을 일별했다.

Day 2. 1월 8일 형사법

1교시 객관식은 생각보다 술술 풀렸다. 곧바로 답이 튀어나오는 정도까지는 아니었지만, 법리를 한두 단계 꼬아서 생각해보면 답이 명쾌하게 나오는 문제들이 많았다. 특히 형사소송법이 가장 큰 약점이어서 마지막까지 애를 먹었는데, 형사소송법 문제는 다 맞을 것 같다는 느낌까지 받았다. 시간도 여유롭게 풀었고, 마킹 체크도 실수 없이 여러 번 했다.

2교시 사례형과 3교시 기록형도 예상 가능한 범위에서 문제들이 출제되었다. 특히 사례형에서는 최근 판례들이 많이 나왔으며, 기록형은 사실관계는 복잡했어도 답은 의외로 금방 나오는 문제였다. 기록형까지 시간문제 없이 잘 마치니, 왠지 형사법은 대박이 난 것 같았고(실제로도 지금까지 풀었던 모든 형사시험 중에서 최고득점이 나왔음) 전날의 실패를 만회할 수 있을 것 같아 해볼 만해졌다.

형사 기록형까지 끝내고 나오는데 온몸의 기력을 다 쏟아부어 머리가 깨질 것 같았다. 그 와중에 집에 가는 길에 폭설이 내려(실제로 몇 년 만의 대폭설로 기록된 날), 이대로 가다가는 위험하다는 생각이 들었다. 그래서 떨어진 기력도 보충할 겸, 혼자 고급 삼겹살집에 가서 정말 배 터지도록 모든 반찬까지 우걱우걱 씹어 삼키며 주린 배를 채웠다. 그리고 집으로 돌아와 무리하지 않고 상법과 민사소송법 위주로 최신 판례들을 훑어보았다(민법은 호흡이 길었기 때문에 그날은 보지 않았다).

Day 3. 1월 9일 휴일

선배의 조언으로 아침에 일어나자마자 병원으로 향해서 영양제 링거액을 맞았다. 솔직히 살면서 링거액을 맞은 기억이 없었는데, 이제 와서 갑자기 링거액을 맞으면 괜히 부작용 날까 걱정이 되기도 했지만 지금까지 넘어온 산(공법, 형사법)보다 넘어갈 산(민사법)이 더 높았기 때문에 속는 셈 치고 맞아보았다. 효과는 뛰어났다. 진짜 안 맞았으면 후회할 뻔했다. 소진되었던 기력이 온몸으로 다시 돌아온 느낌을 받았다. 약간 과장을 더 보태자면, 시험 보기 전날의 체력과 컨디션 상태로 돌아왔다.

다시 민법 최근 판례를 한 바퀴 돌리는 것을 주축으로 삼아 서브로 개념을 쭈욱 훑었다. 점심에는 큰동생이 전복삼계죽을 배달 주문해주었고, 저녁에는 여자친구가 간장게장 세트를 배달 주문해주었다. 그런데 그렇게 충분히 준비한 상황에서 멘탈이 무너지는 일이 생겼다.

1교시 공법 기록형 문제가 모 로스쿨 수업 과제 문제와 똑같았다는 사실이 알려졌다. 대한민국에서 가장 공정한 시험이 되어야 하는 변호사 시험에서 특정 로스쿨에 절대적으로 유리하도록 문제가 사전 유출되었다는 사실은 도저히 참을 수 없었다. 화가 머리끝까지 났고, 그동안의 노력이 부정당하는 느낌이었다. 이에 더하여 특정 고사장에서는 법전에 메모와 밑줄을 허용하는 등 시험 관리가 엉망이었다. 여론을 모으고 정식으로 클레임 절차를 거쳤지만, 여기서 더 동요했다가는 나머지 더 중요한 시험이 전체적으로 흔들릴 것 같아서 마음을 가라앉히기로 했다. 어머니가 그동안 알려주신 108배를 하며 마음을 눌러 담고, 공부를 마무리하며 다음날을 기약했다.

Day 4. 1월 10일 민사법 1

1교시 객관식은 변시 중에서 가장 높은 산이었고, 사실상 변시 합불이 결정된다는 마의 구간이었다. 바짝 긴장했다. 첫 페이지를 푸는데 답이 잘 나오지 않았다. 평소에 잘 다루지 않았던 까다로운 문제들이 포진해 있다 보니 선뜻 첫 장이 넘어가질 않았다. 주변에서는 종이 넘어가는 소리가 들리는데 큰일 났다 싶었다. 꽤나 많은 시간을 소모하고 다음 장으로 넘어갔는데 마찬가지로 까다로운 사실관계와 개념들이 나오기 시작했다. 순간 집중력이 와르르 무너졌다. 꿈에서 깬 느낌이었다. 아니 꿈을 꾼 느낌이었다. 글자는 눈에 하나도 안 들어오고 눈에서는 눈물이 날 것 같았다. 그동안 고생했던 순간들이 파노라마처럼 지나갔다. 돌이켜보면, 여러 고난들이 있어왔고 잘 헤쳐왔는데 결국 여기까지였나 보다고 생각했다. 시간은 5분, 10분이 하염없이 흘렀고, 야속하게 시간이 흘러가는 동안 등골은 싸늘해지며 어딘지도 모르는 깊은 심해 속으로 꺼져가는 느낌만 들어갔다.

그렇게 초반에 10분가량 얼음이 되어 심해에서 잠수하고 있을 때,

어머니 목소리가 들려왔다. 어머니의 삶은 곧 나의 삶이었다. 어려서부터 자신은 굶주렸어도 아들 놈 배는 꺼지지 않도록 꽉꽉 채워주셨다. 세상의 온갖 수난과 모욕을 당하면서도, 아들 앞날에 누가 되지 않을까 하여 입술을 꼭 깨물고 참아오셨다. 10년 전, 20년 전에 시장에서 사오신 옷을 아직도 매일같이 입으시면서, 자식들 옷 못 입고 다닐까봐 틈틈이 돈을 부쳐주셨다. 여자 몸으로 하기 힘든 도배, 장판일 하시면서 몸이 녹초가 되실 법한데도 매일 새벽같이 일어나 아들 앞날을 위해 108배를 단 하루도 빠짐없이 10년을 이어오셨다. 그런 어머니 목소리가 들려온 순간, 흐릿해졌던 글자가 다시 선명하게 눈에 들어오기 시작했다. 어머니가 그렇게 쏟아오셨던 정성이 드디어 빛을 본 것이었을까.

이미 버린 10분에 미련 갖지 않고, 대신 남은 문제를 더 스피디하게 풀어나갔다. 마치 사륜안(寫輪眼)이 발동하듯 그동안 패스트 스터디를 하면서 쌓아왔던 동체 시력을 마음껏 뽐내며 텍스트들을 전광석화처럼 훑어나갔다. 종료 시간은 다가왔고, 마지막 5문제 정도는 정답 선지 비슷한 것만 보고서 답을 찍고 OMR을 제출했다. 정말 가슴을 쓸어내리는 듯한 위기였고 마지막까지 그런 위기에서 구출해주신 어머께 승전보를 안겨드려야겠다는 생각에 가슴이 불타올랐다.

2교시 기록형은 가족법 쟁점이 섞여서 청구취지를 적는 데 생각보다 만만치 않은 시간이 걸렸지만, 바로 전날 봤던 최근 판례에서 본 것 같은 기억이 있어서 함정에 빠지지 않고 청구취지와 청구원인을 채워나가며 가까스로 답안지를 제출할 수 있었다. 뭔가 이쯤 되니 시험에 붙을 수 있을 것만 같았고, 마지막 마무리만 잘하면 될 것 같았다. 그런데 예상하지 못한 문제가 벌어졌으니….

워낙 큰 위기를 겪은 터라 체력이 많이 떨어져 잠을 일찍 청하기로 했다. 밤 10시쯤 잠을 청했고, 11시경 잠이 들었는데, 요란한 전화벨이 울려 잠에서 깨어났다. 쏟아지는 피로 속에 잠에서 깨어나며 벌써 아침이 되었나 싶었다. 그런데 알고 봤더니 시간은 새벽 1시밖에 되지 않았고, 평소에 아끼던 친한 동생이 시험이 끝난 줄 알고 축하 전화를 준 것이었다. 분노 게이지가 끝까지 차올랐다. "정말 축하해주고 싶고 관심이 있었다면, 최소 시험 날짜가 언제까지인지 확인해봐야 할 것 아닌가. 아니면 미리 문자나 카톡으로 보낼 수도 있는 것인데, 새벽에 전화 거는 사람이 누가 있느냐 말이다"라고 큰소리를 쳤다. 객관식에서 겪은 위기 때문에 신경이 곤두서 있는 찰나였는데, 새벽에 전화를 받고서 잠이 깨어버리니 진짜 어찌할 줄 몰랐다. 계속 잠을 청했지만 잠을 청할수록 잠은 더 오지 않았다. '화(火)'의 감정을 그나마 잠재우기 위해 108배를 했고, 결국 밤을 꼴딱 새워버렸다. 이제 더 이상 그 동생을 나무랄 수도 없었다. 어찌됐든 나를 위해서 해준 전화가 아니었나 싶었다.

Day 5. 1월 11일 민사법 2+노동법

잠을 하나도 자지 못한 몽롱한 상태로 무려 3시간 반이나 지속되는 1교시 민사법 사례형 시험을 치렀다. 변시 전체에서 가장 많은 점수를 차지하는 민사법 사례형은 가장 오랜 시간의 집중력을 요하기 때문에 체력 시험이라고 해도 과언이 아닌 시험이었다. 그런 시험에 잠을 하나도 자지 못한 채 임했으니, 하늘의 뜻에 맡기기로 했다.

그런데 생각보다 답이 술술 풀렸다. 쉬운 것은 아니었지만 평소에 많이 봐두었던 주제 중심으로 문제가 나왔다. 역시 하늘은 나를 버리지 않았다. 평소보다 더 빠른 속도로 한 글자 한 글자 눌러 담으며 지면을 빼곡히 채워나갔다. 마지막 종료 휘슬이 불자, 이번 시험에 합격할 거라고 확신했다. 그동안 스스로에게 정말 고생을 많이 했다고 위로와 감사의 마음을 전해주었다. 이제는 마지막 선택법만 남았다.

사실 노동법을 선택한 것은 오기였다. 선택법 중에 가장 어렵고 분량이 많아 기피되는 과목이 노동법이다. 처음에 노동법을 선택했을 때만 해도 변시 기본과목을 잘할 거라는 자신감에서 시작했는데, 코로나 위기를 겪고 나서 기본과목도 패스트 스터디로 겨우 마무리하느라 정신적 · 시간적 여유가 없었다. 그래서 마지막까지 불안 불안했다.

그런데 문제를 받는 순간, 완전히 합격을 확신했다. 평소에 기출문제만 무한 반복하고 들어가자고 전략을 고쳤었는데, 그 전략이 통했다. 예전에 나왔던 기출문제 사안이 살짝 변형되어 나온 것이라 기출문제에 얼마나 많이 통달했느냐가 득점 포인트였다. 이해보다는 체화를 주력으로 삼았던 나로서는 물 만난 물고기였다. 일필휘지로 답안을 쓰고 나왔다.

그 장구했던 대망의 변호사 시험도 이렇게 끝나고 말았다. 혹자는 변시를 재수하면 1년을 더 고통받아야 하기 때문에 무서운 것이 아니라 변호사 시험의 그 5일을 다시 겪어야 하기 때문에 무서운 것이라고 한다. 이렇게 시험 기간 5일을 다시 더듬어보는 것만으로도 끔찍하고 아찔한데, 정말 오죽하냐 싶은 공포의 시간 그 자체였다.

34세 아저씨가 16세 중학생에게

시험장에서 나온 나는, 처음 인권변호사가 되겠다고 마음먹었던 16세의 구본석을 생각했다.

어느덧 34세 아저씨가 된 나는 그 세상물정 아무것도 모르는 천진난만한 16세 중학생에게 다가가 인사를 나누고 싶다. 너는 지금 16년을 살아왔지만, 앞으로 네가 살아온 시간보다 더 많은 18년을 더 달려가야 할 텐데 그런데도 해볼 거냐고 묻고 싶다. 그런데도 해보겠다고 하면, 그 애를 말없이 안아주고 싶다. 혹시나 "내 꿈이 이루어질 수 있을까요?"라고 물으면, "응. 대신 끝까지 포기하지만 마"라고 대답해주고 싶다. 혹여 무섭다고 그러면, "무섭지만 괜찮아"라며 토닥여주고 싶다.

나는 꿈을 꾼다, 고로 존재한다

2

"당신이 할 수 있는 가장 큰 모험은
바로 당신이 꿈꿔오던 삶을
사는 것입니다."

— 오프라 윈프리

꿈이란 무엇인가

어렸을 때는 누구나 꿈 하나 정도는 가지고 시작한다. 경찰관, 소
방관, 과학자, 발명가, 의사, 판검사, 변호사, 선생님, 가수, 영화배우,
아나운서, 연예인 등. 중고등학생 때까지만 해도 장래희망 하나 정

도는 가지고 살아간다. 그러나 대학을 가고 어른이 되면 현실에 치여 어릴 적 꿈을 잃어버리고 사는 사람이 많다. 적어도 내 경험상, 만나왔던 어른 중에 자신의 꿈대로 살아가는 사람은 많지 않았다. 꿈을 이루지 못해도 꿈을 좇아가는 사람 자체도 많지 않을 뿐더러, 꿈 자체를 갖지 않고 살아가는 사람이 훨씬 더 많았다. 그래서 사람들은 내가 리트에서 실패하고 재수하거나, 서른 넘어가서 아무 재산 없이 빚만 지고 로스쿨에서 공부하고 있을 때, 나보고 모두들 멋있다고 했다. 아직도 꿈을 좇아가는 삶이 부럽다고 했다.

그런데 꿈이란 무엇일까? '꿈'이란 단순히 어떤 직업을 갖게 되는 것 혹은 무언가를 얻는 것을 말하는 걸까? 많은 사람들이 그랬듯 나 역시 꿈은 어디에 도달하면 이루고 마는 '점(point)'이라고 생각했었다. 그러나 나름의 인생 역경을 거쳐온 지금 내게 꿈은 단순한 '점' 그 이상의 것이다.

즉 꿈은 '선(line)'이다. 나는 서울대 입학이라는 꿈을 꾸었고, 그 점에 도달하자 새로운 점을 찾아 헤매었다. 그리고 그 점에 도착하면 또 새로운 점을 찾을 것이고, 그 점들이 모이면 일정한 방향을 갖는 선이 될 것이다. 결국 꿈은 전체적인 관점에서 바라보면 점들의 집합인 선이 되는 것이다.

그런데 점들은 잘 찍는데 그 점들이 왔다 갔다 한다거나 잘못된 방향으로 간다면 그 사람은 꿈을 이루는 사람이라고 말할 수 있을까? 아닐 것이다. 기실 그것은 헛된 꿈이라고 말하고 싶다. 꿈이 선이라

면 일정한 '방향'이 필요하다. 그래야 길을 잃어도 그 방향을 좇아 살
아나갈 수 있다. 그러므로 꿈이란 단순한 선이 아닌, 방향성을 갖는
벡터(크기와 방향을 가진 물리량)라고 정의할 수 있겠다.

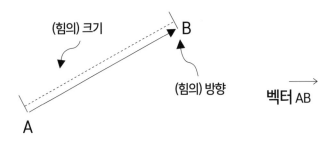

행복을 찾아가는 여정

말이 어려울 수 있다. 그래서 조금만 더 쉽게 풀어서 설명하고자
한다. 많은 사람들이 공통적으로 동의하고 있는 사실은 인생의 목적
은 행복이라는 것이다. 그러면 어떤 일을 하면서 살아갈 때 제일 행
복한지가 바로 그 방향성이다. 돈을 벌 때 행복하면 돈을 많이 버는
것이 그 사람의 가치이고 돈 버는 길이 그 사람의 방향성이자 꿈이
된다. 노래를 부를 때 가장 행복하면 행복하게 노래를 부르는 것이
그 사람의 가치이고 다른 사람까지 행복하게 만들어주는 노래를 부
르는 것이 그 사람의 방향성이자 꿈이다. 일단 가수가 되는 것이 첫
번째 점일 수 있고, 그다음 음반을 내는 것이 두 번째 점일 것이며, 다

른 사람들을 행복하게 해주는 히트곡을 만들어내는 것이 세 번째 점일 것이다. 그렇게 차곡차곡 한 점 한 점 쌓아가다 보면, 정상에 오르기도 하고 BTS처럼 많은 이들에게 감동과 선한 영향력을 주는 가수가 되기도 한다.

내가 잘 모르고 주제 넘는 소리일 수 있겠지만, 분명 BTS의 꿈은 단순히 빌보드 1위 최다 기록을 내는 가수가 되는 것이 아닐 것이다. 사람들의 영혼을 치유해주고 소외된 사람도 행복하게 즐길 수 있는 노래를 계속해서 만들고 싶을 것이다. 그것이 그들의 방향성이자 꿈이라고 생각한다.

한마디로 정리하자면, '꿈은 행복을 찾아가는 여정'이라고 할 수 있다. 그러므로 자신이 꿈꿔왔던 삶을 살아가는 것은 그 자체로 행복하다. 꿈을 이뤄가는 과정 역시 행복에 다가가는 과정이기에 미래에 대한 희망이 현실에 지친 자신에게 행복을 불어넣어준다. 꿈을 꾸는 것조차 행복을 그리는 일이기 때문에 그 상상만으로도 행복해진다. 그리고 상상이 현실이 되어가는 과정에서 느껴지는 성취감은 이루 말할 수 없이 짜릿하다. 그리고 사람들은 이 모든 과정을 '자아실현 (self-realization)'이라고 부르며, 저명한 심리학자 매슬로(A. Maslow)는 '자아실현 욕구(self-actualization)'를 자신이 설계한 욕구단계설에서 최상위 욕구(생리적 욕구〈안전 욕구〈애정 · 소속 욕구〈존경 욕구〈자아실현 욕구)로 올려놓았다. 즉, 자아실현은 인간이 달성할 수 있는 마지막 단계의 발달욕구로서 최고의 만족 상태(혹은 최고의 행복 상태)를 말한다.

물론 365일 24시간 내내 행복하냐면 그것은 아니다. 인생사가 대체로 거기서 거기이듯, 불행과 고통의 순간은 피할 수 없다. 하지만 절대적인 행복수치가 상승하기 때문에 자아실현을 하고 있는 상태에서의 웬만한 고통은, 그렇지 못한 상태에서의 행복과 큰 차이가 나지 않는다. 게다가 자아실현을 할 때에는 그렇지 못할 때와 비교하면 쾌락 상태일 때가 고통 상태일 때보다 많다. 그림을 그려보면 다음과 같다.

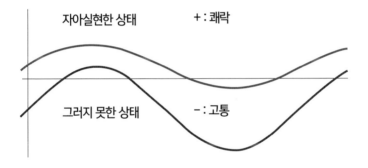

예를 들어, (아직 변호사 업무를 많이 해보진 않았지만) 내가 쓴 서면이 당장 누군가의 권리 구제로 바로 이어지고, 법률 상담을 통해서 그 사람의 고민이 해결되고, 상대방과의 치열한 법리 다툼 속에서 상대방이 어렵게 쌓아놓은 논리를 무너뜨려 반박이 어려운 변론을 해냈을 때, 그 성취가 주는 짜릿함이란 이루 말할 수 없다. 논리를 쥐어 짜내거나 사건이 잘 안 풀리는 등의 순간들은 고통스러울지라도, 그 순

간을 넘어서 마치 퍼즐조각처럼 논리가 딱딱 맞아떨어져 물샐 틈 없는 완벽한 논리를 펼칠 수 있게 될 때면 스스로에게 너무 뿌듯해서 잠을 설치기도 한다.

원래 스포츠를 좋아하는 편인데, 변호사의 업무라는 것도 결국 핑퐁 싸움을 하며 논리로 맞받아치는 스포츠와 같아서 승부욕도 생기고, 강력 스매싱으로 승리를 쟁취해냈을 때의 쾌감은 정말 크다. 무엇보다 공익 · 인권 사건들은 다른 일반 사건들에 비해 훨씬 난이도가 있는 사건인데(승소율도 낮다), 그런 사건에서 승리한다는 것은 그만큼 더 큰 희열을 가져오는 일이기도 하고, 가장 절박한 사람들에게 도움을 줄 수 있어서 보람이 크게 느껴지는 일이기도 하다. 그래서 이 일이 내게 천직(天職)이라는 것을 직감했고, 이런 천직에 운 좋게 종사할 수 있게 되어 매일 감사한 마음으로 살아가고 있다.

쉽게 생각해보라. 잠자는 시간 빼고 하루의 대부분, 남은 인생의 대부분을 어떤 일을 하면서 살아가는데, 그 일에 재미도, 의미도 느끼지 못한다면 정신적 고통에 시달릴 가능성이 높다. 반대로 자신이 하는 일이 너무나도 재미있는 일이고, 나아가 그 일이 자신의 인생에 큰 의미를 부여해주기까지 한다면, 순간순간은 고통스러울지라도 의식 저변에 흐르는 자아실현감 내지 자아효능감이 그 고통을 상쇄시키는 것을 넘어서서 무통의 환각증세까지 야기하기도 한다. 자아실현감/자아효능감이라는 쾌락은 자아의 성장을 촉진하고, 자아가 성장할수록 자아실현감과 자아효능감이라는 쾌락은 더욱 증폭되어 양성 피드백 고리(positve feedback loop)를 형성한다. 행복은 고유진동수라고 할 수 있고, 꿈은 고유진동수와 같은 진동수를 주기적으로 주는 외력(外力)이라고 할 수 있다. 진동계가 고유진동수와 같은 진동수를 가진 외력을 주기적으로 받을 때 진폭이 큰 폭으로 증가하는 공명(共鳴) 현상이 일어나는 것처럼, 행복을 주는 일을 주기적으로 할 때 우리의 행복은 꿈과 공명 현상을 일으켜 세상에 큰 울림을 주게 된다.

행복의 나침반

그렇다면 자신이 무엇을 할 때 가장 행복한지는 어떻게 알 수 있을까? 여러 심리학 연구들에 따르면, '가치관'이 자아실현의 기초가 된다고 한다. '가치관'의 정의 자체가 어떠한 행위가 옳고 그른 것인지의 도덕 판단 기준과 어떠한 상태가 행복하고 불행한가를 판단하는 행복 판단의 기준이다(글로벌 세계 대백과 참조).

쉽게 말하면 어떤 것을 가치 있게 생각하느냐에 대한 관점이다. 가장 많이 드는 예로, '돈 vs 명예 vs 권력', '사회에서의 성공 vs 행복한 가정', '개인의 영예 vs 사회적 공헌' 등이 선택지로 꼽히게 된다. 그리고 그러한 가치관을 형성하는 데는 자신이 살아온 삶의 경험이 가장 크게 영향을 미친다.

예를 들어, 여러 거대 폭력 앞에서 속절없이 무너지는 '작은 것'들을 볼 기회가 많았던 나는 작은 것들을 위해 사는 것이 가치 있다는 관념을 형성해나갔다. 그들을 위해 같이 비를 맞아주고, 그들의 말

을 들어주고, 그들이 하고 싶은 말을 대신 전달해주고, 아파할 때 호
불어주고, 춥고 외로워할 때 따스한 품으로 안아주고, 눈물 흘릴 때
눈물을 닦아주고, 웃을 때 같이 웃어주고, 화를 눌러 담을 때 대신 분
노해주고, 즐거워할 때 함께 춤추는…, 그런 삶을 그릴 때 가장 행복
하다고, 가장 멋있다고, 가장 의미 있다고 생각했다. 그게 내 가치관
이다.

　내 주변의 지인들 중에는, 집이 도쿄 신오쿠보 근처에 있어 어려서
부터 한국 문화를 접하다 보니 한국에 애정이 생겨 한일관계를 개선
하기 위한 국제변호사가 되겠다는 꿈을 이룬 일본인 친구도 있고, 어
려서 교우 관계가 좋지 못했지만 짝꿍이 쿠키를 좋아한다는 이야기
를 듣고 그 친구와 친해지고 싶어서 쿠키를 배우다가 이제는 파티셰
가 되기 위해 유학을 떠나는 후배도 있다. 이렇게 자신의 삶의 경험
이 가치관으로 이어지고, 그 가치관을 가장 많이 만족시켜줄 수 있는
것을 주업으로 하는 것이 꿈이다. 즉, 꿈에는 한 사람의 과거(가치관의
형성)와 현재(자아실현 과정), 미래(꿈을 이루는 것)가 담겨 있으니, 한 사
람이 지금까지 찍어온 점을 통해서 앞으로의 방향성을 내다보는 것
이 곧 꿈이라고 할 수 있다.

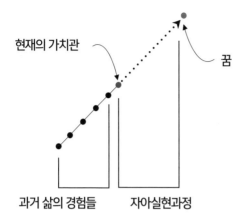

현재의 가치관

꿈

과거 삶의 경험들　　자아실현과정

타자의 욕망을 욕망하지 마라

자크 라캉이라는 유명한 정신의학자이자 철학자가 있는데, 그가 남긴 말이 아직까지 우리 사회에 회자되고 있다. '인간은 타자의 욕망을 욕망한다.'

아이는 태어나자마자 엄마의 얼굴과 표정을 보며 감정을 배운다. 아이가 해맑게 웃을 때 엄마도 환하게 웃고 아이가 짜증을 부릴 때 엄마의 얼굴이 어두워지는 것을 보면서, 아이는 더 예쁨받고 더 사랑받기 위해 엄마가 좋아하는 행동을 하려고 한다. 이렇게 엄마의 욕망을 내재화시킨 아이는 점점 아빠, 선생님, 사회의 욕망을 학습하고 그들의 욕망을 자신의 욕망으로 만들어버린다. 타자의 욕망은 아이의 내면 깊이 뿌리박혀 무의식을 형성하고, 그 무의식은 평생 그 타자의 욕망을 마치 자신의 욕망인 것처럼 착각하게 만든다(의식의 영역).

주변에서 보면 타자의 욕망을 자신의 욕망으로 착각하는 사람들이 정말 많았다. 로스쿨 온 친구 중에도 종종 자기는 한 번도 법조인이 되고 싶다고 생각하지 않았지만 부모님 소원으로 왔다는 친구도 있었고, 아버지가 의사이기 때문에 병원을 물려받을 사람이 필요하다고, 형이 안 되니까 동생인 자신이라도 가야 한다고 부모님이 압박해서 의대를 지망하는 학생도 있었다.

그들을 마냥 뭐라고 할 수도 없는 것이 나 역시도 타자의 욕망을 욕망하면서 20대의 소중한 시간을 보낸 장본인이기 때문이다. 에너지공학을 전공한 것은 순전히 나의 선택이었지만, 그 분야에서 흥미를 느끼고 성과도 좋으니 그렇다면 그 재능을 아끼지 말고 유학을 갔다 와서 유망한 에너지 기업도 다녀보고 교수도 해보는 건 어떻겠냐는 주변인들의 욕망에 지배되어 그들이 그려준 청사진의 삶을 살려고 했던 적도 있었다. 한 번도 자연과학을 전공해야겠다는 생각을 해본 적 없던 내게 좋은 기회를 줄 터이니 자연과학의 촉망받는 인재가 되라는 주변의 목소리에도 흔들려 그 길로 갈 뻔했던 적도 있었다. 물론 당시의 권유가 나를 생각해준 진심이었음은 안다. 다른 사람들에게는 쉽게 주어지지 않는 좋은 기회임은 분명했고, 한없이 부족한 내게 그런 제안을 해주신 분들께 늘 죄송하고 감사한 마음뿐이다. 하지만 주체성 없이 남들 좋다는 대로 인생을 내맡기게 되면 진짜 끝도 없이 이 사람 저 사람 입김대로 삶의 방향이 휘둘리고 만다. 한 번밖에 없는 인생을 고마운 그분들의 기대를 충족시켜주기 위해서만 살

수는 없는 노릇 아닌가?

한 번 내 삶의 운전대를 남한테 쥐어주면, 다시 그 운전대를 돌려 받기란 쉽지 않다. 그리고 설령 그 타인의 능숙한 운전으로 안전한 길만 경유하여 탄탄대로를 달려왔다 하더라도 그 삶이 정말 과연 행복할지는 의문이다. 자신의 행복은 앞에서 설명했듯이 스스로 정립한 가치관에 따라 결정되는 것이고, 그 가치관은 자신이 살아온 삶의 경험들이 축적되어 이루어진 결정물이기 때문이다. 행복은 자기 자신을 완성시켜 나아가는 과정인데(자아실현, self-realization), 자아실현이 아닌 타자실현(others-realization)을 하고 있다면 그것은 높은 확률로 행복과 거리가 먼 삶을 살아가는 것이다.

그러므로 지금이라도 늦지 않았으니, 남에게 쥐어준 내 삶의 운전대를 다시 거머쥐기 바란다. 28년의 고시공부를 끝으로 경비, 치킨가게 운영, 단란주점 청소 일까지 하다가, 자신의 못다 이룬 꿈을 마지막으로 펴보겠다고 로스쿨에 입학해서 변호사 시험에 합격하신 분도 있다. 〈오징어 게임〉에 출연하여 일약 우주대스타가 된 배우 허성태 역시 평범한 회사원이었다가 35세의 늦은 나이로 2011년 SBS 〈기적의 오디션〉에 지원하여 배우의 길로 처음 접어들었다. 우리 어머니도 계속 집안일하며 간간이 부업하신 게 다였지만 커리어 우먼이 되시는 게 꿈이셨고, 마흔 넘어 늦게나마 도배기술을 배우겠다고 도전하여 이제는 그 도배일로 혼자서 자식들 셋이나 대학까지 다 보내실 정도로 프로 커리어 우먼이 되셨다. 그밖에도 늦게나마 자신의 꿈을 찾아 용기 있는 결단을 내리시는 분들이 정말 많다. 그분들의 도전이 어떤 결과로 이어졌든 간에, 너무 틀어져버려 그냥 그대로 가는 것이 더 나을 수도 있는 상황에서 핸들을 바로 잡고 돌릴 수 있는 용기는 충분히 존경받을 만하다.

마지막으로 라캉은 다음과 같은 말을 덧붙였다.

"자신이 욕망하는 것이 자신이 소망하는 것인지 혹은 소망하지 않는 것인지를 알기 위해서, 주체는 다시 태어날 수 있어야만 한다."

어떤 코스를 탈 것인가 (MBTI의 중요성)

당신이 어떤 산의 정상을 향해 등산하는 등산객이라고 가정하자. 출입구에서 산의 정상까지는 '방향'이다. 즉 출입구에서 정상까지 도달하는 데에는 수많은 코스가 있지만 어느 코스를 가든 결국 정상을 '향해' 가는 것이라는 측면에서, '시작점인 출입구'에서 '도착점인 정상'까지는 '방향'이라고 할 수 있다.

이제 우리는 어떤 코스를 탈지 고민해야 한다. 더 험난하지만 더 빨리 가는 코스가 있을 수 있고, 많이 우회하지만 쉽게 가는 코스가 있을 수 있다. 어떤 코스가 정답이고, 어떤 코스가 오답인지는 알기 어렵다. 일단은 코스 자체를 이탈해서 낭떠러지로 떨어지지만 않으면 된다(예, 범법행위나 패륜행위 등). 어느 코스를 선호하는지는 그 사람의 ❶ 내재적 성향, ❷ 능력, ❸ 외부적 환경에 따라 달라진다.

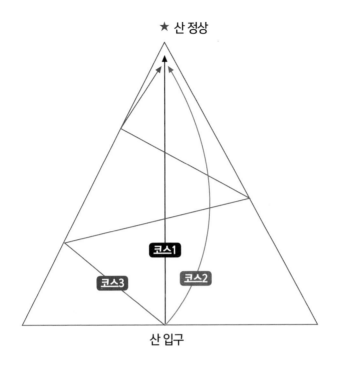

★ 산 정상

코스1

코스3 코스2

산 입구

❶ 내재적 성향에 대해 먼저 살펴보자. 사실 내재적 성향이라는 말은 굉장히 어렵고 추상적이기에 이를 파악한다는 것은 쉽지 않은 일이다. 그나마 다행인 건 MBTI라는 도구가 그 사람의 내재적 성향을 분류하는 데 설득력 있는 기준을 제시한다는 점이다. 극단적인 ENFP 성향의 사람들은 즉흥적으로 순간순간 자신의 감정에 따르며 길이 막혀도 과감히 돌파할 수 있는 코스를 탈 것이고(코스1), ISTJ의 사람들은 철저한 계산과 논리에 따라 현실적 여건을 고려하여 보수적인 코스를 택할 것이다(코스3). 그러므로 ENFP의 성향을 가진

사람에게 현실적이고 보수적인 코스를 지도해주어서는 안 되고, 반대로 ISTJ의 사람들에게 이상적이고 즉흥적인 코스를 지도해주어서는 안 된다. 나 같은 ENTJ의 사람들은 장기적인 계획과 거시적인 비전이 있어야 활동적으로 움직일 수 있다(코스 2).

MBTI라는 것을 알기 전에는 멘티들에게 멘토링할 때 나의 기준만을 앞세워 이 코스가 맞다고 하고, 다른 코스를 가는 사람은 틀리다고 했다. 멘티들은 불안하니까 내 말이라면 진리인 것처럼 곧이곧대로 듣기 때문에, 그들 중 누구는 내 말 듣고 따라하다가 큰 성공을 거두기도 했고 누구는 오히려 더 폭망하기도 했다. 그래서 개인 성향이 다르고 나는 이런 성향이니, 맞을 것 같다고 생각하는 사람만 내 방법을 따르라고 하기도 했다. 그렇지만 멘티들은 자신들의 성향이 틀렸겠지 하며 내 방식을 따라하다가 또 (성공과 실패로) 양분되는 결과가 반복되었다.

선호지표의 비교			
E	외향Extravert 외부·표출	내향Introvert 내면·생각	I
S	감각Sensing 현실·실용·실천	직관iNtuition 이상·이론·예측	N
T	사고Thinking 논리·사실판단	감정Feeling 인간관계·가치판단	F
J	판단Judging 목적·계획·절차	인식Perceiving 자율성·유동성	P

출처: 나무위키

그러다가 우연히 MBTI에 대해 알고 나서부터는 사람의 성향을 16가지로 분류할 수 있고, 그 분류기준이 어떤 코스를 탈 것인지를 결정하는 데 중요한 요소로 작용한다는 사실을 알게 되었다. 그래서 만약 자신이 어떠한 코스를 가야 할지 모르겠는 사람들로부터 상담 요청이 들어올 때, MBTI 검사부터 해보는 것을 추천하기 시작했다.

만약 내가 변호사가 아닌 학자의 길을 걸었다고 가정해보면, 행복하지 않은 삶을 살 가능성이 크다. 기본적으로 학자는 외향적 성향보

분석형-NT-			
INTJ 용의주도한 전략가	INTP 논리적인 사색가	ENTJ 대담한 통솔자	ENTP 뜨거운 논쟁을 즐기는 변론가
외교형-NF-			
INFJ 선의의 옹호자	INFP 열정적인 중재자	ENFJ 정의로운 사회운동가	ENFP 재기발랄한 활동가
관리자형-S-J			
ISTJ 청렴결백한 논리주의자	ISFJ 용감한 수호자	ESTJ 엄격한 관리자	ESFJ 사교적인 외교관
탐험가형-S-P			
ISTP 만능재주꾼	ISFP 호기심 많은 예술가	ESTP 모험을 즐기는 사업가	ESFP 자유로운 영혼의 연예인

출처: 16Personalities

다는 내향적 성향을 가져야 한다(대표적으로 INTP). 사람들을 만나러 나가기보다는 자기만의 시간을 더욱 확보하고, 연구에 집중할 수 있어야 한다. 그러므로 기회가 주어졌다고 해서 자연과학 연구로 방향을 틀었다면, 능력 여하에 상관없이 만족스러운 삶을 살지 못했을 가능성이 크다.

그렇다고 MBTI를 맹신해서는 안 된다. MBTI가 과학적인 지표도 아니고, 통계학적으로도 문제가 있다는 사실이 이미 밝혀지기도 했다. 한 사람의 MBTI는 시간이 지나서 얼마든지 변화할 수 있기도 하고(실제로 변화가 더 자연스러운 것이라고 한다), MBTI 측정 자체가 객관적으로 이루어지지 않아서 MBTI 결과에 오류가 있을 가능성이 많다(다행히도 한국MBTI연구소에서는 객관적으로 신뢰도 높은 평가를 받을 수 있다고 한다). 무엇보다도 자신이 진정으로 이루고 싶은 꿈이 있는데, 그 꿈이 MBTI 결과와 맞지 않는다고 해서 포기할 것도 아니다. 당장 변호사라는 직종만 해도 16가지의 MBTI를 가진 사람들이 다 있고, ISFP(호기심 많은 예술가)처럼 변호사 직종과 상성이 좋지 않은 MBTI를 가지신 분들 중에 오히려 변호사로 성공하신 분들이 꽤나 많다. MBTI는 그냥 어느 길로 가야 할지 모를 때나 두 가지(혹은 그 이상의) 선택지 중에 어떤 것을 택하면 좋을지 고민할 때 참고자료로 활용하면 유용한 지표가 될 수 있을 뿐이다.

그럼에도 MBTI는 자신을 이해하기에 가장 직관적인 툴로 기능하고 있고, 특히 직업 상성과 관련해서는 맞아떨어지는 부분들이 많기 때문에, 꿈은 정해졌으나 어떤 코스로 가야 할지 고민이신 분들에게는 확실히 좋은 지표라고 할 수 있다.

능력

어찌 보면 가장 무서운 것이 '능력'인지도 모르겠다. 자신의 내적 성향도 잘 맞고, 외부적으로도 좋은 여건이 뒷받침되는데, 정작 능력이 부족해서 그 꿈 자체에 다가가지 못하거나 그 꿈에 도달하는 데 큰 난관을 겪고 있는 사람들이 정말 많다. 더 심하게 말하면, 내적 성향이 안 맞아도 자신이 진짜 하고 싶은 일이라면 맞춰나갈 수 있고, 외부적 환경이 안 따라주더라도 하고자 하는 강한 의지만 있다면 조금씩 앞으로 나아갈 수 있는데, 능력이 안 돼서 못 가는 것은 어떻게 할 수 없다. 이걸 어떻게 해보려다가 결국 부정행위를 하기도 하고, 입시비리나 불공정경쟁 행위를 하게 되는 것인데, 그러다가 온 나라가 뒤집어지기도 하는 것이다.

확실히 사람들 생각이 다들 비슷비슷해서, 내가 하고자 하는 일이 있다면 분명 다른 사람도 그에 눈독 들이고 있다. 조금이라도 좋아 보이는 물에 가보면 벌써 물고기 떼들이 우글우글하다. 주어진 자리는 적은데 그에 대한 수요는 많으니 희소성의 원칙에 따라 가치는 상승하고 무한경쟁으로 이어진다. 지금과 같은 공정주의 시대에는 경쟁만이 가장 공정하다고 여겨지므로, 우리는 '경쟁이 과연 공정한가?'라는 질문에 아직 답하지 못하고 있더라도, 당장 하고 싶은 것을 하기 위해서는 경쟁에서 생존할 수밖에 없다.

물론 이런 능력지상주의가 과연 옳은 것인지에 대해서는 많은 의문이 있다. 마이클 샌델 교수는 『공정하다는 착각』에서, 능력지상주의는 우리가 믿고 있는 것만큼 그렇게 공정한 시스템이 아니며, 능력지상주의야말로 경쟁에서 패배한 사람들에게 극도로 가혹하게 작용하여 사회를 분열시키는 결과를 낳는다고 경고했다. 특히 이는 학벌주의에서 만연하게 드러나는데, 능력(혹은 학벌)이 곧 도덕성을 의미하지 않음에도 도덕적으로도 우월하다는 신화를 만들어 고학벌자들에게 공동체를 운영케 하여 빈부격차 등으로 대변되는 사회분열을 가속화시킨다고 했다.

그러나 어쨌든 우리나라는 이미 능력지상주의가 만연해 있고 이것이 옳은지를 논의할 수 있는 공론장이 충분히 형성되어 있지 않아서, 일단은 경쟁에서 살아남을 수 있을 정도의 능력은 갖추어야 한다. 우리 사회가 아직 능력이 갖추어지지 않았다고 판단된 사람들의 목소리에 잘 귀 기울이지 않기 때문이다. 어떤 경쟁에서 실패하고서 그 경쟁이 잘못되었다고 울부짖는 사람에게, 징징대지 말라며 짜증까지 내는 게 암울한 사회현실이다.

그러므로 일단은 남들보다 더 열심히 해야 하는 것은 맞다. 경쟁이 잘못되었다고 생각한다면, 그 경쟁에서 살아남은 후에 사람들이 마이크와 스피커를 모아주었을 때 합리적인 논리와 건전한 도덕성을 기반으로 사람들을 설득시키려고 노력하는 것이 제일 빠르다. 나 역시도 이러한 무한 경쟁 시스템이 결코 옳다고 생각하지 않지만, 나처럼 뒤에 아무것도 없는 사람이 무작정 "이것이 잘못되었습니다" 하고 외치면 사람들이 아무도 안 들어줄 것 같았다. 그래서 적어도 남들 하는 것보다 딱 한 걸음 더 했다.

고등학교 때는 남들보다 항상 일찍 일어났다. 무려 새벽 1시에 일어나서 등교할 때까지 아침공부를 하고 왔으니 말 다한 셈이다. 야자 때는 전교 1등임에도 불구하고 가장 열심히, 가장 늦게까지 혼자 남아 공부했다. 주말에도 친구들 안 나올 때, 혼자 눈이 오나 비가 오나 크리스마스거나 명절이거나 운동회나 수학여행 때나 늘 같은 시간에 공부했다. 리트할 때도 리트 학원에서 내가 제일 아침 일찍 와서 제일 오랫동안 공부했고, 제일 많은 문제를 풀었다. 로스쿨 다닐 때도 가장 먼저 열람실을 열었고, 남들보다 무조건 한 문제 이상 더 풀려고 노력했다.

처음에는 아무런 기반이 없는 능력 미달 상태에서, 더도 욕심 안 부리고 남들보다 한 걸음만 더 나아가자고 결심하니, 그 한 걸음 한 걸음들이 모여 뒤처진 걸음을 따라잡았을 뿐 아니라 먼발치서 다른 사람들을 기다리기도 했다. 무엇보다 '남들보다 한 걸음 더'라는 전략은 눈앞에 보이는 상대들을 비교 기준으로 삼으므로 목표가 매우 구체적이 되어서 오버페이스를 하지 않는 장점이 있다. 막연하게 '남들보다 두 배는 더 해야 한다'고 주장하는 것은 현실성이 없는 것이기도 하거니와 단순한 수사(rhetoric)에 가깝다.

물론 노력이 반드시 능력으로 이어지리라는 보장은 없다. 노력을 열심히 할 수 있는 것도 축복이지만, 노력이 능력으로 이어지는 것도 운이고, 그 능력이 결과로 나오는 것은 더 큰 운이다. 하지만 적어도 확률은 높여줄 수 있는 것이기에 노력을 하지 않을 이유가 없다. 남들 잘 때 잠을 자고, 남들 놀 때 같이 놀면 평범하고 행복하게 살 수 있을지언정 특별한 사람이 되기는 쉽지 않다. 보편적으로 살면서 보편적이지 않은 꿈을 꾸고 있는 것은 사과나무 밑에서 사과가 떨어지기를 바라며 입을 벌리고 있는 것과 같다. 그 노력이 결실을 맺지 못하더라도 남들 보이지 않는 데에서 묵묵히 그리고 우직하게 노력하는 사람들이 빛나기 마련이다. 그리고 그 불꽃은 당장은 아니더라도 언젠가는, 내가 바라보고 있는 곳은 아니더라도 다른 어딘가에선 반드시 피어오르고야 만다.

경쟁에서 승리하는 법

그러나 많은 사람들이 혼동하고 있는 부분이 있다. 내 말을 자칫 오해하여 "그럼 노오오오력을 하란 말이냐?"라고 들릴 수 있기 때문이다. 나는 바보같이 노오오오력만을 하라고 말하지 않는다. '경쟁에서 승리하는 법'을 노력해야지, '실력을 키우는 법'을 노력하라고 하지 않는다. 말장난 같을 수 있는데, 실제로 실력을 키우기 위해 노력하는 사람들이 대다수다. 그리고 그것은 정확한 정답이다. 하지만 실력을 키우기 위해 노력하는 것은 우리 앞에 주어진 경쟁이라는 시스템이 '타임어택(time attack)'임을 간과하고 하는 말이다. 실력을 키워서 그 실력이 경쟁에서 이기는 쪽으로 작용하면 더할 나위 없이 좋겠지만, 우리 앞에 주어진 시간은 그리 넉넉하지 않다. 정말 말 그대로 실력 자체를 높여서 경쟁에서 승리하려면 10수를 해서도 부족할 수 있다. 혹은 사업 아이템이라고 생각한다면, '실력을 키운 다음 도전해야지'라고 생각했다가는 죽도 밥도 아닌 게 되기 십상이다. 눈앞에 주어진 기회는 정말 1초 1초가 생명이다.

다시 한 번 말하지만, 우리에게 주어진 시간은 길지 않다. 우린 너무나도 거대한 실력이라는 탑을 쌓기엔 그리 여유롭지 않다. 돌 하나하나 쌓으며 허송세월할 시간이 없다는 말이다. 그렇다면 우리가 해야 하는 것은 무엇이란 말인가? 그것은 바로 경쟁에서 승리하는 법을 익히는 것이다.

예를 들어보자. 내 친구 중에 수능 영어 성적이 좋지 않아서 영어 실력을 키우겠다고 영어사전(심지어 영영사전)으로 공부하고, 미드 대본을 뽑아와서 달달 암기하는 이가 있었다. 정말 허무맹랑하기 짝이 없었다. 분명 영영사전으로 단어의 뉘앙스를 파악하면서 단어를 습득하고, 미드를 통해 시청각 및 살아 있는 문법을 배우는 것이 옳은 영어 방법임은 분명한 사실이다. 그러나 그렇게 공부해서는 미국인처럼 되기 위해서 적어도 10년 이상 걸릴지도 모르는 일이다. 그리고 설령 미국인처럼 되었다고 하더라도 그 실력으로 수능 영어 문제에서 만점 받는 것은 전혀 다른 차원의 문제다. 알다시피 우리나라 수능 영어 문제는 매우 기괴하기 짝이 없어서 원어민도 맞히기 어렵다는 것으로 악명이 높다.

반면에 영어의 be동사를 몰랐던 내가 세 번의 수능 내내 영어 만점을 받을 수 있었던 것은 순전히 철저한 시험 분석이 선행되어 가능했던 것이다. 믿기지 않겠지만 중1, 2 때도 영어 문법 하나도 모르고서 영어 내신 점수가 좋았다. 그냥 교과서 좀 외우고(단순 암기에는 자신이 있었다), 학원 다니는 친구가 준 기출문제모음을 풀면서 오답분석만 달달달 하면서 문제 나오는 패턴을 이해하고, '이 단원에서는 보통 이런 포인트에서 문제가 나오네'라고 접근했더니 영어 점수가 잘 나왔던 것뿐이다. 중3 때 본격적으로 영어공부할 때도, 영단어집은 가장 가볍고 잘 외워지면서 수능 단어로 많이 나온다는 것(한국어와의 발음 유사성으로 암기시키는 책)으로 단기간에 독파했고, 영어 듣기는 수능 기출 문제만 수능 보는 순간까지 마르고 닳도록 듣고 풀었으며, 수능 기출 문제에서 각 유형에 대한 나만의 풀이법을 정형화시켜서 고등학교 3년 내내 그 풀이법을 수정·보완하는 작업만 했던 것이다.

그렇다. 답은 나왔다. 바로 공부를 잘하려고 하지 않고, 시험을 잘 보려고 했던 것이다. 교과서부터 펴지 않고 기출문제부터 폈다. 어떤 시험에 임할 때 개념서부터 보는 것이 아니라 기출문제부터 전부 인쇄해서 가벼운 마음으로 쭉 일별했다. 어차피 당장 풀 수 있는 실력이 안 되기 때문에 부담 없는 마음으로 가볍게 훑어보는 것이다. 그러다 보면 대충 '이 시험은 이런 개념을 중요하게 다루고, 이 개념을 이런 식으로 물어보는구나'라는 감이 온다. 그런 후에 개념서를 보면 개념들이 갑자기 입체적으로 보인다. 뭐가 중요하고 뭐가 덜 중요한지에 따라 개념서들이 재편성된다. 그러면 시간을 엄청나게 단축시킬 수 있고, 효율적으로 중요 개념을 먼저 돌파한 다음 남은 시간 동안 약점을 보완하고 상대적으로 잘 다루지 않았던 부분을 후순위로 볼 수 있는 여유까지 갖게 된다.

사업 아이템 예를 이어나가자면, 일단 그 아이템의 실현 가능성이나 예상비용들을 계산하고 성공가능성이 보인다고 했을 때, 먼저 법적인 수단부터 밟는다. 특허나 상호 등록 같은 것들이 필요한 경우가 그것이다. 법적인 예방조치를 먼저 밟고 나면 대략의 가이드라인이 그려지고(법적 승인이 이루어지기 위해서는 그러한 요건을 갖추어야 하기 때문이다), 돈이 필요할 경우 투자를 받는다. 자신과 가장 비슷한 상황에서 성공한 사람을 수소문해서 그 사람이 했던 방식대로 사업 절차를 밟아나가고, 그런 사람이 없다면 유튜브, 책 등으로 최대한 섭렵해나간다. 그렇게 해서 대략의 성공 조건을 갖춘 상태에서 사업을 시작하고, 사업하면서 시행착오를 통해 실력을 키워나가다 보면, 그것은 성공할 수밖에 없다. 주변에서 사업으로 성공한 친구들의 사례들을 종합해보면, 그 친구들이 처음부터 실력이나 사업적 센스가 좋았던 것이 아니라 기가 막힌 타이밍과 성공 사례에 대한 철저한 분석이 핵심 요인이었던 경우들이 많았다. 물론 시험이든 사업이든, 꿈을 이룬 단계에서부터는 실력이 중요한 것은 변함없는 사실이다.

그러므로 단순무식하게 실력만 키우려 하지 말고, 경쟁 시스템(혹은 시험)에 대한 철저한 분석을 통해 경쟁을 잘하려고(시험을 잘 보려고) 노력하는 것이 자신의 꿈에 다가가기 위한 진짜 노력이다. 이제 가장 극적인 경험 사례를 통해, 경쟁에서 승리하기 위해 노력하는 것이란 어떤 것인지를 보여주고자 한다.

패스트 스터디

현대인은 패스트 라이프(fast life)를 영위한다고 하지만, 유독 배움의 속도만큼은 천천히 꼭꼭 씹어 먹어야 한다고 가르친다. 독서를 하거나 새로운 개념을 배울 때, 그것을 완전히 이해하지 않고서는 넘어가지 않는 슬로 스터디(slow study) 방식을 취하며, 수박 겉핥는 공부를 경계한다. 물론 학문을 하고자 한다면 슬로 스터디가 정답일 수 있다. 그러나 우리는 학문이 아닌 수험을 하는 사람들이다. 시험을 준비하는 사람에게는 슬로 스터디야말로 경계대상 1호이며, 체화된 슬로 스터디를 버리고 패스트 스터디를 장착해야 한다.

로스쿨생은 사법고시를 준비하는 사람들에 비해 최소 3배 이상 많은 밀도의 공부를 해야 한다. 로스쿨생에게 주어진 시간은 사법고시를 준비하는 사람들에 비해 3분의 1보다도 적기 때문이다. 이렇게 짧은 시간 동안 그 많은 개념을 머릿속에 꾹꾹 눌러 담아야 하는데, 언제까지 슬로 스터디를 유지할 텐가. 어차피 첫술에 배부를 수 없고, 모든 것이 시험에 나오는 것도 아니다. 처음부터 또박또박 이해하고 넘어가다 보면, 마지막을 볼 시기 즈음에는 시간이 너무 많이 흘러버려서 앞에 무엇을 봤는지 기억이 하나도 안 날 것이다. 결국 그 개념들을 또 메우고 잊어버리고 메우고를 반복하다 보면, '밑 빠진 독에 물 붓기'가 무엇인지 여실히 깨닫게 될 것이다. 무엇보다도 그렇게 느려터지면 성과도 안 나고, 하나를 볼 때 시간이 너무 오래 걸려 지치기 마련이다.

특히 3학년 1학기는 가장 어려운 민사법(수능으로 비유하자면 수학과 같은 위치에 있으나 그보다 더 많은 비중을 갖고 있다)을 꼭꼭 씹어 먹는 시기인데, 그 시기를 놓친 이상 내게는 슬로 스터디 따위는 할 여력이 없었다. 여름 때 되어서 민사법을 꼭꼭 씹어 먹으며 다시 차근차근 밟아나간다는 것은 재수를 하겠다고 작정하는 짓이었다. 남들보다 최소 2~3개월을 손해보고 들어간 이상, 선택지는 하나뿐이었다.

일단 시험에 나오는 것만 공부하고, 시험에 잘 나오지 않는 것은 과감히 버리거나 막판에 겨우 시간 날 때에만 건드려보든지 하기로 했다. 과목의 목차 순서 따위는 무시하고, 철저히 시험의 관점에서 중요하다고 생각하는 순서대로 별표를 매겨 '중요→덜 중요→(안 중요)'의 순으로 재구성했다. 1,000페이지가 넘는 교과서는 버리기로 하고, 가장 얇은 암기노트만 시험장까지 갖고 가기로 했다. 부족한 내용은 암기노트에 채워 넣는 형태로 하는 단권화 방식을 채택했다. 암기노트로 빠르게 1회독을 하고, 되든 안 되든 바로 기출문제를 풀어댔다. 틀리거나 도저히 이해 안 가는 부분만 교과서를 찾아서 이해를 보충하고, 간단하게 암기노트에 덧붙였다. 이렇게 하니 객관식 총 7법의 기출문제를 다 푸는 데 4개월(7~10월, 그마저도 모의고사 기간을 제외하면 실질적으론 3개월 정도)이 걸렸다.

모든 개념을 꼼꼼히 다 안다고는 장담할 수 없었지만, 변시에 나오는 모든 문제 유형과 개념에 대해 전반적인 그림(조감도)이 그려졌다. 조감도가 그려지는 단계가 되면, 사실상 그 시험은 거의 절반은 정복했다고 봐야 한다. 나머지 시간은 빈틈을 자신의 역량껏 채워나가는 시간이기 때문이다. 그래서 막판에 이르렀을 때, 변시 범위를 한 바퀴 돌리는 데 불과 4일(공법 1일, 형사법 1일, 민사법 2일)밖에 걸리지 않았다. 거기에 더불어 선택법인 노동법은 개념은 다 버리고 기출 답만 달달 외우는 형태로 주요 과목이 공부가 잘 안 될 때마다 틈틈이 채워서 4일의 한 사이클을 돌릴 동안 역시 한 바퀴를 돌릴 수 있었다.

그런데 그 4일이라는 주기도 길다고 생각했다. 실제 변시 첫째 날엔, 18시에 공법 한 과목이 끝나니까 저녁 먹고 좀 쉬고 하면 19시 반쯤에 공부가 가능해지고, 23시 반쯤에는 잠이 드니, 형사법 같은 경우는 1바퀴를 돌리는 데 4시간 안에 끊어야 했다. 공법은 형사법과 비슷한 분량이니 역시 4시간으로 끊기로 하고, 민사법의 경우는 통으로 하루의 시간이 주어지니(화요일 공법-수요일 형사법-목요일 휴일-금요일 민사법 객관식+기록형-토요일 민사법 사례형+선택법) 1일로 시간을 끊기로 했다.

정리하자면, 공법 4시간, 형사법 4시간, 민사법 1일, 기타 노동법으로 계산했을 때, 2일의 주기로 맞춰야 변시 당일에 가장 따끈따끈한 상태로 시험을 효율적으로 볼 수 있었다. 8법(헌법, 민법, 형법 기본 3법+ 행정법, 상법, 민사소송법, 형사소송법 후4법+노동법)을 각 교과서로 어림잡으면 각 법당 1,000페이지가량 되니 8,000페이지 분량 되는 것을 2일 안에 끊어야 하는 초고속 스터디가 필수적인 것이다. 이러한 초음속 스터디 방식으로 후발 주자였던 나는 제트비행기를 타고 다른 학생들을 순식간에 제칠 수 있었다.

"인생은 짧고 기술은 길다. 기회는 쏜살같이 날아가고 실험은 불확실하다. 그리고 판단은 어렵다."

기원전 인물, 서양의학의 창시자 히포크라테스가 남긴 명언이다. 이미 시험을 위해 시간이 남아도는 사람들은 애초에 이 책을 간절하게 읽을 독자가 아닐 것이다. 대부분은 주어진 시간은 턱없이 부족한데 해야 할 공부량(혹은 할 일)은 너무 많아서 시간 부족에 허덕이는 사람들일 것이다. 그러면 방법은 하나밖에 없지 않은가? 패스트 스터디를 해야만 한다. 언제까지 허송세월하며 개념 공부부터 차근차근 다져나갈지 답답한 사람들을 정말 많이 보았다. 물론 그들의 성실성은 인정하지만 기회는 우리를 기다려주지 않는다. 조금 부족해도 일단은 빨리 한 바퀴 돌려서 전체적인 바운더리를 그려보고, 다시 한 바퀴 돌려서 조감도를 그려보고, 또다시 한 바퀴 두 바퀴 돌리면서 희미했던 것들을 조금씩 채워나가며 선명하게 만들어나가는 것이 그 시험을 정복하는 방법의 핵심이다. 첫술에 배부를 수 없고, 첫 회

독에 모든 것을 이해할 수 없다.

비단 시험공부가 아닌 독서를 할 때에도 처음부터 꼼꼼히 읽지 않는다. 나는 어려서부터 독서습관이 잘 안 배어서 조금만 읽으면 금방 지쳐버리고 만다. 한 번 읽고 다시 그다음 읽을 때까지 간극이 너무 길어진다. 그러다 보면 한 세월이 걸린다. 그래서 어떤 책을 읽을 때 그냥 어찌 되든 재빨리 한 바퀴를 훑는다는 생각으로 빠르게 페이지를 쭉쭉 넘겨나가고, 그렇게 한 바퀴를 돌렸을 때 판단한다. 이 책은 더 읽을 만한 가치가 있는지, 없는지. 더 읽을 만한 가치가 없다면 한 번 읽은 것으로 족한 것이고, 더 읽을 만한 가치가 충분하다면 최소 3회독을 목표로 처음보다는 속도를 줄여서 2바퀴, 다시 속도를 빨리 해서 3바퀴를 채워 읽는다. 이렇게 읽다 보면 책 한 권을 꼼꼼히 읽어나가는 정독자보다 더 자세히, 더 많이 알게 된다. 한 번 보는 사람은 세 번 보는 사람을 이길 수 없기 때문이다. 결국 이러한 패스트 스터디 습관이 절체절명의 위기에서 날 살렸고, 남들 한두 번 볼 때 대여섯 번, 아니 열 번 넘게도 보고 있으니 그들보다 월등한 속도로 치고 나갈 수 있었던 것이다.

not to do list

to do list(할 일 목록)가 중요한 것은 우리 모두가 알고 있다. 하지만 to do list를 작성함에도 꿈에 좀처럼 다가가지 못하는 사람들이 많다. 그것은 우리가 어떤 성과를 낼 때 무언가를 쌓아올리기보다 무언가를 쌓아올리지 않기가 더 중요하다는 사실을 간과한 결과이기 때문이다.

정말 쉬운 예로 '밑 빠진 독에 물 붓기' 상황을 가정해보자. 독에 물을 가득 채우기 위해서 물을 채워 넣는 것보다 더 중요한 것은 독에 구멍을 내지 않는 것이다. 독에 바늘만큼의 구멍이라도 나는 순간, 그 독엔 물을 결코 채울 수 없다. 물을 빨리 채우기 위해 강력한 수압으로 물을 분사해서 독에 구멍이라도 내는 날엔 말짱 도루묵이 된다. 조금씩 물을 채우는 한이 있더라도, 독에 구멍 나지 않게 조심스럽게 채워나가다 보면 독에 물이 가득 차는 것이다.

이 중요하지만 간단한 사실을 아는 데 꽤나 많은 시행착오를 겪었다. 계획에 따라 움직이는 것을 좋아하는 성격이고, 계획을 하나씩 달성하는 데 큰 희열을 느껴가는 나였지만 좀체 다람쥐 쳇바퀴 도는 느낌에서 벗어나지 못할 때가 있었다. 그쯤되니 to do list를 짜는 것 자체가 그냥 자기만족을 위한 기계적인 행동으로밖에 보이지 않아 금세 열의가 식어버렸다.

뭘 해도 안 되는 실패의 구렁텅이 늪에서 허우적거리며 필사적으로 탈출하려고 발버둥치는 순간, 무엇이 잘못되었는지를 깨달을 수가 있었다. 그것은 바로 해야 할 일은 3~5가지 정도 하면서 하지 말아야 할 일은 10가지가 넘도록 하고 있으니, 어떤 일이 잘 풀리려고 해도 잘 풀릴 수가 없었던 것이다. 이는 마치 가고자 하는 방향과 반대방향인 무빙워크를 타고 있으면서 앞으로 한두 걸음 나아갔다고 자기만족하고 있는 것과 같았다. 하지 말아야 할 것들만 하지 않아도 (반대 방향 무빙워크만 타지 않아도), 비록 걸음이 느릴지언정 앞으로는 나아갈 수 있는 데 말이다.

그 중에서 가장 하지 말아야 할 리스트가 바로 스마트폰이었다. 스마트폰은 악마의 유혹 같은 존재다. 유튜브, 카카오톡, 인스타 등 SNS, 웹툰, 커뮤니티 게시글 및 각종 짤, 심지어 나무위키까지 우리가 원하면 그 즉시 가장 말초적인 자극과 흥미를 대령해준다. 칙칙하고 재미없고 때로는 고통스럽기까지 한 우리의 사막 같은 일상 속에서 가장 확실한 쾌락을 주는 오아시스 같은 존재다. 그러나 스마트폰이 주는 도파민은 사실 신기루일 뿐이다. 스마트폰이 주는 도파민은 1차원적인 데다가 초단기적이라서 우리의 영혼을 마비시킨다. 우리는 스마트폰이 주는 저급 도파민에 중독되어 금세 내성이 생기고, 더 크고 반응이 빠른 자극을 찾게 되고 그래서 더 스마트폰에 중독되고…, 이렇게 현실 속에서 아무런 흥미와 삶의 열의를 느끼지 못하게 된다.

특히 아침에 기상하자마자 보는 스마트폰은 일상 전체를 망가뜨렸다. 아무리 6시 7시에 일어나면 뭐하나, 스마트폰 보느라 1시간 2시간이 훌쩍 지나 9시가 넘어서야 침대 밖에 나오는데. 그렇게 해서 공부하러 나오면 머릿속에는 아침에 봤던 스마트폰의 잔상이 계속 남게 된다. 그래서 집중력을 온전히 발휘할 수 없었다. 쉬는 시간마다 스마트폰 보고, 심지어 공부하면서도 틈틈이 스마트폰 보고, 밥

먹으면서도 스마트폰 보고, 씻으면서도 스마트폰, 자면서도 스마트폰 보니 '나'라는 존재는 어느 쪽이 현실이고 어느 쪽이 가상인지 구분하지도 못하게 되는 경지에 이르렀다.

그때 결심한 not to do list 1, 2, 3번은 각 기상 직후, 공부 중, 취침 직전 스마트폰 보지 않기였다. 기상 시 머리맡에는 스마트폰 대신 시집 한 권을 갖다 두어 시 한 편 정도를 천천히 머릿속에 음미해보는 시간들을 가졌다. 공부 중에는 너무나도 휴대폰이 궁금함에도 휴대폰 잠금을 걸거나 사물함에 넣어버려 과업이 다 끝나지 않는 이상 열어볼래야 볼 수 없게 만들었다. 자기 직전에는 취침 1시간 정도 전에 사람들에게 미리 잔다고 말을 하고, 1시간 정도 그날 공부했던 것들을 복기하고 하루 일과들을 점검해보는 시간을 가졌다.

이렇게 저급 도파민을 줄여가다 보니 일상의 소소한 성취에서 오는 만족감이 내 삶의 엔진을 구동시켜갔다. 삶은 담백해졌고, 일상의 즐거움을 되찾았으며, 목표와 성취감에 더욱 집중할 수 있게 되었다. 이러한 not to do list를 몸속에 체화시키고 나서야 to do list가 비로소 그 빛을 발하기 시작했다. 시나브로 가상의 공간에서 빠져나와 현실을 사는 내가 되자, 꿈 앞으로 성큼 다가선 나를 발견할 수 있었다.

멀티태스킹보다 노이즈캔슬링

난 항상 멀티태스커들이 부러웠다. 공부도 잘하면서 동시에 연애도 잘하고, 취미생활과 동아리 활동도 왕성하게 하며, 사회생활도 기가 막히게 잘해나가는 사람들은 도대체 어떤 능력이 있어서 이 모든 것을 동시에 할 수 있을까라고 늘 의아해했다. 그에 비해 나는 하나를 하면 다른 일을 도저히 못하는 싱글태스커였다.

그런데 인류학과 진화학을 공부해보면서 인류는 태초에 멀티태스커에서 싱글태스커로 진화했다는 충격적인 사실을 알게 되었다(내가 잘못 이해했을지도 모른다). 인류는 원시적으로 취약한 신체구조를 타고났기에 늘 외부의 위협에 촉각이 곤두서야만 했고, 밥을 먹으면서도 잠을 자면서도 늘 도망갈 준비를 할 수밖에 없었다. 그 결과 집중력에 한계가 있었고, 고도의 두뇌활동을 할 수가 없었다. 그러나 인류는 생존기술이 발달하면서 외부의 위협으로부터 안전해지기 시작했고, 두뇌 용적도 커지면서 점차 학문과 예술과 같은 고도의 두뇌활동을 할 수 있게 되었다. 오히려 싱글태스킹을 할 수 있다는 것 자체가 하나의 거대한 특권이었고, 양반이나 귀족과 같이 생활이 여유로운 계층만이 고도의 두뇌활동에 전념할 수 있었다. 식자층(識者層)일수록 자신의 활동 영역은 더욱 심플해지는 대신 그 수준은 깊어져갔다. 칸트와 같은 대철학자나 아인슈타인 같은 세기의 물리학자의 삶이 얼마나 단조로웠는지는 이미 널리 알려진 사실이다.

여기서 알 수 있는 사실은, 우리는 두 마리 토끼를 잡을 수 없다는 것이다. 멀티태스킹과 집중력은 서로 상쇄관계(trade-off)에 있다. 멀티태스킹을 하면 집중력이 분산되고, 집중력을 모으려면 싱글태스킹을 할 수밖에 없다. 특히 멀티태스킹을 엄밀히 분석해보면, 사실은 업무의 빠른 전환이라고 볼 수 있다. 앞서 예를 들었던 공부와 연애, 취미활동과 동아리 활동의 병행은 사실상 동시다발적으로 이루어진 다기보다는 공부에 집중했던 두뇌가 연애로 업무 전환되고, 연애에 맞추어졌던 두뇌가 다시 취미활동과 동아리 활동으로 재빠르게 업무 전환이 되는 것이다.

그러나 적어도 꿈을 간절하게 이루고자 하는 우리들에게 이러한 재빠른 업무 전환은 바람직하지만은 않다. 한 영역에서 다른 영역으로 업무 전환이 이루어지려면 그 다른 영역을 일정 정도 선으로 높이는 데 들어가는 예열 때문에 에너지 소모율이 높아진다. 자동차를 운전할 때도 급제동과 급발진을 많이 할수록 연비가 나빠지고, 엔진 마모가 심해지는 것과 같은 원리이다. 경험상으로도 주중에 공부와 알바 활동을 병행했을 때가, 주말에 알바를 몰아서 했을 때보다 체력과 정신력 소모가 현저했다. 심지어 동아리나 친구들 모임 한 번이라도 갔다 오는 날에는 그날의 이후 과업은 확실히 무리가 될 정도였다.

그래서 중요한 시험을 앞둘 때면, 주변 사람들에게 미리 양해를 구했다. 알바에서 잘리는 것을 감수하고서라도 긴 휴지기간을 가졌고, 친구들에게 그 시험이 끝날 때까지는 만나기 어려울 뿐만 아니라 연락도 잘 안 될지 모르니 너무 서운해하지 말아달라고 미리 사정을 설명했으며, SNS 비활성화는 물론 카톡 삭제까지 서슴지 않았다. 외부의 모든 자극을 차단하고, 극도의 외로움과 고독을 벗삼아 온전히 나에게만 집중해나갔다. 그때의 경험은 마치 노이즈캔슬링(noise-canceling)이 완벽하게 이루어지는 블루투스 헤드폰을 쓴 것 같은 느낌이었다. 그동안 멈춘 줄 알았던 심장이 줄곧 꿈을 향해 뛰고 있었음을 알리는 박동소리가 강하게 감지되었고, 지금까지 소음공해로 듣지 못했던 내면의 소리가 들리기 시작했다. 지금 당장 이 책을 쓰고 있는 이 순간마저 완벽한 노이즈캔슬링을 위해 제주도로 장기 휴가를 와서 그 어느 누구와도 소통하지 않고, 어느 동네인지도 잘 모르는 바닷가 앞 카페에서 글을 작성하고 있는 중이다.

따라서 진정한 멀티태스커가 되고 싶다면 짧은 주기로 급제동/급발진을 반복하는 멀티태스킹을 지양하고, 하나의 목표가 달성되면 다른 목표를 정복해나가는 긴 주기의 멀티태스킹을 지향하라. 마치 K2를 정복하고 난 다음에야 에베레스트 등정에 나서는 산악인처럼 말이다.

초집중과 포모도로

자 그러면, not to do list도 만들고 노이즈캔슬링도 해야 한다면, 엄청난 자제력을 탑재해야만 할 것 같다. 그러나 『초집중』의 저자 니르 이얄은 말한다. '엄격한 자제(strict abstinence)'야말로 집중력을 방해하는 주범이라고.

인간의 행동에서 가장 주된 동기는 바로 인간은 불편함을 없애려는 방향으로 움직인다는 것이다. 생리학적으로 인간은 쾌락을 추구하기보다는 불편함을 피하려는 방향으로 움직인다는 말이다. 사실 어떤 목표를 이루기 위해서는 하지 말아야 할 것들에 대한 자제가 절대적으로 중요하다는 것은 우리 모두 알고 있는 상식이다. 문제는 '엄격한 자제'의 태도를 보일수록 인간은 그에 비례하여 더 큰 불편함의 감정을 느끼게 된다는 점이다. 그래서 대부분의 인간은 그 불편함의 감정을 없애버리기 위해 더욱더 강하게 금기시되는 행동들을 할 강력한 유인동기를 발현시킨다고 한다. 요약하자면, 자제력에도 작용-반작용 법칙이 있어서, 엄격하게 자제할수록(작용) 역설적이게도 하지 말아야 할 것들을 더 하게 될 위험성에 노출되어 버린다(반작용). 마치 고무줄을 강하게 잡아당길수록 반대방향으로 더 세게 튕겨나가는 것과 같은 이치다.

흡연자들은 니코틴이 선사하는 쾌락보다 금연하고 싶은 욕구 때문에 더욱 흡연에 중독되어버린다는 놀라운 연구 결과도 있다. 마찬가지로 엄격한 자세로 not to do list를 고수하는 태도가 오히려 우리를 not to do list에 중독되게 만든다. 한 번쯤 돌아보면, 이와 유사한 경험을 쉽게 떠올릴 수 있다. 세상에서 가장 맛있는 치킨은 다이어트 중에 마주친 치킨이고, 세상에서 가장 재미있는 뉴스는 시험기간에 보는 뉴스이다. 라면은 야식 중에 먹어야 제일 맛있고, 술은 금주기간에 마셔야 제일 짜릿하다. 우리는 그렇게 작심삼일과 친해져간다.

그러면 어떻게 해야 되는가? 니르 이얄은 말한다, 10분 법칙을 지켜보자고. 하지 말아야 할 것을 하고 싶은 충동이 생긴다면 해도 좋다, 다만 10분 뒤에. 예를 들어, 다이어트 중에 유튜브나 인스타 알고리즘에 이끌려 어쩌다가 곱창 먹방을 봤다 치자. 그렇다면 당장이라도 배달앱을 켜서 곱창을 시키고 싶다는 생각이 강하게 몰려들 것이다. 오케이. 곱창을 먹어도 좋다, 10분 뒤에. 10분 동안 자기 스스로에게 물어본다. 정말 먹고 싶어서 먹는 거 맞냐고, 거짓 배고픔 아니냐고, 정작 먹고 나면 후회감이 주는 고통이 더 클 것 아니겠냐고. 그러면 십중팔구 10분 뒤에는 곱창 먹고 싶은 생각이 거의 사라질 것이다.

코로나바이러스가 걱정되어 변시 100일 전부터는 오로지 집공(집공부)만 하였다. 집공을 하면 알다시피 가장 큰 위험요소가 내가 눕고 싶을 때 언제든 누울 수 있다는 점이다. 그리고 한 번 누우면 이불 밖은 위험하므로, 침대에서 나오기가 무척 어렵다. 그렇게 의지력을 소모하고 나면 많은 경우 공부하고자 하는 의지가 꺾이게 된다. 그래서 눕고 싶을 때마다 스스로에게 한 타임만 더 공부하고 눕자고 얘기했다. 너무 피곤하여 도저히 버틸 수 없는 지경이면, 딱 한 문제만 더 풀고 눕기로 했다. 그랬더니 실제로 침대에 누운 횟수는 그리 많지 않았다. 오히려 도서관에서 공부할 때 휴식 좀 취해보겠다고 책상에 엎드리거나 밖에서 바람 쐰 시간보다 적었다.

공부한 후 휴대폰을 너무 하고 싶었다. 문제는 공부 한 타임 뒤로 휴대폰 보는 것을 미루어도 어쨌든 휴대폰을 한 번 붙잡게 되면 굉장히 오랜 시간 동안 휴대폰을 쉽게 놓아주지 못했다는 것이었다. 그래서 포모도로(pomodoro, 이탈리어로 토마토) 공부법을 시도해보았다. 단기집중력을 끌어모으기 위해서 공부-휴식 주기를 기계적으로 제어하는 공부법이다. 초깃값으로는 "20분 공부-5분 휴식-20분 공부-5분 휴식-20분 공부-15분 휴식"이 한 사이클이었다. 그리고 그 포모도로를 돌릴 동안에는 휴대폰이 잠긴다. 휴대폰을 만질 수 있는 시간은 잠깐의 5분 정도 타이밍이었다. 그런데 화장실 가고 잠시 쉬면 휴대폰은 기껏해야 카톡 답장을 확인할 수 있는 정도가 전부였다. 보고 싶은 유튜브나 웹툰이 있으면 15분 휴식이 올 때까지를 기다려야만 했다. 이렇게 포모도로 공부법으로 공부와 휴식 간의 주기를 기계적으로 제어하니까, 오히려 휴대폰 의존도가 떨어졌다. 반대로 휴대폰 안 보겠다고 휴대폰을 집에다 두고 오거나 사물함에 잠가놓는 친구들은 처음에는 잘 버티나 싶더니 계속 초조함의 금단증상을 보였고, 결국에는 집에 일찍 돌아가서 휴대폰을 보거나 사물함에 잠가놓는 횟수가 줄기 시작했다. 그런 '엄격한 자제'가 그들로 하여금 휴대폰 중독에 더욱 빠지게 한 것이다. 반대로 휴대폰을 충분히 볼 수 있지만 아주 조금의 시간만 기다리면 볼 수 있다는 소소한 희망으로 작업 사이클을 맞춰놓았던 나는 오히려 나중엔 휴대폰 중독에서 벗어났고, 금쪽같은 휴식시간을 휴대폰으로 채우기보다 눈 감고 명상하거나 가벼운 산책으로 채워나갈 수 있었다.

　이러한 심리 기제를 모르고서 무턱대고 집중하자고 덤벼들면, 그 집중해야 한다는 강박관념이 오히려 집중을 방해하게 될 것이다. 감정에 리드당하지 않고 감정을 리드할 수 있어야만 꿈이 요구하는 능력치와 현실의 간극을 줄여나갈 수 있다. 우리가 닿고자 하는 꿈은 그렇게 호락호락하지 않음을 잊지 말아야 한다.

현실주의자가 되어라

외부적 환경도 무시할 수 없는 중요요소임은 틀림없다. 그리고 그 환경은 거칠게 말하면 경제적 여건의 문제로 귀결된다. 경제력이 충분히 갖추어진 환경에서는 여러 양질의 자원을 끌어모아 극단적인 시간효율을 달성할 수 있다. 나아가 인간은 물질적 존재이기에 여유로운 경제적 환경은 정신적 여유까지 담보한다. 그래서 같은 경쟁을 함에 있어서도 경제적 여건이 갖춰진 사람은 그렇지 않은 사람보다 감정 기복도 덜하고, 정신적으로도 안정되어 있을 가능성이 더 높다. 돈이라는 것은 자아실현적 측면에서 우리가 생각하는 것보다 훨씬 더 많은 것을 좌우한다.

꿈을 향해 폭주기관차처럼 달려가던 내게 항상 큰 걸림돌로 작용했던 부분이 바로 이 경제적인 측면이었다. 고등학생 시절에는 당장 문제집 살 돈이 없어 남들이 쓰다 버린 문제집을 주워서 풀기도 했는가 하면, 주워서 푸는 문제집으로는 도저히 양질의 문제를 풀 수 없어서 서점에서 문제집을 훔치다가 걸려서 법적으로 큰 문제에 휘말릴 뻔도 했다(다행히 서점 측에서 사정을 이해해주셔서 너그럽게 합의해주셨다). 대학교 다닐 때에도 남들은 온전히 도서관에서 학점 경쟁과 스펙 쌓기에 열 올리고 있을 때, 알바 하느라 시간을 많이 빼앗겼다. 과외라도 잘 안 구해질 때에는 식당 설거지 알바나 택배 상하차 알바, 공사장 현장 건축 공사까지 안 해본 알바가 없었다. 물론 그런 알바 경험들이 삶을 살아가는 데 좋은 경험이었음은 인정하지만, 어쨌거나 수많은 경쟁 과정 속에서 다른 경쟁자들에 비해 늘 체력과 시간을 깎아먹고 들어갔던 것은 부정할 수 없었다.

그렇다고 외부적 환경에 굴복하여 꿈을 포기하기에는 내 인생이 너무 불쌍하지 않은가? 더 나아가자면, 경제적 여건 때문에 자신의 간절한 꿈을 접는 모습을 보인다면 그것은 부모님 가슴에 큰 못을 박는 것이라 할 수 있다. 자식에게 늘 더 좋은 것들을 해주고 싶고, 더 좋은 것을 해주지 못해 미안해하시는 것이 부모님 마음인데, 결국 좋은 것만 보고 좋은 것만 먹고 좋은 일만 있기를 바라는 자식이 경제적 여건의 한계로 꿈을 접는 모습을 보고 있노라면, 분명 못난 부모님을 만나서 그런 것이라고 자책할 것이 불 보듯 뻔하다. 부모님을 위해서라도 이 악물고 버텨야 한다.

그러면 외부적 환경이 넉넉지 않은 이들은 꿈을 이루기 위해서 어떻게 해야 할까? 한 가지 콕 집어서 이것이 정답이라고 해결책을 줄 순 없지만, 그럼에도 한 가지 지혜를 공유하자면 철저한 계획 세우기를 추천하고 싶다. 먼저, 자신이 가지고 있는, 혹은 자신이 당장 활용 가능한 자원들의 리스트들을 쭉 뽑아낸다. 구체적이면 구체적일수록 좋다. 그다음으로는 디데이를 설정한다. 대입이라면 수능일, 로스쿨생이라면 변시일, 예능준비생이라면 오디션일, 스타트업 준비생이라면 런칭일 또는 투자 유치일 등 디데이를 잡은 다음 현재로부터 디데이까지 얼마의 자원이 소모될지를 치밀하게 계산한다.

현재 가지고 있는(혹은 추가적으로 활용 가능한) 자원(이하 '초기 자본금')과 디데이까지 필요한 자원 사이의 괴리가 발생한다면, 우리가 취할 수 있는 전략은 둘 중 하나다. 초기 자본금을 늘리든지, 디데이까지 필요한 자원량을 줄이든지. 여기서 주의할 것은 디데이까지 필요한 자원량을 줄이는 데는 신중해야 한다는 점이다. 우리에게 기회는 많이 찾아오지 않는데, 괜히 비용을 쓸데없이 아꼈다가 찾아온 기회를 잡아낼 능력을 갖추지 못할 가능성이 있기 때문이다. 예컨대, 나는 고3 수능 끝나고 서울대 법대에 지원하고서 2차 논술 면접일까지의 시간 동안 쓸데없이 비용을 아껴보겠다고 동네 조그마한 학원에서 문장력 코칭이나 받으며 혼자서 배경지식을 쌓았던 것이 큰 화근이 되어 결국 2차 시험을 망치고 재수, 삼수의 2년을 추가적으로 허비하고 말았다. 그 이후로는 인생중대사를 앞두고는 가능한 범위 내에서 돈을 크게 아끼지 않는다는 방침을 세우고, 리트 시험 준비나 변시 준비할 때 불필요한 사치만 줄였을 뿐 필요하다고 생각하는 항목에서는 돈의 소비를 아끼지 않았다.

그러면 결국 우리가 해야 하는 것은 초기 자본금을 늘리는 일이다. 시험 준비 전에 최대한 많은 알바 등을 해서 돈을 끌어모으고, 가능하다면 돈을 빌리거나 대출까지 해서 끌어모아야 한다. 더욱더 근본적으로는 평상시 이러한 인생의 중대사를 위해서 늘 저축하는 습관을 들여야 한다. 리트를 준비할 때는 메ㅇ로스쿨이라는 막대한 비용이 들어가는 학원의 풀코스를 따라가기 위해 대학생 내내 알바하면서 번 돈 모두를 사용했고, 부족한 부분은 어머니께 빌려서 비용을 충당했다. 로스쿨생 때는 로스쿨 입학 전까지 온갖 알바를 다해서 돈을 최대한 끌어모았고, 은행을 돌아가며 가능한 모든 대출을 다 받았다. 대출가능금액은 2천만 원이었고, 2천만 원으로 3년을 버텨야 하니 1년당 600만 원이 조금 넘는 금액(1개월에 50만 원)을 쓸 수 있었다. 생활비는 최대한 줄이고, 로스쿨에서 받을 수 있는 모든 장학금을 다 받아 부족한 부분을 메우며 어찌어찌 겨우 마지막까지 완주할 수 있었다. 중간에 너무 힘들어 '올해는 접고 내년을 기약할까?' 하는 생각이 들 때면 대출만기로 내게 주어지는 빚을 생각했다. 1년이라도 재수하는 경우에는 대출 변제기가 도래하고 추가대출은 힘들어져 변호사라는 꿈 자체를 접어야 할지도 모르는 상황이 초래된다. 그러니 3년 내내 정신줄 놓지 않으며 바짝 긴장할 수 있었다.

이렇듯 시간-자원 계산은 초기에 다 끝내놓고 본격적인 레이스에 들어가야지, 일단 달리다가 자원 부족에 허덕여서 중도하차하여 다시 자원을 모으고 또 달리다가 또 중도하차하면 절대 골인할 수 없다. 일단 하기로 마음먹고 달리기 시작했다면, 절대 뒤를 돌아봐서는 안 되고 앞만 보고 전력 질주해야 한다. 치킨게임에서 먼저 꼬리 내리는 쪽은 필패다. 제 피와 살까지 깎아먹는 출혈경쟁 속에 어쭙잖게 작은 이익을 취한답시고 달리기를 멈추거나 다른 선택지에 미련을 갖는 순간 기회는 눈앞에서 날아가버릴 것이다. 냉정하고 잔혹하기 그지없는 기회의 여신에게 관용을 바라지 마라. 나 역시 로스쿨 재학 중에 고액과외 제안을 받아 솔깃한 적도 있었지만, 그 작은 이익을 취했다가 10년을 기다려 어렵게 얻은 기회를 잃어버리는 소탐대실의 우를 범하고 싶지 않아 그 제안을 과감히 거절하고 정말 힘들게 3년을 버텼다.

정 모든 수단을 동원해도 현재 가용자원이 턱없이 부족하다는 판단이 선다면, 처음부터 아예 잠시 다른 길로 가서 자원을 비축해두면서 다음 기회를 노리는 대안을 생각하는 게 나을 수도 있다. 결코 쉽지는 않겠지만, 그렇게 해내는 사람을 주변에서 꽤나 많이 봤다. 가슴속에 그 간절한 꿈만 놓지 않으면 된다. 그런 자에겐 언젠가 한 번쯤은 반드시 기회가 다시 찾아오기 마련이다.

"현실주의자가 되어라, 그러나 가슴속에는 불가능한 꿈을 간직하라!(Be the realist, But dream unrealistic dream in your heart!)"는 체 게바라의 말처럼 말이다.

존버는 승리한다

굉장히 많은 사람들이 실패의 두려움 때문에 시도 자체를 하지 않거나(경험상 약 50%) 시도하다가 포기해버리고 만다(경험상 약 25%). 그렇기 때문에 시도를 하는 것만으로도 상위 50% 안에 들고, 위기의 순간을 버티는 것만으로도 상위 25% 안에 든다. 시도하고 한순간 버티는 것만으로 4명 중에 3명은 제칠 수 있다는 말이다. 그 후에 찾아오는 수많은 고비를 넘는 과정에서 한두 명씩 떨어져나가고 마지막에는 혼자만 남게 된다.

여기까지 오는 동안 수많은 테스트와 허들이 있었다. 처음에는 강한 자가 살아남는 듯 보였다. 그러나 십 몇 년이 넘어가는 장기전이 지속되자 사태는 묘한 양상으로 바뀌었다. 절대 강자라고 불리던 사람들은 지구력이 달려서 중간에 점차 이탈하기 시작했다. 단타는 기가 막히게 잘 쳤지만 맷집이 약했다. 한두 허들은 잘 넘는 듯했으나, 금세 지쳐 더 이상의 허들을 넘으려 하지 않았다. 현실에 안주하는 사람도 있었고 주저하는 사람도 있었다. 넘어져도 포기하지 않고 넘으려고 발버둥치는 사람들더러 바보라고 비아냥대기도 했다. 중반이 넘어가자 중간에 눌러앉은 사람들이 더 많아지니까 마치 더 달리는 사람이 패배자가 된 것 같았고 각자 자기 자리에서 경기를 관망하는 사람이 승리자가 된 것 같았다.

이윽고 결승점이 보일 때, 가장 큰 난코스가 눈앞에 펼쳐졌다. 사실 지금까지 달려온 모든 코스는 이 코스를 위해 존재하는지도 몰랐다. 지금까지 살아남았다고 해서 여기서도 살아남으리라는 보장이 없었다. 주변엔 온통 무덤뿐이었다.

그런 상황에서 넘어지고 까지고 벗겨지고 헤지고 부르터서 닳고 닳은 사람들이 두각을 드러내기 시작했다. 그들은 지금까지 너무도 비루해서 단 한 번도 사람들 눈에 주목받지 못했던 이들이었다. 그 사람들은 더 이상 물러설 곳도 갈 곳도 없는 사람들이다. 빠르지는 않지만 우직한, 강하지는 않지만 독한 그들은 결국 가장 높다는 그 팔부능선, 구부능선 코스를 넘어 정상에 등극했다. 그 광경을 본 우리는 '강함'의 정의를 바꾸어야만 했다. 강한 자가 살아남는 것이 아니라, 살아남는 자가 강한 것이라고.

마지막 결승점까지 달려온 사람들을 붙잡고 물어보면 사연 없는 사람은 없다. 모두 다 가슴 짠한 스토리 하나씩은 안고서 가슴에 멍을 안고 살아왔던 사람들이다. 그들의 살아온 이야기는 전설이 되고 신화가 된다. 모든 사람들로부터 찬사를 받는 것은 그들이 대단한 성과를 이루어냈기 때문이 아니라 그렇게 힘든 상황에서, 그렇게 아픈 몸과 마음을 이끌고 포기하지 않고 끝까지 완주했다는 점 때문이다. 하지만 그들은 모두 입을 모아 한 가지 비결을 말한다. 존버(존X게 버틴다의 줄임말)는 승리한다고.

어느 날 옛 이스라엘 왕국의 다윗 왕이 반지를 만들고 싶어 "나를 위한 반지를 만들되, 거기에 내가 큰 전쟁에서 이겨 환호할 때도 교만하지 않게 하며, 내가 큰 절망에 빠져 낙심할 때도 좌절하지 않고 스스로 새로운 용기와 희망을 얻을 수 있는 글귀를 새겨 넣어라!"라고 지시했다. 반지 세공사는 반지는 아름답게 만들었으나 그에 새겨 넣을 글귀 때문에 큰 고통을 받게 되자 왕자 솔로몬에게 도움을 청하고 만다. 그때 솔로몬이 다음과 같은 글귀를 알려주었더니, 다윗 왕이 크게 만족하고 상을 내렸다고 한다.

그 글귀가 바로, "이 또한 지나가리라(This, too, shall pass away)"이다. 존버하는 자는 솔로몬의 이 가르침을 반지가 아닌 몸에 새겨, 이길 때도 교만하지 않고 절망에 빠져 낙심할 때도 좌절하지 않으며 스스로 새로운 용기와 희망을 얻는다.

그러므로 현재 자신이 별 볼일 없는 사람이라고 지레 겁먹고 주저하지 마라. 정말 이루지 않으면 안 되는, 그것을 이루기 전까지는 마음놓고 눈 감을 수 없는 간절한 꿈이 있다면 일단은 덤벼라. 약해도 부족해도 좋다. 심지어 지구력이 달려도 괜찮다. 지구력이라는 것은 산전, 수전, 공중전을 겪으며 배워나가는 것이니까. 일단은 달리기 시작했다면 존X게 버텨라. 넘어져도 좋다. 아니, 넘어지고 또 넘어져라. 넘어지고 계속 넘어져서 온몸이 만신창이가 되면 굳은살이 올라올 것이고 그 굳은살은 허약하기 그지없었던 당신의 맨살을 덮는 갑각이 되어 연약한 당신을 보호해줄 것이다. 이것이 꿈을 이루고자 하는 자의 기본자세이다.

레이스는 끝나지 않았다

어떤 지점에 도착해서 끝나는 것이 꿈이라면, 그것은 텅 비어 있는 삶이다. 물론 점을 찍는 것은 중요하다. 점을 찍어야 선이 되고, 방향성을 갖출 수 있으니 말이다. 점을 찍는 것(혹은 어떤 지점에 도달하는 것)은 방향성 있는 삶을 살기 위한 전제인 것이다.

그러나 꿈꾸는 삶을 살아왔던 자는 꿈을 이루었어도 이내 새로운 꿈을 꿀 것이다. 인간의 욕심은 끝이 없고 그 끝없는 욕심은 인간을 자멸하게도 만들지만, 인간을 한 차원 더 높은 존재로 만들어주기도 한다. 그래서 점은 선이 되고, 선은 방향성을 갖게 되는 것이다. 그 선이 일정한 방향성을 띠는 순간, 그 방향성은 그 사람의 삶의 궤적이 되고 그 사람을 본받아 따라올 다음 사람들을 위한 이정표가 된다.

예를 들어, 내가 지향하는 삶의 방향성은 '작은 것들을 위한 시'를 쓰는 삶이다. '공익 인권변호사'라는 꿈조차 사실은 점에 불과하고, 그 가치 실현을 위한 수단 혹은 중간 과정에 있는 것이다. '인권변호사'라는 점을 찍었다면, 이제는 다른 점을 찍을 차례다. 지금 생각하는 그다음 점은 아마도 AI 시대에 쉽게 유린될 수 있는 일반 시민들의 정보인권을 지켜내고, 소외되어가는 노동의 가치를 수호하며, 환경 분야의 선두주자가 되어 파괴되어가는 자연과 인간의 삶을 보호하는 일일 것이다. 무엇보다도 평생의 숙원이었던, '일본 정부로부터의 위안부 성폭력 피해자들에 대한 공식 사과'를 받아내는 데 앞장서고 싶다.

사실 지금까지의 레이스는 지금부터 펼쳐질 레이스를 위한 준비 운동이었고, 이제부터의 레이스는 내 마음껏 즐길 수 있는 유희다. 앞으로 내 마음대로 신나게 달릴 생각을 하니 벌써부터 설레서 잠을 이룰 수 없을 지경이다. 이제부터의 레이스 트랙은 온전히 나의 플레이 그라운드이다. 레이스는 아직 끝나지 않았다. 그리고 이 레이스는 죽을 때까지 영원히 끝나지 않을지도 모른다.

2 PART 준비된 자에게만 꿈은 현실이 된다

한 개인이 스스로 맹점을 볼 수 있을 정도로 시야를 넓히는 것은 쉽지 않은 일이다. 정말 다듬고 또 다듬어야 될까 말까다. 그럴 때는 다소 외부의 자극이 필요하다. 출제자가 주는 쇼크, 스승으로부터 받는 깨우침, 동료들로부터 받는 지적 도전은 정체되고 둔해지는 인식의 동맥경화를 뚫어주는 혈관 청소제라 할 수 있다.

이루고 싶은 것이 있다면
체력부터 길러라

1

"네가 이루고 싶은 게 있다면 체력을 먼저 길러.
네가 종종 후반에 무너지는 이유, 데미지를 입은 후에
회복이 더딘 이유, 실수한 후 복구가 더딘 이유,
다 체력의 한계 때문이야.
체력이 약하면 빨리 편안함을 찾게 되고,
그러면 인내심이 떨어지고, 그리고 그 피로감을
견디지 못하면 승부 따위는 상관없는 지경에 이르지.
이기고 싶다면 네 고민을 충분히 견뎌줄 몸을 먼저 만들어.
정신력은 체력의 보호 없이는 구호밖에 안 돼."

—드라마 〈미생〉 중에서

도전의 시작

새로운 도전을 하는 사람에게 제일 먼저 하는 말, 결전의 날 바로 직전에 마지막으로 하는 말. 그것은 바로, '체력을 길러라'이다. 하지만 많은 사람들이 이 말을 매우 식상하게 여긴다. 진짜 귓등에 피가 날 정도로 너무 많이 들어서 이제는 체력의 'ㅊ'자만 꺼내도 귀를 막고 손사래 칠 정도니까 말이다.

그러나 단언컨대 내가 다른 사람보다 가장 자신 있는 영역이자 이 자리까지 올 수 있었던 가장 중요한 이유, 반드시 그 자리까지 갈 수 있다고 굳건하게 믿은 이유는 바로 '체력'이다. 10대, 20대에는 그러려니 했는데, 30대가 되니까 진짜 하루하루 피부로 와닿고, 주변 4~50대를 보면 하루하루 그냥 버텨나가는 느낌을 받았다.

애초에 체력이 약하거나 고갈된 상태에서는 도전의식조차 생기지 않을 것이다. 꿈을 꾸지도 않을 뿐더러, 꿈을 꾸더라도 그냥 막연한 구름 속의 무언가 정도로만 느낄 뿐 '하고 싶다'는 강력한 의지가 생기지 않는다. 그러므로 도전의 대전제는 가히 체력이라고 할 수 있다.

의지력

이제는 너무 잘 알려진 래디쉬(radish, 서양 무) 실험이라는 것이 있다. 피실험자들에게 무작위로 자신 앞에 주어진 음식만을 먹고 수학 문제를 풀게 하는 실험인데, 실험 몇 시간 전부터 굶은 상태에서 참여해야만 한다. 이때 실험자 한 그룹에게는 무(radish)를 먹게 했고,

나머지 그룹에게는 갓 구운 맛있는 초콜릿 쿠키를 먹게 했다. 무를 먹은 사람들은 노릇노릇한 초콜릿 쿠키향을 맡을 수밖에 없었고, 옆 사람이 맛있게 먹는 것을 지켜보면서 고통을 받아야 했다. 음식을 다 먹고 난 후 수학문제를 풀게 했는데, 피실험자들에게는 쉬운 문제라고 알려주었지만 사실은 답이 없는 문제였다. 초콜릿 쿠키를 마음껏 기분 좋게 먹을 수 있었던 사람들은 평균 20분 동안 안 풀리는 문제를 붙잡고 놓아주지 않았지만, 무를 먹었던 사람들은 겨우 8분가량 버티고 문제 풀이를 포기해야만 했다.

이 실험은 '의지력은 소모성 자원이다'라는 것을 보여주는 실험으로 알려져 있다. 즉, 두 그룹은 같은 정도의 의지력을 가지고 시작했는데 그중 생무를 먹은 그룹은 진짜 먹고 싶은 초콜릿을 먹지 못하고 참느라 자신들의 의지력(혹은 자제력)을 이미 사용해버린 것이다. 의지력이 이미 소모된 상태에서 도저히 풀리지 않는 수학문제를 풀고 있으려니 눈에 들어오지 않았던 것이다. 반대로 초콜릿 쿠키를 먹은 그룹은 의지력을 소모하지 않은 상태에서 문제에 접근했고, 자신이 가진 의지력을 모두 쏟아내느라 무를 먹은 그룹에 비해 더 많은 시간 동안 문제풀이에 매진할 수 있었던 것이다.

문제는 이 의지력이라는 것 역시 훈련을 통해 그 절대적 수준을 높일 수 있다는 것이다. 이 역시 실험을 통해 드러났는데, 틈 날 때마다 자세를 바르게 유지하도록 지시받은 그룹이 매순간 긍정적인 생각을 가지며 자신이 하고 싶은 대로 할 수 있는 그룹에 비해 훨씬 더 높은 의지력 향상을 보인 경우도 있었고, 체력단련이나 공부, 금전관리 등 각각의 프로그램에서 훈련받은 그룹은 다른 프로그램에서도 더 좋은 의지력을 가지고 성과의 개선을 보인 일도 있었다. 즉, 체력단련 을 꾸준히 해온 사람들은 공부도 더 진득하게 할 수 있고, 금전관리도 참을성을 가지고 장기적으로 건전하게 운용할 수 있다는 것이다.

위 두 실험결과를 종합하면, 체력관리는 가장 확실한 의지력 강화 훈련이다. 체력관리라는 것은 크게 ❶ 규칙적인 습관, ❷ 운동, ❸ 좋 은 영양상태로 요약되는데, 결론부터 말하자면 ❶ 규칙적인 습관은 의지력을 소모하지 않게 만들어주고, ❷ 운동은 절대적인 의지력 용 량을 키워주는 가장 직접적인 훈련이며, ❸ 좋은 영양상태는 의지력 소모율을 저하시켜주는 것이다.

규칙적인 생활습관

보통 사람들에게 '체력을 길러라'라고 말하면, '빡센 운동을 하라' 는 말과 동의어로 알아듣는다. 그래서 그들 대부분은 체력을 기르라 는 말에 많은 부담감을 느껴, 결국 한 귀로 듣고 한 귀로 흘러버리고 만다. 사실 틀린 말은 아니지만, 체력을 높이는 가장 중요한 요소는 운동보다는 규칙적인 생활습관이다.

과학적으로 통계를 내지는 않았지만, 나 자신에게 실험한 바로는 규칙적인 생활습관 50%, 운동 20%, 좋은 영양상태 30% 정도의 비율 이 체력을 높이는 것으로 드러났다(나는 스스로에게 실험하는 것을 좋아하고 실험 결과를 바탕으로 이론을 만들어내는 것을 좋아한다). 각 3주 단위로, ❶ 불규칙적에서 규칙적으로, ❷ 비운동 상태에서 운동 상태로, ❸ 인스턴트 위주에서 균형 잡힌 식단으로 생활습관을 변화시킨 후 각 각 공부시간 증가율을 측정해보았더니 그 증가율의 폭이 각 5 대 2 대 3 정도로 나왔다. 결론적으로 운동을 하지 않더라도, 식습관을 개선 하지 않더라도, 생활습관을 규칙적으로 하는 것만으로도 체력을 가 장 효율적으로 높일 수 있다. 그러므로 '체력을 길러라'라는 말은 곧 '규칙적인 생활습관을 갖추어라'라는 말로 이해하면 된다.

규칙적인 생활습관은 동일 시간대에 수면을 취해서 동일 시간대 에 기상하는 일에서 시작한다. 사실 수면시간만 잘 조정해도 생활습 관을 규칙적으로 만들었다고 할 수 있다. 좀 더 극단적으로 말하면, 같은 시간에 수면을 취해 같은 시간에 기상하는 것만 몸에 밸 경우 하루 2~3시간의 수면만으로도 삶을 버텨나갈 수 있다. 대표적으로 고3 시절 매일 23시에 수면을 취해서 새벽 1시에 기상하는 버릇을 들 였고, 이러한 규칙적인 수면 습관으로 하루 2시간 내외의 수면만으 로도 고3 생활을 버텼다. 변시 막판에도 새벽 2시 무렵에 잠을 자고 새벽 5~6시쯤 기상하는 습관을 들였더니(중간에 쉬는 시간마다 틈틈이 낮잠으로 수면을 보충했지만), 30대의 나이에도 불구하고 최상의 컨디션 으로 변호사 시험에 임할 수 있었다.

그다음으로 중요한 생활습관은 식사시간을 맞추는 것이다. 몇 시 에 식사를 할지 고정시키면, 모든 삶의 계획들의 뼈대가 짜맞추어진다. 오전 공부시간/업무시간, 쉬는 시간, 오후 공부시간/업무시간, 수면시간 등이 정확히 계산되고, 여러 생리활동 역시 식사시간에 맞추어져 최상의 컨디션을 유지할 수 있게 된다.

수면시간과 식사시간만 규칙적으로 고정시키면 절반 이상은 끝났다고 볼 수 있지만, 프로의 단계로 거듭나기 위해서는 공부나 업무를 기계적으로 할 수 있도록 생활패턴을 구성해야 한다. 말이 어렵기 때문에 단적인 일화를 들어 설명을 대체하고자 한다.

내가 처음에 공부를 하겠다고 마음먹었을 때, 영어듣기가 난관이었다. 영단어나 문법, 독해는 중3 때부터 본격적으로 해도 주입식 한국교육과정에 몸을 맡기면 적어도 수능 보는 데까진 문제없이 따라갈 수 있다. 문제는 영어듣기인데, 어려서부터 이를 체계적으로 들을 수 있는 환경에 노출되지 않았기에 리스닝 테스트에서 항상 큰 애를 먹었다. 리스닝 테스트에서는 꼭 3개 정도를 기본적으로 틀렸기 때문에 나머지 과목에서 만점을 맞아야만 영어 상위권을 유지할 수 있었고, 수능이나 모의고사에서는 1등급 컷이 보통 96점에서 형성되기 때문에 많이 틀려도 2개 내에서 방어해야만 했다. 그러나 학교 공부를 쫓아가다 보면 영어듣기 시간을 별도로 할애하는 것이 어려웠고, 영어듣기에 부담감이 있다 보니 이에 손이 가지 않았다. 그래서 영어듣기 점수가 더욱 악화되는 악순환의 고리에 빠지기 시작했다. 영어듣기를 하려고 마음먹는 과정에서 이미 큰 결심이 요구되었기에 의지력을 그만큼 소모했고 그날의 나머지 공부는 효율이 떨어져 좋은 성과를 내지 못하고는 했다.

그래서 고안해낸 특단의 조치가 자기 전날 미리 책상을 영어듣기 준비로 세팅해놓는 것이었다. 일어나자마자 책상에 앉으면 그날 풀어야 할 영어듣기 문제가 펼쳐져 있었고, 카세트테이프 재생버튼만 누르면 문제에 맞는 영어 지문이 딱 맞게 나왔다. 평소 같았으면 아침에 일어나자마자 영어듣기를 할지 말지 망설이고 고민하는 데 시간과 의지력을 소모했고, 영어듣기를 하기로 마음먹고서도 준비를 하는 데 의지력을 소모하고 나면 이미 공부를 하기도 전에 의지력은 많이 떨어진 상태였다. 그러나 이제는 일어나자마자 책상에서 재생버튼만 누르고 연필만 잡으면 큰 결심 없이도 영어듣기 문제를 풀 수 있었다. 이미 영어듣기를 할 수 있도록 책상이 최적화로 세팅되어 있기에 오히려 다른 공부를 하기 위해 다른 책을 펼치는 것이 더 부담스럽기 시작했다. 그러다 보니 매일 아침 아무 생각 없이 1시간 정도의 영어듣기를 기계적으로 하게 되었고, 영어듣기 실력은 비약적으로 좋아져서 3회의 수능 내내 영어는 모두 만점을 받을 수 있었다.

'의지력은 소모성 자원이다'라는 명제를 머릿속으로 받아들인다면, 업무 배치에 대한 답이 나온다. 자신이 가장 하기 싫어하는 것, 가장 부담스러운 것, 그러나 가장 중요한 것을 하루의 제일 앞 순서에 배치하고, 자기 전에 별 노력 없이도 무의식적으로 그 업무를 할 수 있도록 세팅을 해놓는 것이다. 그다음으로는 점차 손이 잘 가거나 덜 중요한 순서대로 업무를 배치하고, 가장 손쉽게 할 수 있는 업무는 식사시간 이후에, 가장 덜 중요하면서도 부담스럽지 않은 업무는 자기 바로 직전에 배치하는 것이 좋다. 식사를 하고 배가 부르며 적당히 기분 좋다가 다시 업무를 하러 들어가는 것은 꽤나 고통스러운 일인데, 이때 손이 잘 가지 않는 업무를 배치하면 식사시간이나 식사후 휴식시간이 계속 길어지는 자신을 발견하게 될 것이다. 마찬가지로 손이 잘 안 가는 업무나 중요한 업무를 자기 직전에 배치하면, 지칠 대로 지쳐버린 컨디션 상황에서 '에잇, 내일 하지 뭐'라며 다음날로 미루는 자신을 발견하게 될 것이다.

업무 중요도와 부담감에 따른 시간배치를 그려보면 다음과 같이 정리할 수 있다.

업무 배치	기상	오전 1	아침 식사	오전 2	점심 식사	오후 1	오후 2	저녁 식사	저녁 1	저녁 2	수면
부담	X	⑥	X	④	X	③	⑤	X	②	①	X
중요도	X	Ⓐ	X	Ⓑ	X	Ⓔ	Ⓓ	X	Ⓒ	Ⓕ	X

※ 부담의 정도 : ⑥>⑤>④>③>②>①
※ 중요도 : Ⓐ>Ⓑ>Ⓒ>Ⓓ>Ⓔ>Ⓕ

위의 배치표를 다시 한 번 간단히 설명하자면 다음과 같다.

❶ 오전1

    가. 부담❻: 전날 밤에 세팅을 다 해놓아 무의식적으로 업무를 할 수 있고 의지력이 풀(full)로 채워져 있는 상태이기 때문에 가장 부담스러운 걸 해낼 수 있다.

    나. 중요도Ⓐ: 마찬가지 이유로, 가장 중요한 것을 일단 먼저 후딱 끝내버릴 수 있고, 가장 중요한 업무를 끝내지 않고서는 하루가 돌아가지 않게 만들어야 할 강력한 유인이 생긴다.

❷ 오전2

    가. 부담❹: 자기 직전에 가장 부담감 없는 업무를 배치하고 나서, 그다음으로는 식사시간 이후 부담감 없는 업무를 배치해야 한다고 했으므로, ❷, ❸, ❹의 업무를 각 식사시간 뒤에 배치하되, 체력소모를 고려하여 아침식사 후❹〉점심식사 후❸〉저녁식사 후❷로 배치한다.

    나. 중요도Ⓑ: 중요한 업무는 식사시간 이후에 하는 것이 좋다. 영양이 공급되고 당이 보충된 상태에서는 중요한 업무를 할 수 있는 집중력이 올라오기 때문이다. 체력을 고려하여 아침식사 후Ⓑ의 중요도가 있는 업무를 하면 된다.

❸ 오후1

    가. 부담❸: 앞에서 설명한 바와 같다.

나. 중요도 **ⓔ** : 식곤증(점심식사 후 나른한 오후에 몰려드는 낮잠)을 고려하면, 오후1 시간대에는 집중력이 많이 떨어지기 마련이다. 따라서 자기 직전**ⓕ**, 그다음으로 덜 중요한 업무**ⓔ**를 배치하면 된다.

❹ 오후2

가. 부담**❺** : 가장 부담스러운 업무는 기상 직후**❻**, 가장 덜 부담스러운 업무는 자기 직전**❶**, 그다음 덜 부담스러운 순서대로 아침식사 후**❹**〉점심식사 후**❸**〉저녁식사 후**❷**에 배치하고 남은 업무**❺**를 저녁식사 전에 배치하면 된다.

나. 중요도**ⓓ** : 가장 중요한 순서대로 기상 직후**ⓐ**와 아침식사 후**ⓑ**, 저녁식사 후**ⓒ**에 배치하고, 가장 덜 중요한 순서대로 자기 직전**ⓕ**과 점심식사 후**ⓔ**에 배치하고 남은 업무를 배치하면 된다.

❺ 저녁1

가. 부담**❷** : 앞에서 설명한 바와 같다.

나. 중요도**ⓒ** : 앞에서 설명한 바와 같다.

❻ 저녁2

가. 부담**❶** : 가장 부담이 안 되는 업무를 자기 직전에 배치하면 된다는 원칙에 의거하여 **❶**의 부담을 주는 업무를 배치한다.

나. 중요도**ⓕ** : 하다못해 다음날로 미룰 수도 있을 불상사를 대비해 가장 안 중요한 업무**ⓕ**를 배치한다(우리 자신을 너무 믿지

말자).

이러한 업무배치도는 참고사항에 불과하며, 개인적 특성에 따라 얼마든지 변형 가능하다. 예를 들어 아침식사를 안 하는 사람이 있을 수 있고, 올빼미 형이라 점심식사부터 하루를 시작하는 사람도 있을 수 있다. 중요한 것은 부담의 정도와 중요도라는 두 가지 변수를 모두 고려해야 한다는 것이다. 두 가지 변수를 위에서 말한 몇 가지 원칙만 고수하여 자신에게 적용시켜나간다면, 많은 의지력을 소모하지 않고도 하루 해야 할 일(work to do)을 원활히 수행할 수 있고 장기 레이스를 달리면서 지치지 않을 수 있다. 아니, 아예 의지력을 소모시키지 않고도 하루하루를 버틸 수 있다. 한마디로 말해 업무배치가 너무 과학적으로 짜져 있어(scientifically customized), 최대한 아무 의식(혹은 의지력) 없이 기계처럼 살게 되면 살게 될수록(live like a machine without consciousness) 나중에 가장 인간적인 삶의 영예를 누릴 수 있게 된다(finally get the most humane honor).

운동

사실 이 책을 통틀어 가장 강조하고 싶은 챕터이다. 운동은 한 개인을 완전히 다른 사람으로 환골탈태시켜주는 마법이다. 운동을 하는 순간 자신이 선천적으로 어떻게 태어났든 간에 상관없이 전혀 다른 인생을 살아갈 수 있다.

나는 2.3kg의 미숙아로 태어나 몸이 허약하고 왜소하여 생사를 오고갔던 적이 한두 번이 아니었다. 면역력이 워낙 약해서 홍역, 수두, 볼거리, 독감, 눈병, 무슨 바이러스 등 유행한다는 병이란 병은 안 걸려본 적이 없다. 심장도 좋지 않아서 초등학교 때 심전도 검사를 하면 심장 박동수가 낮아 인공 펌프를 달아야 할지도 모른다는 진단도 받았다. 매일 가위에 눌려, 자고 일어나면 거의 매일 코피를 쏟고는 했다. 당장 죽어도 이상하지 않을 정도로 허약해서, 어머니는 늘 아들 건강 걱정에 한숨도 제대로 못 주무셨다. 아마도 어머니 가슴에 박힌 못은 다 내가 박은 것인지도 모르겠다.

그러다가 어머니는 내가 너무 걱정돼서 '해동검도'라는 운동을 시켰다. 없는 살림에 아들 운동비 마련하느라 어머니는 처음으로 부업을 하기 시작했다. 절 같은 곳에서 연등 달 때 쓰는 종이꽃을 만드는 거였는데, 약 5분의 시간을 들여 꽃 하나를 만들면(전문 용어로는 꽃을 피운고 한다) 50원 정도를 받을 수 있었으니까, 산술적으로 1시간이면 600원 정도를 벌 수 있었다. 하지만 당연히 1시간 내내 꽃을 피우지는 못하므로, 시급 약 500원짜리의 일이었다. 이렇게 꽃을 겨우 피워서 모은 돈과 생활비 절약한 돈을 합쳐 월 20만 원 정도의 학원비를 내주셨다.

처음에는 힘들었지만 어린 나이에 철이 일찍 들었는지 그 검도가 어머니의 피와 땀으로 이루어졌다는 것을 알았고, 그래서 하루도 빼먹지 않고 열심히 다녔다. 특히 체력이 너무 달려서 저녁 7시 정도면 잠이 들었기 때문에, 학교 갔다 와서 다른 것들을 하면 운동을 못 가니까 새벽 6시부를 다녔다. 새벽 운동 끝나고 집에서 아침 먹고 학교 가서 수업 듣는 일상을 매일 하루도 빠짐없이 무려 7년(초등학교 3학년 초부터 고1 초까지)을 했다.

그러다 보니 다른 친구들보다 더 빨리 급수를 따는 맛이 있었고, 어느덧 1단, 2단, 3단, 4단에 사범, 관장 자격증까지 모두 따기 시작했다. 나중에는 해동검도 전국 체전까지 나갈 정도의 실력이 되어서 그 도장에서 웬만한 사범 이상의 실력을 뽐냈다. 중2 때인가 관장 자격증을 취득하고서부터는 원생들에게 운동을 가르쳐주는 조건으로 돈을 받지 않고 검도를 다닐 수도 있었다. 그러다 보니 당연히 체력은 눈에 띄게 좋아졌고, 체력장 같은 것을 하면 모든 종목에서 1위를 찍었다. 왜소한 몸도 다부진 몸으로 변해가기 시작했고, 작았던 키도 180cm까지 성장하게 되었다. 사춘기 시절 잘 다져진 몸은 자기애를 형성시켰고, 매사에 자신감을 가질 수 있게 되었다.

건강도 매우 좋아져서 적어도 검도를 다니는 동안에는 감기 한 번 안 걸려서 병원에 발걸음을 해본 적도 없었고, 가위눌림도 멈췄다. 무엇보다도 고통에 대한 저항력이 강해지다 보니 참을성 있는 사람으로 바뀌었고, 전에는 눈에 거슬리던 것들을 관대하게 포용할 수 있게 되었다. 체력은 성격도 바꿨다. 짜증과 부정적인 성격이 미소와 긍정적인 성격으로 탈바꿈해, 유독 나를 대상으로 하는 친구들의 괴롭힘도 다 받아줄 수 있게 되었다. 학교에서는 짜증 한 번, 화 한 번 낼 줄 모르고 누가 괴롭혀도 허허 웃는 바보 천사 같은 놈으로 소문이 났다. 성격 좋다고 소문나서 반에서는 늘 인기가 많았고 반장도 계속 도맡아 했다.

그리고 이렇게 오랜 운동으로 쌓인 체력으로 중3 때부터 본격적으로 공부를 시작하니, 성적이 수직으로 상승하는 것은 말할 필요 없는 당연한 일이 되어버렸다. 아무리 폭주해도 지치지 않는 공부머신 같았다. 남들보다 월등히 높은 집중력으로, 더 많은 시간 공부를 할 수 있게 되니, 후발 주자로서 남들을 따라잡은 건 순식간이거니와 추월도 모자라서 전국 상위권이 되기까지 했다. 진짜 7년 동안의 그 고강도 운동이 없었다면, 공부를 단기간 내에 그렇게 잘할 수 있게 될지 정말 의문이 아닐 수 없고, 지금의 내가 있게 된 것도 장담 못한다.

그런데 고등학교 생활을 거치면서 운동을 거의 하지 않았고, 고2 1년 동안 감기가 떨어지지 않을 정도로 다시 허약해졌다. 묵은 변비로 공부하는 내내 몸이 둔탁했으며, 약간의 우울증까지 겹쳐서 하루하루 겨우 버텨냈다. 그렇게 재수까지 하니까 도전의식이고 뭐고 하등 중요하지 않고 그냥 바닥에 눕고 싶은 마음만 가득해지기 시작했다. 만사가 귀찮았다. 몸과 마음이 지쳐 있기 때문이기도 하지만 체력이 떨어지니 고통에 대한 저항성이 낮아지고 민감도가 높아져서 주변 사람들에게도 대체로 신경질적으로 대했다. 점점 더 나락으로 떨어지는 느낌이었다.

어쨌든 삼수를 해야 했기에 다시 한 번 심기일전하는 마음으로 공부에 들어가기 전인 2월 무렵 매일 새벽에 일어나 집 앞에 있는 천변을 조깅하는 습관을 들였다. 그러니 다시 활력이 도는 느낌이었고 찬 겨울공기 속에서 끓어오르는 몸속 훈기가 뭔가 당시 나 자신에 대한 메타포 같았다. 무엇보다 해가 떠오르는 것을 보고 있노라면 '이렇게 암흑에만 갇힌 내 인생에도 저렇게 해 뜰 날이 있지 않을까?' 하는 희망마저 꿈틀거리기 시작했다.

본격적으로 삼수를 하면서 육사, 경찰대 시험을 준비한다고 혼자서 매일 체력단련을 했다. 특히 현저히 떨어져 있던 심폐지구력을 끌어올리기 위해 당시 노숙 공부하던 한밭대학교 운동장을 매일 열 바퀴씩 뛰었고, 수능 만점을 기원하며 줄넘기 500개를 채웠다(당시 수능은 500점 만점 체제였다). 처음에는 운동하는 시간이 너무 아까웠다. 줄넘기는 쉬는 시간마다 틈틈이 한다고 하더라도, 운동장을 매일 열 바퀴 뛰려면 최소 1시간은 소요되었기 때문이다. 가뜩이나 1분 1초가 아까운데, 1시간 넘게 걸리는 운동을 하는 것은 상당한 부담이었다. 또한 운동을 하고 나면 체력이 좋아지는 것이 아니라 오히려 체력이 방전돼서 하루 종일 지친 컨디션으로 공부를 하니 공부효율도 현저히 떨어졌다. 삼수생 주제에 체력단련을 한다는 건 사치 같았다.

하지만 그렇다고 안 할 수는 없었다. 육사, 경찰대 필기시험만 칠 것도 아니고 최종 합격까지 가려면 2차 체력테스트는 절대적이었다. 실제로 수험생 중 대부분이 2차 체력테스트에서 낙오되기 때문에 중간만 가도 무난히 합격한다는 얘기가 있어서 하기 싫어도 억지로 해야만 하는 상황이었다. 아마 육사와 경찰대 시험에 응시조차 하지 않았다면 체력단련이란 진즉 포기했을지도 모른다(may). 아니 포기했음에 틀림없다(must). 어찌 보면 운동을 포기할래야 할 수 없는 상황 통제 덕분에 수능 전날까지 단 하루도 빠짐없이 운동장 열 바퀴를 달릴 수 있었을 것이다.

덕분에 운동을 시작하고서 약 3주에서 1개월 정도 지나자마자 몸은 무적 상태가 되었다. 그리 편안하지 않은 텐트 숙박으로 4시간 쪽잠을 자는 강행군을 이어갔음에도 하나도 피곤하지 않았다. 정신 상태는 말똥말똥했고, 눈앞에 보이는 스크린이 아무런 오염 없는 '깨-끗' 그 자체였다. 머리는 매일 숲 속에서 삼림욕을 즐길 때의 상쾌함을 유지했다. 내 인생 통틀어 심폐지구력이 최상인 상태였다. 호흡이 길어져서 집중력도 오래갔고, 한 번 호흡할 때 들어오는 산소량과 나가는 이산화탄소량의 용적 자체가 압도적으로 커지다 보니 피로를 느끼지 못했다.

부연 설명하자면, 머리에 부산물이 끼는 것처럼 잠을 자도 자도 머리가 피곤하고 맑지 않은 것은 산소 부족(또는 이산화탄소의 과다) 때문이다. 뇌에는 100억 개가 넘는 뇌세포들이 있는데, 이 뇌세포들에 산소 공급이 충분히 이루어지지 않는다면 갑작스런 두통과 피로를 겪는다. 그래서 두뇌에 많아진 이산화탄소에 비해 적은 산소를 보충하기 위해 하품을 하는가 하면, 하품으로도 부족할 경우 몸에 피로를 느끼게 하여 잠을 청하도록 한다. 잠을 자는 동안에는 몸이 움직이지 않기 때문에 체내 이산화탄소량은 적어지고 수면호흡을 통해 체내에 더 많은 산소를 효율적으로 공급할 수 있기 때문이다.

　한편 운동은 호르몬의 작용과도 직결되어 있다. 스트레스를 받을 때 신장의 부신피질에서는 코르티솔(cortisol)이라는 호르몬이 분비된다. 코르티솔은 스트레스에 대한 방어기전으로 심폐활동을 끌어올려 신체를 더 민첩하게 활동하도록 만들고 체내 혈당을 상승시켜 판단력을 높이도록 한다. 그 결과 몸의 에너지 소비량이 급증하고 체내 산소 농도가 줄어드는 것이다. 잠을 깨우는 각성 호르몬으로도 알려져 있는데, 카페인을 섭취하면 코르티솔 분비를 높여 집중력이 높아지고 몸이 긴장상태에 돌입하여 운동능력이 향상된다. 그러나 코르티솔은 몸에서 포도당 합성을 방해하기 때문에 산소와 포도당이 부족해져 더욱 쉽게 피곤해지고 에너지 소비의 산물인 젖산 분비가 늘어 피로를 유발한다.

　그런데 운동을 하게 되면, 엔도르핀과 세로토닌 분비가 촉진된다. 운동은 세로토닌 뉴런의 발화 빈도를 촉진시켜, 세로토닌 분비를 유도하는 트립토판이라는 물질이 만들어진다. 세로토닌은 두뇌에 충분한 산소가 공급될 때 만들어지는 것으로 알려져 있다. 세로토닌은 평상심과 행복감을 주는 호르몬으로 체내의 비정상적인 코르티솔 수치를 정상으로 완화시킨다. 다시 말해, 세로토닌은 쾌락의 정열적 움직임을 관장하는 도파민과 불안과 스트레스 반응을 관장하는 노르아드레날린의 두 가지 신경을 억제하고 너무 흥분하지도 너무 불안해하지도 않게 하여 마음의 평화를 가져오고, 조용한 각성상태를 만들어 신체의 코르티솔 의존도를 낮추기도 한다.

이렇듯 운동은 멘탈도 강화시킨다. 반드시 그런 건 아니지만 운동을 많이 하는 사람들은 금세 평온을 되찾고 위기대처에 능하다. 나역시 운동을 하는 시기와 하지 않는 시기의 멘탈의 강도 및 위기관리능력은 확연히 차이난다. 운동을 하지 않는 시기에는 위기 순간에 '어떡하지?' 하며 멘붕에 빠져버리지만, 운동을 열심히 하는 시기에는 '잠시만 숨을 고르고 생각해보자. 침착한 것이 중요하다'라며 상황을 리드한다. 솔직히 매순간 운동을 열심히 하는 것도 아니어서 현재는 배 나온 과체중 상태에 있지만, 큰 시험이 있거나 큰일이 닥치면 반드시 유산소운동 계획부터 짰다. 유산소운동을 주기적으로 하면, 한 치 앞을 모르는 불안한 상황 속에서도 호르몬 조절을 통해 평정심을 유지하며 끝까지 좋은 성적으로 완주할 수 있기 때문이다.

사실 유산소 운동을 해야 하는 이유는 또 있다. 결정적으로 시험을 잘 보게 하기 때문이다. 우리가 시험 보는 환경은 산소 공급이 원활하지 않은 공간일 가능성이 크다. 좁은 공간에 많은 사람들이 다닥다닥 붙어 있는 시험장에서 많은 산소를 흡입하려는 사람들의 호흡경쟁 속에 시험장 공간은 금세 산소가 부족하고 이산화탄소 농도가 높은 공간이 되어버린다. 특히나 수능이나 변호사 시험과 같이 겨울에 보는 시험일 경우, 시험장에는 히터나 난방을 하기 때문에 산소농도는 급격히 떨어질 것이다. 게다가 최근 코로나 상황에서는 마스크를 (그것도 호흡이 어려운 KF94 마스크를) 쓰고서 시험을 봐야 하기 때문에 장시간 시험을 보고 있노라면 산소가 부족하여 머리가 어질어질할 것이다. 심폐지구력이 약한 사람일 경우, 결국 시험 도중에 뇌내 산소부족으로 극도의 피로감이 몰려와 졸음이 쏟아질 가능성이 높다. 인생을 좌우하는 극도의 긴장상태인 시험 도중에 누가 잠이 오겠냐 하겠지만, 실제로 시험 보면서 졸음이 쏟아져 시험을 망쳤다는 사람을 꽤나 많이 봤다. 이제는 마스크까지 쓰고 있으니, 호흡도 달리고 하품을 해도 산소를 충분히 빨아들이지 못해 집중력은 급격히 저하되고 몽롱한 상태로 시험에 임하는 것이다.

그러나 코로나 시대에 변호사 시험을 쳐야만 했던 나는 과거의 경험을 되살려, 변시 100일 전부터 매일 108배와 버피테스트 100개를 했다. 악마의 운동이라고 불리는 버피테스트는 아마 100개를 하고 나면 심장이 터져 찢기는 고통을 즉시 경험할 수 있을 것이다. 죽음의 문턱을 경험하고 싶다면 지금 당장 버피 100개를 하길 바란다. 이걸로도 부족하다고 여겨 잠도 깰 겸 매 휴식시간마다 틈틈이 스쿼트 20~30개, 윗몸일으키기 20개씩 해서 매일 스쿼트 200개, 윗몸일으키기 100개를 땡겼다. 그 정도로 극강의 운동 강도로 변시 기간 당일까지 버피테스트를 했던 나는 변시 마지막 순간까지 초사이언 모드로 시험을 칠 수 있었다. 민사법 객관식을 풀다가 중간에 집중력이 확 흩어졌던 순간에도 금세 집중력을 끌어올려 마지막 문제까지 다 풀 수 있었다. 변시 마지막 날 아는 동생의 새벽 전화 때문에 잠을 한숨도 못 잔 상태로 시험에 임했음에도, 집중력을 잃지 않고 화룡점정으로 끝낼 수 있었다(실제로 변시 마지막 날 성적이 가장 좋았다). 만약 매일 108배와 버피테스트를 하지 않았다면, 집중력을 가다듬지 못해 위기의 순간에 무너졌을 것이다. 생각만 해도 아주 끔찍한 순간들이었다.

운동은 시험을 잘 보게 하는 또 하나의 순기능이 있는데, 그것은 바로 인지 기능과 집중력을 높여준다는 것이다. 운동을 하면 IGF-1이라는 단백질이 생성되어 BDNF(Brain-Derived Neurotrophic Factor)라는 뇌신경 영양인자가 촉진된다. BDNF는 주요 뇌 부위에 작용하여 각 부위에 새로운 뉴런들을 만들도록 촉진시키는데, 특히 전전두엽의 회백질 부위가 증가하면 인지 기능과 집중력이 한층 더 개선된다. 쉽게 말해 운동을 하게 되면 시각·청각 등의 감각들이 발달하고 미세한 변화를 감지하는 능력이 발달하여, 더 디테일한 부분에까지 주의를 기울일 수 있다는 의미다. 한마디로 사물을 바라볼 때의 시야(scope)가 더 넓게, 더 선명하게, 더 디테일하게 확장된다는 것이다.

운동을 통해 인지기능이 날카로워진 상태에서 시험에 임하면, 한 번에 볼 수 있는 시야가 넓어져 시간이 단축된다(❶ 시야가 더 넓어짐). 평소 같았으면 잘 보이지 않아 쉽게 빠졌을 함정들이 선명하게 보여 함정을 요리조리 피해가면서 실수가 줄어든다(❷ 시야가 더 선명해짐). 또한 평소에는 보이지 않던 포인트들이 보이기 시작하여, 남들보다 한 포인트씩 더 득점한다(❸ 시야가 더 디테일해짐).

워낙 덜렁거리는 성격으로, 실수 때문에 골치깨나 썩었던 나는 이 실수 때문에 결정적인 순간에서 고배를 많이 마셨다. 특히 극도의 인지력을 요하는 리트 시험에서 인지력과 텍스트 독해력 부족이 그대로 노출되었고, 첫 리트 시험에서 처참히 깨졌다. 그러나 재시를 했을 때에는 물론 엄청난 노력과 독서력이 바탕이 되었지만, 운동도 미친 듯이 했다. 역시 어머니가 큰 시험을 앞두고는 매일 108배를 해야 한다면서 일일이 검사를 했기 때문에 108배(1바퀴), 216배(2바퀴), 324배(3바퀴)씩 했고 주말에는 1080배까지 했다(열 바퀴). 거기에 쉬는 시간마다 틈틈이 스쿼트를 하여 하루에 매일 100~200개를 채워나갔다. 말이 쉽지 매일 이렇게 운동하는 것은 죽음의 고통을 가져왔고, 다리가 후들거리지 않은 날이 없었다. 그랬더니 다시 보는 리트 시험에서는 평소에 보이지 않던 포인트들이 눈에 확연히 들어왔고, 실수를 유발하는 함정들을 속속들이 골라낼 수 있었다. 더 좋은 점수를 내지 못했던 것은 실력의 부족이었지, 실수는 하지 않았기 때문에 후회 없이 결과에 매우 만족할 수 있었다.

다시 태어날 수도 있게 하는 운동을 이래도 안 할 텐가? 수익률 100%가 보장되는, 이보다 더 확실한 투자가 있을까? 예전에 미국인 친구가 하나 있었는데, 그 친구한테 들은 바로는 미국 아이비리그를 가는 대부분의 엘리트들은 거의 대부분 운동도 압도적으로 잘하는 그룹이라고 한다. 테니스, 축구, 야구, 조정, 마라톤 등 모든 분야에서 이미 고등학교 때 전국 대회에서 우승을 차지할 정도이고 공부도 넘사벽으로 잘하는 괴물들이라고 한다. 그 아이비리그 학생들 중에서도 도저히 따라잡을 수 없는 천상계에 존재하는 어나더 레벨(another level)들이 있는데, 그 사람들은 바로 미식축구(football) 선수 출신들이라고 한다. 알다시피 미식축구는 미국에서 가장 피지컬 좋고, 가장 체력 좋으며, 가장 운동신경이 발달한 사람들이 하는 운동이다. 워낙 고강도의 운동이라 웬만한 사람들은 엄두도 못 내는 것이 미식축구인데, 각 주의 미식축구 클럽 1~2군에서 뛰는 선수들이 공부도 톱(top)급으로 잘해서 아이비리그에서도 그들의 성적을 감히 넘보지 못한다고 한다. 진짜 놀라운 게 대부분의 학생들은 살인적인 과제에 매일 매일 시달리며 살지만 미식축구 클럽 학생들은 이미 과제들을 다 끝내놓고 남는 시간에 운동을 하고 있더란다. 시험 기간에는 며칠을 자지도 않고 쉬지도 않고 시험을 치는데, 얼굴에는 피곤한 기색이 하나도 없으며 시험이 끝나는 날에도 침대로 향하는 것이 아니라 그동안 밀린 운동을 하러 간다고 한다. 그 소리를 듣는 순간 이게 클래스 차이인가 싶었다.

이제는 공부 잘하는 사람들이 약골이라는 이미지는 없어진 지 오래다. 공부 잘하는 사람은 운동도 잘하고, 운동 잘하는 사람이 공부도 잘한다. 책상에서 엉덩이를 떼지 않고 공부만 하는 사람은 이제 하수 취급받는다. 이번 도쿄올림픽에서도 오스트리아 빈 공과대학(오스트리아 최고대학)에서 수학을 전공하고, 영국 케임브리지대학교 수학 석사, 스페인 카탈루냐공과대학교 수학박사 학위를 취득하여 현재는 세계 최고의 엘리트만이 갈 수 있다는 스위스 로젠연방공과

대학 박사 후 연구원 신분인 키젠호퍼라는 무명의 사이클 선수가 다른 프로 사이클 선수들을 제치고 금메달을 차지하기도 했다. 마찬가지로 도쿄올림픽 여자 펜싱 플뢰레 개인전에서 금메달을 딴 리 키퍼 (27세, 미국)도 의학전문대학원 재학 중 펜싱부 활동으로 세계챔피언이 되었고, 여자 육상 200m에서 동메달을 딴 토머스(25세, 미국) 역시 하버드를 졸업하고 텍사스 오스틴대학교에서 역학을 전공하고 있는 석사과정 학생이다.

선진국은 이미 생활체육 시스템으로 넘어왔다. 모든 시민들이 자신의 본업과 병행하면서 일상생활의 일환으로 체육활동을 하는 기반시스템이 갖추어진 것이다. 학교에서도 체육시간 비중은 다른 국가들에 비해 압도적으로 높고, 모든 사람들은 각자 최소 한 종목씩은 다룰 줄 아는 체육인으로 만들어진다. 이것은 이미 업무의 효율과 성과도 측면에서, 그리고 시민의 건강과 사회의 건전성 측면에서 운동이 가지는 의미에 주목한 결과이다.

좋은 영양상태

우리가 무엇을 먹느냐가 우리를 결정한다는 말이 있다. 인간 체세포의 대부분은 평균적으로 약 1개월 정도 살며, 1개월이 지나면 자신은 1개월 전의 자신과 전혀 다른 세포들로 채워지게 된다. 그러나 매 세포의 주기가 동일한 것은 아니고 1초에는 380만 개, 1일에는 3,300억 개의 세포가 태어나고 죽으므로, 어제의 나와 오늘의 나는 전혀 다른 사람이라고 말할 수 있다. 다만 동일한 유전형질과 기억의 동일성 때문에 우리는 어제의 나와 오늘의 내가 같은 사람이라고 믿고 있는 것이다.

따라서 내일 더 좋은 하드웨어를 갖고 태어나기 위해서는 균형 잡힌 영양공급이 이루어져야 한다. 만약 영양상태가 좋지 않거나 불균형적이라면 내일의 나는 오늘의 나보다 더 퇴화된 상태의 하드웨어를 이끌고 살아갈 것이다.

사실 내가 영양학을 전공한 것도 아니어서 더 자세한 얘기를 했다가는 혹여 잘못된 정보를 주게 될까봐 지극히 주관적인 경험을 바탕으로 서술할 것임을 밝혀둔다. 그러나 한 가지 확실한 사실은 영양이라는 것이 우리가 생각하는 것보다 훨씬 더 중요하다는 것이다. 심지어 나 자신에게 실험한 바로는, 앞에서 그렇게 구구절절 운동의 중요성에 대해 강조했음에도 불구하고, 영양이 운동보다 체력에 더욱 높은 영향력을 갖는다.

보통 학생이니까 고기 위주의 보양식들을 많이 먹어야 한다는 것이 통설이다. 틀린 말은 아니지만, 보양식 위주의 음식 혹은 과식은 오히려 과영양 상태나 영양불균형을 가져와 건강을 해칠 가능성이 더 높다. 내 경험상 차라리 소식을 하면서 적당한 정도의 육식 베이스에 채소 위주의 반찬으로 구성된 식습관을 가졌을 때가 더욱 건강한 상태로 시험이나 테스트에 임할 수 있었다. 변시 막판에는 영양상태를 직접 컨트롤하기 위해 직접 요리를 해먹을 정도였다.

더욱이 식사로는 필요영양소를 모두 섭취할 수도 없다(아연이나 비타민 종류). 그래서 바람직하지 않을 수도 있지만, 부족한 영양소를 계산하면서 식사로는 채워지기 힘든 영양소를 매일 보충하기 위해 각종 영양제를 먹으며 영양 균형을 맞춰갔다. 변호사 시험을 준비할 때는 영양제만 10가지 종류가 넘게 복용했고, 아침식사는 그 영양제들이 체내에서 가장 효율이 좋아지도록 하는 식단으로 간단히 구성했다. 특히 체험한 바로는 체력 회복과 두뇌 작용에 비타민 B1(티아민)이 가장 좋았는데, 티아민 흡수율이 낮으므로 이를 보충할 수 있는 벤포티아민만큼은 놓치지 않고 섭취했다.

그리고 많은 사람들이 간과하고 있는 사실 중 하나가 너무 많은 양의 당 섭취다. 에너지를 많이 쓰거나 머리를 많이 쓰면 당 떨어졌다고 하여 당을 보충하기에 급급해한다. 이는 일부분 올바른 행동방식인 것이 맞지만, 문제는 대부분의 사람들이 당을 과다 섭취한다는 것이다. 당을 많이 섭취하면 오히려 만성피로에 시달리게 되고, 인슐린 분비를 과다 촉진하여 과식을 하게 만든다. 과식에 의한 소화불량은 컨디션을 망치는 주범이기에, 업무수행에 온전한 집중력을 발휘하지 못하게 하고 불쾌한 상태에서 업무를 마치게 한다.

소화력이 유독 약한 나는 과식을 하면 하루 종일 불쾌한 기분에 시달려야 했기 때문에, 반드시 당 섭취와 과식을 자제해야만 했다. 특히 30대에 변호사 시험을 치르려니 10대, 20대만큼 몸이 잘 따라주지 않았기 때문에 저녁식사를 하면 소화가 되지 않은 상태에서 수면의

질이 떨어짐을 발견하고, 로스쿨 2학년 때부터는 일체의 당 섭취 및 저녁식사를 자제했다. 그러다 보니 자연스레 간헐적 단식이 되었고, 1학년 때에 비해 체중도 15㎏ 이상 감소했다. 빈속 상태의 가벼운 몸이 되니 정신도 날이 서게 되었고, 공부 습득이나 업무처리도 더욱 민첩해졌다. 정말 집중력이 현저히 떨어질 타이밍에만 최소한으로 견과류 같은 양질의 당을 보충했다.

이렇게 남들보다는 조금 더 깐깐하게 균형 잡힌 영양상태를 고려한 식습관을 들인 나는 최상의 컨디션을 유지하며 중요한 고비 고비를 넘길 수 있었다.

집중력

천재가 아닌 이상, 체력의 도움 없이는 자신의 꿈을 이룰 수 없다는 것은 자명한 사실이다. 앞에서도 누누이 이야기한 바지만 재능이 없으면 시간으로라도 밀어붙여야 한다. 그리고 그 시간은 단순히 물리적인 시간이 아닌 집중력이라는 변수가 붙은 밀도 있는 시간이어야 한다. 굳이 수식화하자면 다음과 같다.

성과=재능×집중시간=재능×(집중력×시간)

재능이라는 것은 장기적으로 봤을 때는 가변적이지만 단기적으로는 고정적이라고 할 수 있다. 따라서 적어도 당장의 성과를 보여야 하는 입장에서는 고정적으로 주어진 값이라 가정한다. 시간 역시 맥시멈이 24시간이고, 수면이나 식사시간, 휴식시간 등을 제외하면 변동 폭이 크지 않다(사실은 미세한 시간활용 차이가 큰 차이를 만들어낸다). 그렇다면 성과에 직결되는 변수는 집중력이라고 할 수 있다.

그런데 이 집중력이라는 것이 체력에 의해 결정된다. 거창한 뇌 과학 이론을 소개하고 싶지는 않다. 결론만 말하자면, 체력이 좋아지면 두뇌에 혈액순환이 잘되어 집중력이 좋아진다는 것이다. 운동이 집중력을 높이는 기제는 앞에서 설명한 바와 같다.

내가 말하고 싶은 것은 공부에도 일종의 "러너스 하이(Runner's high, 이하 'R러너스 하이'라 한다)"가 발동한다는 사실이다. 공부할 때 나오는 극도의 희열과 집중 상태를 가리켜 "러너스 하이(Learner's high, 이하 'L러너스 하이'라 한다)"라고 지칭하겠다. 보통의 'R러너스 하이'란, 마라톤 선수들이 달리면 달릴수록 극한의 고통을 겪다가 35km쯤 도달하는 순간 그 극한의 고통을 넘어서 극도의 희열을 느끼는 상태를 말한다. R러너스 하이를 경험한 사람들은 그 상태를 두고 '하늘을 나는 느낌'이라거나 '꽃밭을 걷는 느낌'이라고 말한다. 유산소 상태에서는 엔도르핀이 반응하지 않다가 운동 강도가 극도로 높아져 무산소 상태에 돌입하는 순간 생존본능의 발현으로 엔도르핀 분비가 급증하면서 나타나는 현상으로 알려져 있다.

과학적으로 검증된 바는 없어 조심스럽지만, 적어도 내 경험상 L러너스 하이는 크게 두 가지 경우에 발동되었다. 하나는 남은 체력을 다 고갈시킬 정도의 격렬한 운동을 하고 와서(운동장 열 바퀴라든지 108배+버피테스트 100개) 샤워를 마치고 어느 정도 숨을 고른 직후 공부에 임했을 때(이하 '1차 L러너스 하이'라 한다)이다. 그리고 다른 하나는 공부를 하다 하다 너무 지쳐서 두뇌가 타버릴 것 같은 극도의 방전상태에서 그 임계점을 넘겨 더 공부를 몰아붙였을 때(이하 '2차 L러너스 하이')이다.

이미 운동만으로도 R러너스 하이에 갈지도 모르는 상태에서 공부를 할 경우 처음에는 죽을 것 같지만 몸이 정상으로 돌아오면서 의식도 무아지경에 빠지기 시작한다. 그래서 보통 체력이 어느 정도 소진된 상태에서 막판 스퍼트 힘이 달리는 저녁 시간대에 운동 스케줄을 소화했고, 운동을 마치고 상쾌한 기분에서 그 기세를 몰아 공부를 하다 보면 눈 깜빡할 사이에 한밤이 되어 있었다. 남들은 저녁시간대에 졸거나 시계만 보면서 '언제 끝나지?' 하며 하는 둥 마는 둥 하고 있을 때, 혼자 L러너스 하이를 만끽하는 느낌이란 이루 말할 수 없이 짜릿하다.

문제는 그다음에 다시 찾아오는 2차 L러너스 하이다. 보통 운동을 18~19시 정도에 했으니까 1차 L러너스 하이로 집중상태를 몰고 가면 21시 정도 된다. 21시부터 23~24시 정도까지는 완전 낮은 상태에서의 집중력으로 겨우 겨우 공부를 몰아붙인다. 그러다 보면 23~24시 즈음에 '이대로 더 공부했다간 두뇌가 다 타버리겠다'는 임계상태가 다가온다. 보통 이 임계상태에 공부를 접고 하루를 마무리하는데,

여기서 한 번 더 엉덩이를 붙여 30분 정도 억지로 공부를 하고 있노라면 갑자기 기분이 묘하게 구름 속에 있는 듯 봉 뜨게 된다. 마치 내 몸무게가 0g이라도 된 것처럼 가벼워지면서 공중부양이라도 된 것 같은 느낌으로 공부가 이어진다. 그렇게 1시간 정도 L러너스 하이를 겪고 나머지 공부를 마무리하면 드디어 몸과 마음이 박살나는 상태가 찾아온다. 그때 바로 잠에 들면 아~주 깊은 숙면을 취할 수 있고, 기상 후엔 다시 숲 속을 거니는 상쾌함으로 아침을 맞이할 것이다.

이 L러너스 하이 경지는 ① 규칙적인 생활습관, ② 운동, ③ 좋은 영양상태 3박자가 맞아야만 발동되는 것이기에, 이를 경험하고 싶다면 그 전제로서 이 3가지 각 항목에서 최상의 상태를 만들어놓아야 한다. L러너스 하이를 자유자재로 컨트롤하면서 집중력이라는 변수를 맥시멈으로 끌어올린다면, 재능과 시간이라는 변수를 온전히 내 힘으로 제어할 정도의 성과를 낼 수 있다.

사회성

마지막으로 체력이 중요한 이유에 대해 설명하자면, 체력이 사회성을 높여준다는 점이다. 앞에서도 살짝 언급한 바 있지만, 체력이 좋아지면 성격이 좋아진다. 고통에 대한 저항성이 높아져서 수용 가능한 범위가 넓어지기 때문이다. 체력이 자신의 정신력의 무게를 충분히 지탱할 수 있는 사람이라면, 다른 사람들이 거슬리게 하는 행동들은 충분히 받아들이고도 남는다. 자기 자신을 가장 괴롭히는 것은 다름 아닌 자기 자신이다. 자신을 괴롭히는 온갖 부정적인 생각은 누구나 일정 수준 가지고 있고(부정적인 생각을 하지 않고 긍정왕이라고 자부하는 사람들은 어느 정도 과장일 가능성이 높다), 그 부정적인 생각의 무게에 짓눌리냐, 체력이 그 무게를 충분히 지탱하고도 남는 수준이냐의 문제만이 있을 뿐이다. 후자라면, 남들이 자신을 괴롭히는 것쯤은 우스워지고 한없이 관대해진다. 반대로 전자라면 표정관리도 안 되고 매사에 짜증과 신경질 섞인 행동을 보인다. 만사가 귀찮은데, 당장 내 몸 추스르기도 버거운데, 남이 나를 어떻게 받아들이는지는 하등 중요하지 않게 된다. 우리가 아플 때를 생각해보면 이해가 쉽게 갈 것이다.

한편 체력이 좋아지면 호흡이 길어지는데, 그 긴 호흡은 표현력을 향상시킨다. 체력 부진으로 호흡이 짧았을 때를 생각해보면, 하고자 하는 말을 하다가 다 하지도 못하고 멈춘 적이 많다. 말을 할 때마다 기력이 빠졌기 때문이다. 그에 반해 체력 왕성으로 호흡이 길어졌을 때를 생각해보면 대화가 끊기지 않았다. 어디서부터 어디까지 말할지를 미리 판을 짜고 어떤 말을 하고 있으면서 항상 다음 말을 생각했다. 심지어 말을 하는 도중에도 상대방이 더 알아듣기 쉽도록 표현까지 즉각적으로 수정해나갔다.

더 놀라운 것은 진정으로 대화를 잘하는 사람은 말을 잘하는 사람이 아니라 말을 잘 들어주는 사람인데, 호흡이 짧았을 때는 상대방의 말을 끝까지 듣지 못했지만 호흡이 길었을 때는 상대의 말까지 잘 들어줬다. 상대방의 말을 들으면서 그 말을 따라가는 데도 많은 에너지가 소비된다. 체력이 약했을 때는 상대의 말을 듣다가 지쳐서 내 할 말만 하고 대화를 끝내거나 상대가 말할 때 집중하지 못하고 다른 생각을 하다가 대화가 툭툭 끊겼다. 반면에 체력이 좋았을 때는 상대의 말을 끝까지 경청하는 인내심을 가지고 말 하나 하나 상대의 논리에 맞추면서 화자의 의도를 파악하는 동시에 상대가 듣고 싶어 하는 말을 어떻게 들려줄까를 고민했다. 그래서 많은 사람들이 체력이 좋은 사람들과 대화를 나누고 싶어 하는가 보다.

마지막으로 지극히 개인적인 이야기 하나만 덧붙이고자 한다. 공익 인권 소송을 많이 해서 사회에 도움이 되는 변호사가 되려고 한다면(이게 내 꿈이다), 마찬가지로 체력이 뒷받침되어야 한다고 생각한다. 당장 눈앞에 주어진 업무에만 치여서 하루하루 버텨나가는 신세가 되면, 결국 입으로만 공익 인권을 떠드는 위선적인 사람으로 남을 것이다. 자신의 업무를 통제할 수 있을 정도의 시간과 집중력을 발휘한 후에(항상 본업이 먼저다), 남은 시간에 공익 인권 소송도 하고 사회 문제에도 관심을 보이는 것이 현재 내가 가고자 하는 진로이다. 주변에 자기 업무 분야에서도 타의 추종을 부러워하는 전문성을 보이면서, 가정도 챙기고, 공익 인권 이슈에도 자기 본업만큼 소홀히 하지 않고 열정적으로 일하는 훌륭한 변호사들을 보면, 제일 먼저 드는 생각은 '도대체 저런 체력은 어디서 날까?'이다. 결국 나의 꿈은 체력에서 시작했고, 체력이 여기까지 이끌어줬지만, 이제는 내가 그 고마운 체력이라는 놈을 평생 이끌고 가야 할 때가 온 것이다.

아는 것과 모르는 것의 분별,
그것이 곧 앎이다

2

"무지함을 두려워 말라.
거짓 지식을 두려워하라."

— 파스칼

생각을 생각하다

"아는 것을 안다고 하고, 모르는 것을 모른다고 하는 것, 그것이 곧

앎이다(知之爲知之 不知爲不知 是知也)." 이 말은 무려 기원전 500년경,

지금으로부터 약 2500여 년 전 공자가 남긴 유명한 말이다. 그런데 이 말은 현재 인지심리학 혹은 뇌과학에서 가장 뜨거운 감자로 대두되고 있는 '메타인지'를 정확히 풀어낸 말로 유명하다.

메타인지를 쉽게 이해하고 싶으면 유체이탈을 생각하면 된다. 내 영혼(의식)이 빠져나와 '나'를 관찰하는 것이다. 특히 내가 어떤 것을 생각할 때, '아, 나는 이렇게 생각하는구나' 하고 생각하는 것이다. 예를 들어 지각할 때마다 '오늘은 일찍 자야지' 반성하곤 하는데, 어느 순간 내가 지각할 때마다 하는 생각을 생각해보다가 당일만 반성하고 그 반성이 오래가지 못하는 자신을 발견하는 것이다. '자기 자신의 사고 패턴 파악', '특정 상황에서의 행동방식 분석', '과거에 대한 반성을 토대로 한 미래의 전략 구상' 등 메타인지가 발현되는 양태는 다양하다.

특히 AI 시대를 맞이하면서 메타인지는 생각을 생각하는 것을 생각하는 단계(3중의 생각)로 넘어갔다. 지금까지 인간은 주어진 문제를 어떻게 잘 풀지에 대해서만 생각해왔다(1차원적 사고). 그러다가 방대한 양의 문제를 더 빨리 더 효율적으로 풀기 위해 컴퓨터 프로그램을 고안해냈다. 이때 필요한 것이 '인간은 어떤 문제가 주어졌을 때 어떤 사고 절차를 통해 문제를 해결하지?'라는 생각의 패턴(2중의 생각)을 고민하는 능력이었다. 이것이 생각의 생각, 즉 메타인지 능력이다. 이러한 프로세스를 모델링한 것이 프로그래밍이다.

```
1
1+3=4
1+3+5=9
1+3+5+7=16
...
```

1차원적 사고

```
i=0
sum=0

for i in range(1, 100, 2)
sum=sum+i

print("1에서 99까지 자연수 중 홀수의 합은: %d" % sum)
```

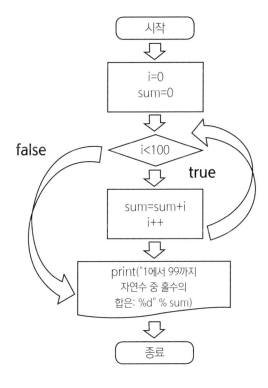

2중의 생각(프로그래밍 : 파이썬python 기준)

하지만 이제 인간은 컴퓨터가 스스로 생각의 패턴(프로그램)을 생각하도록 만들어, 스스로 프로그래밍하는 능력을 갖도록 했다. 이제까지 컴퓨터엔 인간이 x_1라는 입력 값을 넣으면 y_1라는 결과 값이 나오도록 하는 $y_1=f_1(x_1)$라는 프로그램이 설치돼 있었는데, 이제는 AI 스스로 x_1을 넣으면 y_1이 나오고 x_2를 넣으면 y_2가 나온다는 것을 학습하고, 이를 토대로 패턴을 파악하여 $f_1(x)$이라는 프로그램을 조금 더 정치한 $y=f(x)$라는 프로그램으로 수정·보완하도록 설계되어 있다. 그리고 AI가 스스로 프로그래밍(2중의 생각)하도록 프로그래밍하는 능력(3중의 생각, 예: 인공신경망 구축)이 AI 시대의 엘리트 군상이 될 것이다.

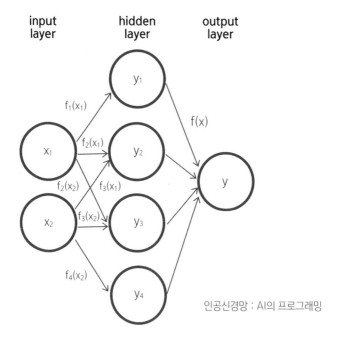

인공신경망 : AI의 프로그래밍

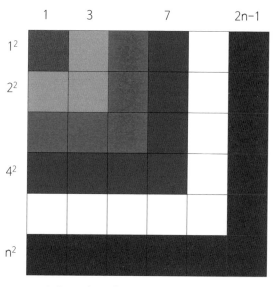

$$n^2 = 1+3+\cdots+(2n-1)$$
3중의 생각(프로그램을 프로그래밍)

생각을 생각하는 것을 생각(3중의 생각, 메타메타인지)하는 시대까지
도래했는데, '생각을 생각하는 능력(2중의 생각, 메타인지)'쯤은 이미 현
대인의 기본 소양이 되었다. 그런데 아직도 많은 사람들은 이 메타인
지 능력의 중요성을 인지하지 못하고 살아간다. 적어도 내가 만나본
많은 사람들은 아직도 주어진 상황에서(constraint condition, 제약조건)
주어진 값을 어떻게 해결할 것인지만 생각하며 성실하게 살아가고
있다. 하지만 이제는 모든 것이 너무 빨리 변하기에 '주어진 상황'을
상상하는 것조차 불가능해져버렸고, 모든 것이 언제든지 변할 수 있

는 상황 속에서 내가 어떻게 대처할 것인가를 생각해야만 생존할 수
있는 시대다. 따라서 메타인지 능력은 더 이상 엘리트들의 전유물이
아닌 생존능력이 되었다.

이와 관련하여 기술 및 뉴미디어 컨설턴트로 유명한 톰 챗필드가
남긴 말은 AI 시대를 맞이하는 우리에게 경각심을 일깨우고 있다.

"디지털 세상에서 무지는 곧 무능력을 뜻한다. 디지털 세상에서
정보가 그 자체로 권력이 되는 까닭은 단순히 더 많이 아는 사람이
더 많은 일을 할 수 있어서가 아니라 말과 행동, 태도를 포함한 규칙
자체가 정보를 가진 자에 의해 재단되기 때문이다."

메타인지와 학습의 상관관계

인지심리학자들은 사람이 스무 살을 넘으면 절대 변하지 않는 두
가지 상수값(constant)이 있는데, 하나는 성격이고 다른 하나는 IQ(지
능지수)라고 말한다. 앞서 체력이 좋아지면 성격이 좋아지는 것에 대
한 인과관계를 설명했지만, 여기서 말하는 성격은 내성적인 사람이
외향적이 되고 겁이 많은 사람이 겁이 없어지는 등의 '성향'을 지칭
하는 것이라고 보면 되겠다(굳이 근사하여 말한다면 MBTI 지표라고 해야
할까). 하지만 우리를 더 슬프게 하는 사실은 IQ 값이다. 사실 성인이
된 이후에도 우리는 앞으로 수많은 테스트들을 거쳐야 하고 심지어
직업을 가지고 나서도 끊임없는 공부가 필요한데, IQ 값이 고정되어
버리면 IQ가 낮은 사람들은 자신이 저주받은 인생이라고 생각하기

십상이다.

하지만 메타인지와 관련하여 〈KBS 시사기획 창〉에서 방영한 '전교 1등은 알고 있는 공부에 대한 공부-1편' 다큐멘터리를 보면, 《메타인지와 학습》이라는 전문 학술지에서 25년간 연구한 결과 메타인지가 IQ 값보다 성적을 훨씬 더 잘 예측해준다는 사실을 발견했다고 한다. IQ는 성적을 25% 정도만 설명해주지만, 메타인지는 성적의 40% 정도를 설명해준다고 한다. 그리고 더욱 희망적인 사실은 IQ는 오랜 훈련을 통해서도 나아지기 어렵지만, 메타인지는 성공적으로 훈련시킬 수 있다는 것이다.

재학습 vs 셀프테스트

〈KBS 시사기획 창〉 팀은 고등학생들을 대상으로 다음과 같은 실험을 하였다. 학생들은 서로 관련성이 없는 단어 50개씩 2세트가 5초씩 쌍으로 제시(예. 사자-도라지, 냉이-상추)되는 컴퓨터 모니터 앞에 앉아, 각 세트마다 서로 다른 학습방법으로 암기하도록 지시받았다. 한 가지 방법의 학습세트가 끝날 때마다 시험을 쳐서 그 두 가지 학습방법의 효과를 서로 비교해보는 실험이었다. 한 번은 방금 공부한 것을 그대로 다시 한 번 읽어보게 하는 '재학습'이었고, 다른 한 번은 한 번 공부한 내용을 퀴즈처럼 스스로 시험 볼 수 있도록 하는 '셀프테스트'였다. 놀랍게도 재학습은 43점, 셀프테스트는 53점이라는 결과가 나왔는데, 단순히 같은 것을 반복 학습하는 것보다 자신이 무엇을 알고 무엇을 모르는지 셀프테스트를 거쳐가며 확인 학습을 하는 것이 무려 10점의 점수 향상을 가져온다는 것이다.

'위편삼절(韋編三絶)'이라는 말도 있듯이(예전에는 종이 대신 '죽간(竹簡)'이라는 대나무 조각에 글씨를 새기고 가죽 끈으로 죽간을 두루마리처럼 묶은 것이 책이었음. 위편삼절이라는 말은 그 가죽끈이 세 번이나 끊어질 정도로 책을 무한히 반복해서 읽었다는 말), 지금까지는 무작정 반복학습하는 것이 학습의 절대 진리처럼 받아들여져 왔다. 반복학습이 학습의 제1원리임을 부정할 수는 없지만, 단순 반복학습만을 해서는 효율적인 공부를 할 수 없다. 끊임없는 셀프테스트를 통해 내가 무엇을 알고 무엇을 모르는지 계속 확인해나가면서, '아는 것은 확실히 알고', '모르는 것은 무엇을 모르는지 인정하면서 알아나가는 것'이 공부의 핵심이다.

아는 것을 아는 것

'아는 것을 아는 것'이 메타인지의 시작이다. 자신이 알고 있다고 믿는 것이 진짜 알기 때문에 아는 것인지, 어렴풋이 알거나 잘 모르는 데도 알고 있다고 착각하는 것인지 분간하는 일은 대단히 중요하다. 둘 사이에는 엄청난 간극이 있는데, 그 경계에는 두터운 안개구름이 몰려 있어서 둘 사이의 간극을 명확하게 하는 것은 쉽지 않다. 하지만 그 경계를 확실히 하지 않으면, 나중에 기필코 그 미세한 차이로 인해 큰 불화가 닥친다.

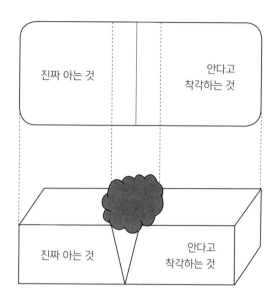

　가장 대표적인 재해가 바로 '실수'라는 것이다. 사람들은 자신은 원래 잘 알고 있는 부분이지만, 부주의로 인해 잘못된 선택을 하여 결과가 옳지 못했을 때 '실수했네' 하고 가볍게 넘긴다. 법에서는 실수를 '과실(過失)'이라는 법적용어로 정의하고 있는데, 과실은 '예견가능성'과 '회피가능성'을 기준으로 과실여부를 판단한다. 즉, ① 그러한 결과가 나올 것이라 미리 예견할 수 있었는가(예견가능성), ② 예견했다 하더라도 피할 수 있었는가(회피가능성)의 2단계 판단 구조를 통해 과실 유무를 결정한다. 대표적인 예로 고속도로의 반대방향에서 오는 차량이 앞지르기를 하기 위해 중앙선을 침범해올 것이라고는(역주행이 된다) 아무도 예상할 수도 없고, 피할 수도 없기에 그 중앙

선 침범 차량(역주행 차량)을 쳐서 운전자에게 부상을 입힌 것은 과실이 없어 무죄가 될 뿐 아니라 손해배상책임도 없다(대법원 1982. 4. 13. 선고 81도2720 판결 참조).

문제는 우리가 꿈을 이루기 위해 거쳐야 하는 테스트는 예견가능성도 있고, 회피가능성도 있다는 점이다. 아니 더 극단적으로 말하면 수험자인 우리 입장에서는 언제든지 그런 함정이 나오리라고 당연히 예상해야 하고, 또 피해가야 한다. 애초에 예상불가능하거나(가령, 수능 시험인데 대학 공부를 해야만 알 수 있는 문제가 나온 경우) 피할 수 없는 함정들(가령, 1번, 3번 복수 정답인데 선지는 1번 아니면 3번 둘 중 하나만 고르라고 하는 경우)은 문제출제 오류로 전원 만점 처리해주는 것이 시험이다. 그러므로 우리가 실수라고 부르면서 자기정당화를 해왔던 것들은 사실 모두 자기기만이다. 오히려 그런 실수를 유도하고, 실수에 빠지도록 하는 것이 출제자의 목적이다. 실수는 실력이다.

내 경우도 그랬다. 고2 무렵에서 고3 초까지 좀처럼 오르지 않는 국어 점수로 큰 슬럼프를 겪고 있었다. 시험을 볼 때면 항상 다 아는 문제였는데 글자 하나 잘못 보거나 특정 포인트들을 놓쳐서 어이없게 실수한 문제들이 많았다. 오히려 아예 모르겠어서 찍은 문제는 거의 없었다. 실수는 실수일 뿐 내 원래 실력은 좋았다고 믿었기 때문에 모든 공부 시간의 절반 이상을 국어에 쏟아부어도 항상 실수에 발목이 붙잡혀 처참한 결과를 맞이할 수밖에 없었다.

돌다리도 두들겨보자

그러다가 고3 4월 국어 모의고사가 4등급까지 내려앉았는데, 집에 돌아와서 곰곰이 생각했다. 솔직히 4등급까지 받을 점수면 이건 실력이라고 생각했다. 사실 어쩌면 실수라고 치부해왔던 것은 그동안 마주하기가 무서웠던 불편한 진실의 영역이었을지 모른다는 데까지 생각이 미쳤다. 그제서야 처음으로 실수라는 금단의 영역에 발을 내딛었고 그동안 실수라고 믿었던 것은 다 실력의 부족에서 기인한 것임을 받아들일 수 있었다.

그렇게 겸손해진 상태에서 모든 것을 의심의 잣대로 나 자신을 냉정하게 평가하기에 이르렀다. '이거 진짜로 아는 거 맞아?', '이거 확실해?', '알고 있다고 착각하는 거 아니지?'의 눈초리로 전반적인 국어의 모든 개념에 매스를 들이대자 아는 것과 안다고 믿었던 것 사이의 경계가 점점 분명히 드러나기 시작했다.

그때부터 들인 습관은 맞은 문제의 해답지를 반드시 확인하는 것이었다. 그 맞은 것이 진짜로 알고서 맞은 것이 아닐 수도 있다. 실제로 진짜로 알고 있어서 맞았다고 생각하던 문제 중에 사실은 잘 몰랐지만 황소 뒷걸음치다가 쥐 잡는 격으로 정답을 맞힌 것들이 꽤나 많아서 충격에 휩싸인 적도 있다. 그 이후로 '틀린 문제는 해설지를 보지 않더라도 맞은 문제는 해설지를 보자'라는 전략(일명 돌다리도 두들겨보자 전략)은 주효해서 변호사 시험까지 나를 안전하게 모셔주는 방탄차 역할을 해줬다.

실수노트 작성하기

한편 그렇게 알맹이를 건져내고 남은 부스러기들, 즉 안다고 착각한 것들을 모아놓으면 또 다른 영양분이 된다. 안다고 착각했던 것, 실수라고 불리었던 것에도 일정한 패턴이 있기 때문이다. 그리고 그 패턴은 의식적으로는 잡아낼 수 없는, 무의식에 내재한 맹점(blind spot)들이다. 각각의 조각들은 무의식의 극히 단편에 불과하지만 그 조각들을 맞춰나가다 보면 무의식의 지도라는 거대한 퍼즐이 완성된다.

실수노트를 작성하는 것은 퍼즐 맞추기 중 하나의 좋은 방법이다. 실수라는 것은 앞에서 설명한 바와 같이 주의력 부족이다. 특히 앞의 영역과 관련해서는 이 부분 개념이 다른 개념과 특별히 헷갈려서 주의를 요하는 지점이 있다. 이때 주의 깊게 고찰하지 못하고 이해했다고 가볍게 넘어가면 필시 그 미세한 차이에 걸려 넘어지게 되어 있다.

예를 들어, 3인칭 단수 주어에 쓰이는 동사에는 반드시 s를 붙여야 한다는 것(He loves you)은 초등학생, 이르면 유아 때부터 배운다. 영어와 담쌓고 산 사람 중에서도 이 문법지식을 모르는 사람은 많이 없을 정도로 전 국민이 귀에 못이 박히게 들어왔던 사실이다. 그런데 바로 여기에 맹점이 존재한다. 수능이나 토익 문법 문제에서 언제나 오답률 1위를 자랑하는 것은 바로 이 파트이다. 이는 놀라운 사실이 아닐 수 없다.

사람들은 이 문법지식이 진즉 '진짜 아는 것'의 범주 안에 들어와 있다고 생각하기 때문에 틀리고 나면 '아 맞네, 이거 아는 거였는데'라고 또 가볍게 넘어가곤 한다. 사람은 늘 같은 실수를 반복한다. 맹점은, 주어와 동사 사이에 수많은 수식어구와 절들이 다닥다닥 붙어 있어 거리가 매우 멀어지기 때문에 복잡한 구와 절들을 해석하고 있노라면 주어가 3인칭 단수였다는 사실을 순간적으로 잊어버리게 된다는 데 있다.

나 역시 그러한 부류의 사람 중 하나였는데, 이 정도면 실수가 아니라 실력임을 인정했다. 그동안 3인칭 단수 주어의 동사에 s를 붙여보는 문제는 겉으로는 그 사실을 아는지 모르는지 테스트하는 것처럼 보여서 안다고 착각했다. 실수노트를 만듦으로써 사실은 정확히 알지 못했음을 인정한 순간, 이 문제의 본질이 주어-동사 찾기에 있었음을 알게 되었다. 그 이후로 동사에 밑줄이 그어져 있으면 자동반사적으로 그 동사의 주어부터 확인했고 서로 잘 매칭이 되고 있는지부터 검토했다. 다시는 3인칭 단수 동사 문제를 틀리지 않게 되었다.

그 외에도 누적된 다른 실수들을 정리하는 과정 속에서 많은 영어 문법 문제는 주어 동사만 잘 골라내도 답이 나온다는 사실과, 평소에 나는 주어 동사 매칭에 약점이 있다는 사실을 알아내었다. 안다고 착각했던 것을 정확히 짚어내는 순간, 주어 동사 매칭 훈련만 단기간 집중적으로 반복 숙달할 수 있게 되었고 실수노트를 만든 이후로 지금까지 영어 문법 문제는 단 한 번도 틀려본 적이 없다.

멘토링

　멘토링(Mentor-ing)은 그리스 로마 신화에 연원한다. 멘토르(mentor)는 그 유명한 트로이 전쟁 참전을 위해 긴 여정을 떠나는 오디세우스의 오랜 친구이다. 오디세우스는 트로이 전쟁에 참가하면서 친구 멘토르에게 자신의 가족과 집안일을 맡기고 떠난다. 그 이후로 오디세우스가 전쟁이 끝나도 돌아오지 않자 그의 아내(페넬로페)와 결혼하겠다는 공개구혼자들이 나타나 오디세우스 집안을 엉망으로 만들어놓는다. 이에 오디세우스를 좋아했던 아테나 여신은 그저 두고 볼 수만은 없어 멘토르 모습으로 변장하여 오디세우스의 아들에게 구혼자들에 맞서 싸울 것을 조언했고, 오디세우스가 돌아왔을 때도 멘토르 얼굴을 하고 구혼자들을 처치하는 데 큰 도움을 주었다.

　이러한 그리스 로마의 일화를 바탕으로 멘토링이라는 말이 탄생했다. 즉 지혜의 여신 아테나가 인생의 중요한 순간에 나타나 풀리지 않는 문제를 해결해주는 단초를 알려준 것처럼, 멘토링을 받는 사람에게(멘티, mentee) 필요한 순간마다 나타나서 인생의 지혜를 주는 활동이 멘토링이다. 십 몇 년간 멘토링을 쭉 해오면서 오히려 지혜로워지는 쪽은 멘토라는 사실을 알게 되었다. 멘토링은 메타인지력을 키워주는 고도의 방법이었다. 멘토링을 통해 앎과 모름의 경계에서 희미하게 부유하고 있는 것들을 앎의 차안(此岸)으로 끌어오게 되어, 앎의 영역이 더욱 확장되고 견고해졌다.

　'하늘 아래 새로운 것은 없다'는 말이 있듯이, 사람의 일은 결국 거기서 거기이고, 같은 길을 걸어가는 사람들은 정확히 그 지점에서 똑같은 문제와 고민에 봉착하게 된다. 당시에는 큰 애를 먹었지만 어찌어찌하여 그 난관을 넘어왔는데, 누군가가 '이 상황에서는 어떻게 해야 할까요?'라고 질문을 해온다면 필연적으로 그 경험을 곱씹어보게 되어 있다. '맞아, 그때 내가 어떻게 했더라?'라고 생각하며, 철저한 자기객관화 시간을 갖는다. 무의식의 심연 속에 존재했던 자신의 문제해결방식을 언어화하여 외부 세계로 건져낸다. 결국에는 멘티가 이해하기 쉽도록 최대한 멘티의 언어로 풀어서 설명을 해주어야 하기 때문이다. 그렇게 끄집어올린 자신의 문제해결방식은 마치 전설 속의 바다에서 건져올린 보물선과 같다. 제3자의 검증까지 거친 문제해결방식은 앞으로 마주하게 될 암흑바다 속에서 길잡이 역할을 해주는 등대가 된다. 멘티가 많아지고 새로운 멘토링을 많이 하면 할수록 등대는 더욱 많아지고 등대의 불빛은 더욱 밝아진다.

이를테면, "공신님(공신에서 만난 멘티들은 멘토를 부를 때 이렇게 부른다)~ 제가 깊은 슬럼프에 빠졌는데, 슬럼프를 극복하려면 어떻게 해야 돼요?"라는 질문을 받은 적이 많다. 처음 그 질문을 들었을 때는 간담이 서늘해졌다. '그러게요. 어떻게 해야 할까요?'라는 말이 나도 모르게 튀어나올 뻔했던 걸 겨우 입으로 막아버렸다. 머리가 새하얘졌다. 그러고서는 곰곰이 생각해보았다. 가장 길고 끔찍했던 슬럼프부터 되짚어보았다.

고2 때 국어 점수가 다른 과목에 비해 상대적으로 안 나왔고, 공부를 하면 할수록 점수가 더 떨어지는 현상 때문에 스스로에게 화가 난 적이 있었다. 하루의 대부분을 국어에만 쏟아부었는데, 모의고사 국어 등급이 4등급으로 떨어지기도 했다. 그때의 나는 블랙홀에 빨려들어가는 느낌이었고, 싱크홀 속으로 꺼진 느낌이었고, 나오려고 하면 할수록 더욱 푹푹 빠져버리는 늪지대에 갇힌 느낌이었다. 그런 느낌이라고 생각하니, 이러한 질문을 던진 멘티의 그 답답함은 오죽했을까 마음이 짠해졌다. 진심을 다해 도움이 되고 싶었다.

슬럼프를 극복하기 위해서 내가 했던 것은 잘하려는 강박관념에서 벗어나기였다. 슬럼프에 허덕일 때의 경험을 반추해보면, 잘해야 한다는 강박관념에 사로잡혀 '나는 원래 만점을 맞아야 하는데, 왜 문제를 틀렸지?'에만 생각이 꽂혔었다. 틀리는 것에 편집증이 생겨버려, 내 머릿속은 틀림으로만 가득 찼다. 틀림에 대한 생각은 틀림을 낳고, 틀림은 틀림에 대한 생각을 가중시켰다.

그러다가 관점을 전환해보았다. 문제집에 비가 내리면 내 마음에도 비가 내리는 것은 부인할 수 없었지만, 그런 자신을 받아들이고 이 정도로 틀리는 것이 원래 나의 디폴트 값(초깃값)이라고 생각했다. 그러면서 오히려 문제집에 비가 덜 내리게 된 날 스스로에게 큰 칭찬과 보상을 해주면서, 어떻게 해서 전날보다 한 문제 더 맞을 수 있었는지 그 포인트를 찾아내기 시작했다. 즉, 나는 원래 기본적으로 많이 틀리는 사람임을 받아들인 상태에서 더 많이 맞았다면 무슨 이유로 더 맞게 되었는지 생각해보았다.

맞음에 대한 생각은 맞음을 낳고, 맞음은 맞음에 대한 생각을 낳았다. 이렇게 선순환의 고리로 접어든 순간, 문제 푸는 속도도 좋아졌다. 틀림에 대한 편집증은 5지선다 중 4개의 오선지를 배제하는 소거법으로 정답을 추리게 만들었다. 그러나 맞음에 대한 생각은 5지선다 중 정확히 맞는 선지만 속속들이 가려내어 정답을 고르게 만들었다. 읽어야 하는 텍스트 양도 줄었고, 시간도 줄었으며, 생각해야 하는 부담도 줄었다. 그러니 국어 점수가 향상되는 건 물론이거니와 국어에서 에너지를 덜 쓰다 보니 그다음에 이어진 수학, 영어, 사회탐구 과목 점수들도 도미노처럼 연쇄적으로 좋아지기 시작한 것이다.

그 이후로 답이 안 보이는 삶의 위기에 봉착했을 때, '왜 답이 없지?'에 골몰하지 않고, '이 조건에서 그나마 희망적인 상황은 무엇이 있지?'부터 찾았다. 하늘이 무너져도 솟아날 구멍이 있다는 말을 신조로 받아들이며, 그러한 지혜를 통해 위기에 강한 사람으로 성장할 수 있었다.

방법적 회의

팩트가 생명이 된 현 대한민국 사회에서 어렴풋이 알면서 안다고 말하는 것은 매우 위험한 일이다. 이는 그 사람의 신뢰도를 저하시키는 일일 뿐만 아니라 그 어설프게 아는 것 때문에 타인을 위험한 상황에 내몰고 갈 수도 있다. 변호사로서 법률 상담을 할 때에도 그쪽 분야를 잘 알지도 못하면서 안다고 믿고 법리를 곡해하여 의뢰인에게 잘못된 방향을 제시해주는 것은 변호사로서의 생명이 끝났다고 볼 수도 있는 아주 치명적인 일이다. 의사가 잘못된 의료지식으로 환자를 대하면 환자의 생명까지 위협하는 의료사고로 이어질 수도 있고, 선생님이 오개념을 가르쳐주면 학생의 미래는 한 문제 차이로 인생의 운이 갈릴 수도 있다. '선무당이 사람 잡는다'는 말이 괜히 나온 것이 아니다.

꼭 변호사, 의사, 선생님까지 가지 않더라도 정확하게 알지 못하는 것은 대외적 신뢰도를 크게 떨어뜨리는 요소이다. 아무리 사소한 것이라도 한 번 그 사람의 말이 사실과 다르다는 것이 밝혀지는 순간, 그 사람이 내뱉는 모든 말에 신빙성이 사라지고 만다. 이는 사소한 것 같지만 꿈을 향해 달려가는 사람들에게 매우 중대한 리스크가 아닐 수 없다. 치밀한 팩트 체크는 드리머(dreamer)들의 필수 덕목인 것이다.

따라서 '아는 것을 확실히 아는 것'을 위해서는 그것과 '안다고 착각하는 것' 사이의 경계를 확실히 하는 것이 중요하고, 그러려면 항상 자기회의적인 태도로 스스로에게 끊임없이 반문해야 한다. 당연한 것을 당연하지 않게 생각해야 한다. 데카르트 역시 반드시 존재하는 것을 알기 위하여 '이것은 실제로 존재하는 것이 맞을까? 존재한다고 믿는 것 아닐까?'라는 방법적 회의를 구사했다. 우리도 데카르트적인 방법적 회의를 내면화하여 '진짜 아는 것'과 '안다고 착각하는 것' 사이에 존재하는 거대한 구름을 하루 빨리 걷어내야만 한다.

모르는 것을 모른다고 하는 것

'모르는 것을 모른다고 하는 것' 즉 '자신이 무엇을 모르는지 아는 것'은 메타인지의 핵심이다. 프로와 아마추어의 차이는 바로 여기에서 기인한다. 자신이 모르는 것이 무엇인지를 알게 된 순간, 그 사람의 실력은 임계점을 넘어 프로의 단계로 진입한다.

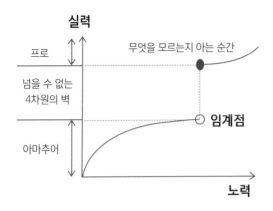

아무리 노력해도 안 될 때가 있다. 아예 초심자거나 하위권에 위치한 사람들은 새로운 것을 습득하는 단계에 있기 때문에 투자 시간이 곧 실력이 된다. 그러나 자신의 실력이 상승할수록 노력에 대한 효율은 현저히 떨어지는 것을 발견하게 된다. 분명히 자신은 예전에 비해 훨씬 더 뼈를 깎는 각고의 노력을 하고 있는데, 실력은 특정 점 이상으로 나아가지 않는 정체 현상을 경험한다(우리는 이러한 정체를 '슬럼프'라고 부른다). 위의 그래프를 보면, 기울기(=△실력/△노력=노력 대비 실력 증가

율)는 0으로 수렴하는 것을 알 수 있는데, 이는 지극히 자연스러운 현상이다. 이미 알고 있는 것은 다 알고, 할 수 있는 것들은 다 할 줄 아는데, 그 이상의 노력은 그냥 유효타수 없이 같은 것만 반복하는 것이기 때문이다(굳이 명명하자면, '노오력'한다고 보면 되겠다). 결국 대부분의 사람들은 이 임계점을 넘지 못하고 좌절을 경험한다. 넘을 수 없는 4차원의 벽 앞에서 무력함을 느낀 채 주어진 현실을 받아들인다.

하지만 우리의 꿈은 저 거대한 벽 너머에서 밝게 빛나고 있다. 이 벽을 넘어야만 꿈이 현실이 되고, 저 하늘에 빛나고 있는 별을 딸 수 있다. 그렇다고 해서 노력만 해서는 답이 되지 않는 것을 알고 있다. '무엇을 해야만 그 임계점을 넘어 차원이동을 통해 꿈을 가까이 마주할 수 있는 천상의 단계(프로의 세계)로 갈 수 있을까?' 하고 수없이 고민하던 끝에 나온 결론은 '무엇을 모르는지 아는 것'이었다. 여기에 답이 있었다.

인간은 본능적으로 미지(未知)의 영역에 공포를 느낀다. 그래서 모르는 것을 모르는 채 덮어두거나, (일종의 자기방어기제의 발현으로) 아는 것처럼 생각하는 착각증상을 보인다. 미지의 영역을 금단의 공간으로 남겨두고 앎의 영역 속에서 편하게 살아가고 있거나 두루뭉술하게 아는 것처럼 포장하여 스스로를 속이며 만족감에 젖어 살아가는 대부분의 사람들에게, 미지의 영역을 있는 그대로 직시하는 것은 매우 불편한 일이 아닐 수 없다. 그들에게 불편한 진실을 똑바로 마주할 용기는 없다. 따라서 무엇을 모르는지 아는 것은 상당히 어려운 작업이다. 불편함을 감수할 수 있는 용기, 미지의 영역을 개척하고자 하는 모험심, 지적 감수성, 고된 노력 등이 수반되어야 가능할까 말까 한 일이다. 그 속에서 수많은 갈등을 겪고 있는 분들께 조금이나마 도움이 되고자, 그 미지의 영역에 쳐진 베일을 걷어내고 정체된 자신을 한 차원 끌어올려 초고속 성장시킬 수 있는 방법 몇 가지를 이야기하고자 한다.

남에게 설명하기

'무엇을 모르는지 모르는 것' 중에서 가장 위험한 것이 '안다고 착각'하는 것이다. 그런데 특별한 충격 없이는 이 '안다고 착각'하는 환각 증세에서 깨어 나오기 힘들기 때문에 반드시 외부적 자극이 필요하다. 그 대안으로 나온 것 중 가장 효과적이라고 검증된 방법이 바로 '타인에게 설명하기'다.

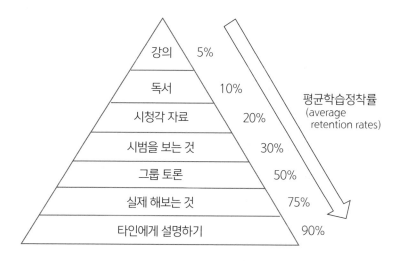

위 그림은 학습 피라미드(learning pyramid)다. 미국 행동과학연구소(National training laboratories, Bethel Maine)에서 어떤 학습방법이 어느 정도의 효율을 내는지를 과학적으로 실험해서 나온 연구결과를 바탕으로 서열화시킨 것이다. 여기서 소개되는 '평균학습정착률(average learning rates)'이란 각각의 방법을 이용해서 100가지 개념을 학습했다면 최종적으로 몇 가지가 완벽히 자기 것이 되느냐(반영구적으로 기억되느냐)를 나타낸 지표이다. 여기서 가장 놀라운 점은 실제로 해보는 것도 25%의 기억손실률을 보이는데, 남에게 설명하는 것은 10%의 기억손실률밖에 보이지 않는다는 사실이다. 이는 무려 강의를 듣는 것의 18배, 교과서를 읽으며 자습하는 것의 9배의 효율을 보여주는 지상 최고의 학습 방법이다.

아마 누구나 한 번쯤은 남을 가르쳐본 경험이 있을 것이다. 그리고 백이면 백 누구나 당황스러움을 겪게 된다. 남에게 가르칠 정도면 진짜로 안다고 확신하는 것들인데, 막상 그걸 설명하려다 보니 많은 부분에서 막힘을 발견하게 된다. 빽빽하게 차 있을 줄만 알고 있던 개념이 마치 현무암처럼 송송송 구멍들로 가득 차 있음을 깨닫는 순간 자신이 얼마나 부족했는지를 몸소 느끼게 된다. 상대방이 "왜 그런 거야?"라며 하필 그 허점을 찌르면, 사실은 이에 대해서 아는 것이 하나도 없었다는 것을 자인할 수밖에 없다. 이처럼 유독 인과관계에서 많이 막히는데, 이는 결론만 어영부영 아는 사람들이 많다는 것을 보여주는 사례라 하겠다. 결론만 알고 결론에 이르는 과정을 모르고 있으면, 상황이 살짝 비틀어졌을 때 속수무책으로 당하고 만다. 그래서 설명의 상대방은 최대한 그쪽에 대한 배경지식이 전무한 사람일수록 좋고, "왜?"라고 자주 물어봐주는 7세 내외의 아동일수록 좋다. 7세 어린이도 이해시키는 사람은 그 어느 누구도 이해시킬 수 있다.

　고등학교 때 국어 성적이 좋지 않아서 공부법을 완전히 새로 뜯어고친 적이 있다. 스스로 느낄 때는 분명 전과 비교해서 훨씬 좋아진 것 같았는데 검증이 안 되다 보니 불안에 빠졌다. 그때 고안해낸 것은 나와 같이 국어로 고민하는 학우들을 불러 모아놓고 그 친구들에게 새롭게 터득한 국어 공부법을 가르쳐주는 것이었다. 처음에는 한두 명으로 시작했지만, 효과가 직방이라는 소문이 돌기 시작하여 이내 문전성시를 이루었다. 쉬는 시간이나 점심/저녁 시간만 되면 국어 공부법을 듣겠다는 친구들이 줄을 섰다. 나중에는 도저히 혼자만으로 감당이 안 돼서 일종의 다단계처럼 운영했다. 초기에 나에게 국어 공부법을 배운 친구들(1차 학습자 그룹)은 그다음에 들어온 친구들에게 직접 가르치고, 그렇게 어느 정도 교육받은 친구들(2차 학습자 그룹)은 새롭게 들어오는 친구들(3차 학습자 그룹)을 가르쳐야 했다. 나중에 나는 중간에서 제대로 가르치고 있는지, 제대로 받아들이고 있는지를 점검하는 역할로 관리 감독업무를 수행했다.

　그러다 보니 4등급까지 떨어졌던 국어 성적이 그다음 모의고사에서 바로 1등급으로 치고 올라왔다. 더 놀라운 것은 3차 학습자 그룹의 성적 향상은 미진했는데, 중간에 위치한 1차 학습자 그룹과 2차 학습자 그룹의 성적은 유의미하게 향상되었다는 사실이다. 그리고 2차 학습자 그룹의 성적 향상도보다 1차 학습자 그룹의 성적 향상도가 더 좋았다. 친구들로부터는 여느 학교의 전교 1등답지 않게 뒤처지는 학우들을 챙겨줄 줄 아는 좋은 사람으로 기억되었지만, 정작 최대 수혜자는 당사자 본인이었기에 양심에 찔렸음을 이제야 고백한다.

쉽게 말하기

대학수학능력시험은 말 그대로 대학교에서 학문(學)을 닦을(修) 수 있는 기초적인 능력을 갖추었는지를 테스트하는 시험이다. 당시의 나는 대학 수학(修學) 능력이 높을 뿐이었지, 아는 것은 먼지만큼도 없었다(지금 이 문장을 적고 있는 이 시점에도 아는 것은 솜털만큼도 없다). 알맹이를 받아낼 수 있는 그릇(혹은 주머니)의 크기만을 키워놓았을 뿐, 안에는 아무것도 채워져 있지 않은 텅 비어 있는 상태였다.

문제는 서울대 새내기 구본석은 수능 고득점을 받은 사람으로서 모르는 것이란 있을 수 없다고 착각하고 있었다는 점이다. 지금 보면 참으로 가소롭지만, 지난한 수험생활에서 무료해지는 자신을 경계하기 위해 이과 수학과 과학을 심심풀이로 공부해왔고, 국어 공부한답시고 분야를 넘나드는 논문을 탐독해왔다. 특히 철학이나 정치학은 웬만한 학자와 이론을 꿸 정도로 덕후력을 발휘한 분야였기에 기세는 더욱 등등했다.

그러면서 안 좋은 버릇이 말투에 싹텄다. "○○에 따르면~", "○○이론에 의하면~"이라는 말로 모든 대화를 시작한 것이다. 상대의 반박이 들어올 경우 더욱 더 권위적인 학자나 이론을 찾아서 그 권위에 빗대어 "그러므로 너는 틀렸어"라고 상대를 깔아뭉개고는 했다.

동시에 말을 어렵게 하기 시작했다. 같은 메시지더라도 얼마나 멋있게 표현하느냐가 그 사람의 능력을 보여준다고 생각했기에, 조금이라도 더욱 현학적인 표현을 찾으려고 갖은 노력을 다했다. 덕분에 날이 갈수록 내 말과 글은 아무도 알아들을 수 없는 외계어가 되어버렸고, 심지어 그 문장을 내뱉는 나 자신조차 무슨 말을 하려고 했는지 알 수 없게 되었다. 쉬운 말로 하자면, '예쁜 쓰레기'였다.

그러자 사람들은 나와의 대화를 피했고, 내 글을 읽으려 하지 않았다. 입만 열면 관심도 없는 어느 학자나 이론 이야기만 주구장창 늘어놓고, 나중에는 무슨 말을 하려고 하는지 당최 알아들을 수 없는 기괴한 표현만을 쏟아내는 사람을 누가 상대하고 싶겠는가. 더 못 봐주겠는 건, 자신의 말을 못 알아들으면 "좀 더 공부하고 와"라고 타박을 준다는 점이었다. 말 그대로 언어폭력을 넘어선, 언어나치즘이었다.

그러던 나에게 처음의 서울대 수업은 기대 이하였다. 내가 알고 있는 것을 뛰어넘는 더욱 멋진 이론들이 교수님들 입 밖에서 나오길 바랐는데, 교수님들은 이미 알고 있던 식상한 이야기들만을 되풀이했다. 그 수업을 열심히 받아 적고 있는 학우들이 불쌍해 보이기까지 했다.

그러나 시간이 가면서 양상은 달라지기 시작했다. 교수님들은 자신들이 주도해서 수업을 이끌어나가는 것이 아닌, 다음 수업의 리딩 (reading, 읽을 자료)을 수업 전에 읽어오게 하시고, 해당 수업 시간에는 자신이 읽은 리딩을 매우 간소한 말로 짧고 굵직하게 풀어내도록 시켰다. 그런데 그게 간단한 일이 아니었다. 보통 월요일, 수요일 수업이라고 치면, 영어로 된 논문이나 서적을 월요일 수업 후에는 50페이지 정도, 수요일 수업 후에는 200페이지 정도 나눠주셨다. 그리고 수업 때에는 기가 막히게도 가장 간지러운 부분만 골라서 질문하고, 다른 학우들에게 설명하게끔 하셨다.

한 학기에 평균적으로 18학점을 기준으로 하면 3학점씩 6과목이고, 글쓰기나 수학 과목 등을 제외하면 3과목 정도 리딩이 있는 수업이니까 1주일에 평균 750페이지의 영어 원서를 읽어야만 했다. 아니 읽는 것으로는 부족하고, 읽고서 내 것으로 소화시킨 다음, 다시 내 말로 풀어내야 했다. 일본식 문법 영어 공부에 최적화된 토종으로서는, 1페이지 읽는 데만도 3~5분 정도 걸렸고, 넉넉잡아 1페이지당 5분으로 계산했을 때 3,750분이 걸렸으며, 시간으로 치면 62.5시간 (=3,750분÷60분), 날짜로 치면 꼬박 대략 2.6일(=62.5시간÷24시간)을 써야만 했다. 물론 한숨도 안 자고 쉬지도 않고 계속 리딩만 했을 때의 일이다.

그러니까 매일 밤을 샜고, 밤낮이 뒤바뀌는 일은 부지기수였으며, 주말도 캠퍼스의 낭만도 없었다. 친구들과 학우들은 점차 생기를 잃었고 어느덧 좀비가 되어갔다. 학기 초반의 화려했던 패션들은 온 데 간 데 없고, 모두들 옷장 한켠에 처박아두었던 수험생 룩을 찾아 꺼 내 입기 시작했다. 밤새느라 매일 야식에, 커피에, 카페인 음료에… 진짜 20대 초반이니 버텼지, 지금 돌이켜보면 그때 수명이 최소 5년 은 단축됐을 정도로 공부에 치였다.

그렇게 한 학기가 마무리되면서 놀라운 변화가 찾아왔다. '내가 어 떻게 서울대에 들어왔지?'라는 생각이 머릿속에 자리 잡기 시작한 것이다. 과학고, 영재고, 민사고, 외고, 자사고, 해외고 출신 등 수많 은 엘리트들 중에서도 뽑히고 뽑혀서 들어온 친구들과 같은 수업을 하고 있다는 것도 놀라운 일이지만, 그 친구들은 영어도 이미 원어민 급이며 AP(Advanced Placement)를 통해 이미 해당 수업 학점도 다 받 아놓은 상태인데도 삼수해서 겨우 들어온 나보다 더 잠도 안 자고 더 성실히 수업을 듣고 있는 것이다.

무엇보다 가장 두드러진 점은 똑똑하고 많이 아는 친구들일수록 같은 말이라도 더욱 쉽고 간명하게 표현한다는 사실이다. 태어나서 처음 보는 단어, 부사절·관계대명사절·전치사구를 쭉 늘여 한 문 장이 반 페이지를 훌쩍 넘어가서 동사를 찾다가 숨넘어가는 기괴한 문장은 읽는 것만으로도 머릿속이 뒤엉키기만 하는데, 그 친구들은 미노타우루스 궁의 미로 같은 글의 핵심을 단번에 알아채고서는 이 를 최대한 쉬운 말로 표현하려고 많은 시간을 할애하고 있었다. 최대 한 어렵고 현학적인 표현을 찾아내느라 전전긍긍했던 나와는 정반대의 행동방식이었다.

그 친구들의 말과 글은 무릎을 탁 치게 만들었다. 초등학생인 내 막내 동생(당시 13세)이 들어도 알아들을 수 있는 가장 쉬운 말들의 향연이었다. 그렇지만 듣기에 가볍다고 해서 내용까지 가벼운 것은 아니었다. 어느새 흘러가는 대로 듣다가 돌이켜보면 굉장히 심오한 얘기였음을 알게 되어 소름이 돋을 때가 한두 번이 아니었다.

그때서야 비로소 유레카를 외쳤다. 가장 어려운 말을 하는 사람은 가장 아는 게 없는 사람이고, 가장 쉬운 말을 하는 사람은 가장 아는 게 많은 사람이라는 진리를 깨닫게 된 것이다. 소화력이 좋은 사람은 아무리 복잡한 유기물로 구성된 음식을 섭취해도 그것을 단당류 등의 가장 단순한 구조로 잘게 나눌 수 있는 효소를 갖고 있기에 몸속에 저장하기 쉬운 형태로 그 좋은 영양분을 흡수해버린다. 반대로 소화력이 안 좋은 사람은 죽을 먹어도 그것을 몸속에 저장하기 쉬운 단순한 구조로 나누지 못하여 그대로 다 배설해버리거나 소화불량에 걸려 위장이 망가져버리는 것이다.

굳이 어쭙잖은 지식으로 가설을 세우자면 이런 원리가 아닌가 싶다. 뇌는 인간의 몸무게에서 2%밖에 차지하지 않지만 하루 섭취한 에너지의 20%를 쓴다. 같은 무게의 근육이 소비하는 에너지의 10배를 쓰는 기관으로, 우리 몸에서 가장 많은 에너지를 소모하는 곳이다. 그래서 인간은 태생적으로 생존하기 위해 에너지 효율을 끌어올리는 방안으로 쉽게 생각하도록 진화했을 것이다. 태초에 인간은 지금처럼 많은 에너지를 섭취할 수 없었고, 적은 에너지 섭취로 하루하루를 근근이 버텨나가는 생활을 영위했었기 때문이다. 그래서 복잡한 것을 싫어하고 단순한 것을 좋아하며, 단순한 지식의 파편만 기억할 수 있게 되었을 것이다. 그러나 더 큰 지위를 얻고 더 많은 것을 갖기 위해서는 복잡한 생각이 요구되었다. 그래서 고안해낸 것이 복잡한 것을 쉽게 풀어서 소화해내고, 그 이해한 것들을 최대한 기억하기쉬운 형태로 단순하게 만들어 머릿속에 장기 기억하는 시스템이다. 이러한 메커니즘이 없었다면 인간은 지금의 모습으로 발전할 수 없었을지도 모른다.

그래서 많은 것을 알고 기억하는 사람은 복잡한 지식을 단순하게 나누는 데 능숙한, 소화력이 좋은 사람이다. 그리고 지식의 소화불량에 걸려 있는 수많은 사람들은 그 고된 작업을 대신해주는 사람들을 좋아하고, 존경하게 되며, 따르게 된다. 혼자 끙끙 앓으며 몇날 며칠을 보내도 이해가 안 되는 생존 기술을 누군가가 기존에 알고 있던 지극히 쉬운 언어로 잘게 풀어 소화해주고, 자신은 그저 받아먹기만 하면 된다면 그 아니 기쁘지 않을 수 있겠는가. 소화불량에 걸려 오랜 변비를 앓고 있다가 갑자기 한순간에 소화가 되어 쾌변을 하게 되었을 때의 희열감은 모두가 기억하고 있을 것이다. 오죽했으면 배설욕이 인간의 4대 욕구 안에 포함되었을까.

이것이 내가 내린 개똥철학의 결론이었다. 이 관점에서 보면, 서울대 교수님들의 수업 방식은 앞으로 우리가 마주하게 될 엄청난 규모의 지식의 소화불량에 대비하기 위해 지식의 소화력을 길러주는 강도 높은 훈련이었던 셈이다. 그 훈련은 이렇다. 1주일을 꼬박 쉬는 시간도 없이 투자해야 소화할 수 있는 분량의 리딩 자료를 강의 전에 미리 읽어오게끔 하셨다(학습 피라미드 6층). 강의 시간은 그에 대한 해설보다는 학생들을 랜덤으로 뽑아 나머지 학생들에게 자신이 이해한 대로 설명하도록 하셨다(학습 피라미드 1층). 설명을 들은 학생들과 토론을 붙이셨다(학습 피라미드 3층). 학생들이 미처 놓친 부분이 있으면 허를 찌르는 예리한 질문을 통해 오독(誤讀, wrongly read)이나 오사고(誤思考, wrongly think)를 교정해주셨다.

요약하자면, 나중에 하루에도 수천 페이지의 고급 전문 지식을 다루는 사람이 되더라도, 일사천리로 자기만의 언어로 소화시키고 다른 사람들에게 소화를 통해 얻어진 영양분(지식과 지혜)을 베풀 수 있는 전문가를 양성하려고 했던 것이다. 여기에까지 생각이 닿으니, 그야말로 '진리의 빛이 나에게 온(veritas lux mea: 서울대학교를 상징하는 문구) 느낌'이었다.

옥석 가리기

중요한 것(옥, 玉)과 중요하지 않은 것(석, 石)을 가리는 능력은 인간이 할 수 있는 가장 고도화된 사고력이다. 많은 사람들은 옥석을 구분하지 않고(혹은 못하고) 살아가다 보니, 중요하지 않은 것에 의미를 부여하고 중요한 것을 놓친다. 무엇이 중요하고 무엇이 중요하지 않은지를 파악하는 능력만 갖추어도 성공한 인생을 살 수 있다고 확신한다. 인간의 능력과 주어진 시간 및 자원은 한계가 있고, 한정된 자원을 중요한 곳에 모두 쏟아부어야 가장 효율적인 결과를 낼 수 있기 때문이다.

옥석을 가리는 능력을 가장 쉽고 빠르게 키우고 싶다면 일기를 써보는 것을 추천한다. 일기는 자신의 역사에 대한 기록이다. 즉, 결과론적으로 해석이 가능하다. 이미 지나간 지극히 개인적인 일들 중에서 결과적으로 무엇이 중요한 의미가 있었고, 무엇은 사소했는지 금방 짚어볼 수 있다. 그래서 일기는 그날보다 그다음 날 쓰는 것이 더 좋고, 장황하게 쓰기보다는 길게는 3줄, 짧게는 1줄로 채워나가는 것이 더 좋다. 한 줄 안에 채워야 한다는 압박을 가지게 되면, '가장 중요한 것이 뭐였지'라고 바로 되짚어보게 된다. 그리고 그렇게 적은 문장으로 써야 일기에 대한 부담감도 없어진다. 수많은 팩트들 중에 기록할 만한 가치가 있는 사건(혹은 개념)들을 추려 의미를 담는 작업이야말로 메타인지력과 직결되는 일이다.

복기, 그리고 반추

옥석 가리기와 밀접하게 연결된 메타인지 훈련으로 복기가 있다. 바둑에는 복기라는 신기한 전통이 있는데, 대국(對局)에서 이미 승패가 갈린 두 대국자가 그 대국의 내용을 검토하기 위해 대국이 끝난 뒤 자신이 두었던 순서 그대로 바둑을 두어 본 대국을 처음부터 재연한다. 결과가 어찌되었든 승패에 구애받지 않고 자신의 수를 객관적으로 재검토하기 위해 상대방과의 암묵적인 합의하에 같은 경기를 그대로 재연한다. 수백 번의 착수(着手, 바둑돌을 돌판 위에 두는 것)를 그대로 재연한다는 것은 매우 놀라운 일이지만, 바둑 유단자 정도 되면 전체적인 집 모양이나 특정 포인트들을 중심으로 기억하고 나머지는 그에 맞춰서 복기할 수 있다. 모든 수 하나하나를 개별적으로 외우는 것은 불가능한 일일 뿐만 아니라 복기의 목적에 비추어보면 오히려 바람직하지 않은 일이다.

일기를 쓰는 것 또한 복기를 하는 것과 같다. 특별한 사건을 중심으로 그날 있었던 모든 일들을 순서대로 기억 속에 나열해본다. 이어서 하나하나의 사건을 되짚어보며 반성할 만한 점이나 꼭 기억됐으면 좋겠는 것만 추리는 작업을 반복한다. 한 번 삼킨 먹이를 다시 게워 되새기는 반추(反芻) 동물의 자세로 하루를 마무리하면, 현재는 아무리 비루한 삶을 살고 있을지라도 날로 더 개선되는 삶을 살게 되고 금세 꿈의 문턱 앞에 성큼 다가서게 된다.

사실 나도 매일 일기를 쓰지는 않는다. 어릴 적 일기쓰기를 강제로 해야 하는 압박감에 시달려 염증이 생겨버린 사람이다. 하지만 삶이 구렁텅이에 빠졌다고 생각될 때는 일기를 쓰곤 했다. 그날의 아픈 기억들을 반추하는 작업은 매우 고통스러웠지만, 그 고통을 피하기만 하고 직면하지 않으면 나를 아프게 하는 것들은 올가미처럼 점점 더 나를 아프게 조여왔다.

인생의 스텝이 꼬이는 데는 여러 가지 이유가 있다. 정말 할 만큼은 다했는데 운이 안 따라줘서 꼬일 때도 허다하고, 모든 여건은 다 받쳐줬는데 스스로 말아먹는 경우도 많다. 어느 쪽이든 아픈 날의 기억을 되새김질하는 것은 인생의 보험을 드는 것과 같다. '보통 이런 상황에서 이렇게 행동하면 이런 나쁜 결과가 벌어지더라'는 경계의식이 내면에 뿌리박히면, 조금이라도 위험을 부르는 상황에서는 몸이 알아서 반응하게 된다. 설령 그런 위험에 빠지게 되더라도, 차곡차곡 기록되어 있는 '위기 탈출 데이터베이스'에서 마치 매뉴얼 찾아보듯이 과거 유사한 사례를 떠올리면서 문제 해결의 실타래를 발견할 수 있다.

조선이라는 나라는 수많은 외세의 침입과 내치 불안정을 겪었음에도 불구하고 후대 왕에게 선대의 과오를 거울삼아 경계하도록 하는 『조선왕조실록』을 남긴 덕택에 500년간 이어졌다. 마찬가지로 미래의 내 삶은 앞으로 닥칠 수많은 위기에도 불구하고 과거의 '나'가 미래의 '나'에게 전해주는 '인생실록' 덕택에 평화롭게 눈 감는 그날까지 끄떡없이 버텨줄 것이다. 왕의 일거수일투족까지 기록했던 사관의 자세는 아니더라도, 인생 리스크를 회피·완화시켜주는 자기만의 실록 작성을 위해 하루 5분 정도 투자해보는 것은 어떨까.

모든 싸움은 경계를 확인하는 것

이봐, 이수인 씨. 싸움은 경계를 확인하는 거요.

어떤 놈은 한 대 치면 열 대로 갚지만 어떤 놈은 놀라서 뒤로 빼.

찔러봐야 어떤 놈인지 알거 아뇨. 회사도 당신이

어떤 인간인지 몰랐잖아. 내가 뭘 하면 쟤들이 쪼는지,

내가 어디까지 움직일 수 있는지 싸우면서 확인하는 거요.

싸우지 않으면 경계가 어딘지도 모르고 그걸 넘을 수도 없어요.

중요한 건 당신들도 처음이지만 걔들도 처음이라는 거.

당신들이 두려운 만큼 걔들도 두렵다는 거.

— 드라마 〈송곳〉 중에서

메타인지의 마지막은 누군가와 홀로 외롭게 힘겨운 싸움을 하고 있는 분들에게 바치고자 한다. 나 자신과의 싸움이 아닌 다른 어느 누군가와 싸울 때 역시 메타인지가 필요하다. 사실 안 싸우고 모두와 평화롭게 지내는 것이 최선이지만, 살다 보면 자기 자신을 지키기 위해, 자기 가족이나 연인을 지키기 위해, 자기 공동체를 지키기 위해 싸우지 않으면 안 되는 때가 있다. 그런 때에는 물러서지 않고 싸우는 것이 '선(good)'이고 '정의(right)'다. "폭압과 착취를 용인할 수는 없다. 불의한 이들에게 괴롭힘을 당하는 게 미덕은 아니다. 그 불의한 사람이 당신 자신이라도 달라지는 것은 없다."[1]

버티다 버티다가 싸움의 단계에 접어들 때, 온몸은 초긴장상태에 진입한다. 그러면 주관성을 잃고 감각이 예민해지기 때문에 상대의 존재가 커 보인다. 어디에서부터 어떻게 싸워야 할지 감이 안 잡히니까 두서없이 감정이 시키는 대로 움직인다. 그러다가 결국 상대의 페이스에 말려 싸움에서 패배하고 만다.

하지만 내가 늘 그들에게 충고하는 첫 번째는 일단 지르라는 것이다. 한 대든 두 대든 질러보지 않으면 상대가 어떤지 알 수 없다. 질러보고서 해볼 만하면 존버하면 되고, 도저히 안 될 것 같으면 다른 수를 알아봐야 한다. 그것이 싸움의 상황이 만들어낸 아드레날린 상태에서 냉정을 되찾는 길이다. 그리고 뭐가 됐든 한 방 지르고 시작하면 전세를 쉽게 역전시킬 수 있다. 나에게도 처음이지만 저들에게도 처음이다. 내가 두려운 만큼 저들도 두렵다. 상대는 내가 내지른 한 방으로 급격히 위축되고 만다.

그렇다고 해서 첫 방에 모든 힘을 실어서는 안 된다. 한 방으로 상대가 넘어가면 좋겠지만, 상대가 방어해낸다면 오히려 내가 가진 모든 것을 적나라하게 노출시키는 꼴이 된다. 첫 방으로 상대의 맷집, 컨디션, 피지컬, 민첩성, 멘탈을 파악하고 싸움장의 링이 어디까지인지 가늠한다. 그렇게 해서 머릿속에 인간(人間), 시간(時間), 공간(空間)

---

1 조던 피터슨, 『12가지 인생의 법칙』, 메이븐(2018), p 99

이 그려지고 나면, 불리하다고 판단했을 땐 장기전으로 끌고 가서 지구력과 전략으로 승부하고 유리할 땐 단기간 내에 끝낼 수 있다는 계산이 나온다.

'세월호, 노란리본, 그리고 블랙리스트'에서 언급했듯, 나는 애초부터 싸움에 휘말리고 싶지도 않았고 휘말리고서도 그 상황을 피하려고만 한 때가 있었다. 경계가 어디까지인지도 모르고, 언제 끝나는지도 모르니 외국으로 도피 유학할 생각만 하고 있었던 것이다. 그러나 2년 뒤 자의반 타의반으로 다시 싸움장에 불려왔고 더 이상 피할 수 없는 싸움이 되자 일단 내질러보았다. 새벽부터 일어나 청운 효자동 폴리스 라인 앞에서 물러나라고 외쳐보기도 하고, 밤이 되면 광화문 광장 무대에서 자유연설도 해보았다. 한 번 질러보니까 막연한 공포감은 잦아들었고, 무조건 합법의 영역 안에서 평화롭게 행동하고 사실에 기반한 논리적인 언어만을 구사해야 함을 알게 되었다. 그 선을 넘지 않으면 상대는 나를 잡을 수 없었다. 그 선을 넘어 나를 잡으면 자멸하는 쪽은 상대였다. 항상 언행하기에 앞서 이것이 선을 넘는 것인지 아닌지 자기검열부터 하고 들어갔다. 그리고 상대가 넘지 말아야 하는 선은 나 개인 입장에서는 일개의 점에 불과하지만, 그 점들이 모이면 선이 되고 면이 되었기에 연대가 중요하다는 것도 알았다.

결과는 나 자신을 보호하고 우리 가족을 보호할 수 있는 쪽으로 났다. 정확히 말하면, 나 아니었어도 이런 결과가 났을 것이다. 달라진 게 있다면 앞으로도 나와 우리 가족만큼은 지킬 수 있다는 자신감이다. 감정에 취해서 눈앞의 상황만 바라보고 상대의 페이스에 말렸다면, 결과가 달라졌을지도 모른다. 싸움에서도 늘 상황을 냉철하게 바라보며 자신을 곱씹고 상대를 곱씹다 보면 지더라도 밟히진 않을 수 있다. 따라서 이 책을 읽고 있는 독자분도 혹시나 외로운 싸움을 하고 있다면, 분노는 잠시 냉정하게 가라앉히고 사태를 차가운 시선으로 바라보길 바란다.

삶의 기본, 약속은 지켜져야 한다

3

"이미 정한 약속은 갚지 않은 부채이다."

— R. W. 서비스

신뢰의 가치

'팍타 순트 세르반다(pacta sunt servanda)'는 라틴어 법언으로서 '약속은 반드시 지켜져야 한다'는 뜻을 가진 말이다. 이는 로마법의 '신의성실의 원칙(bona fidē: 권리의 행사와 의무의 이행은 신의에 좇아 성실히 하여야 한다)'에서 유래한 것으로, 오늘날 전 세계 각국의 민법과 국제법의 대원칙으로 자리 잡고 있다.

약속이 당사자 사이에서 언제든지 깨질 수 있는 것이라면 아무도 약속을 지키려고도, 약속을 하려고도 하지 않을 것이다. 약속을 쉽게 깨는 사람은 신뢰 없는 사람으로 낙인 찍혀 아무도 그 사람 말을 믿어주지 않고, 약속이 지켜지지 않는 사회는 사회적 신뢰도가 낮아 사회 시스템이 작동되지 않는다. 예를 들어, 친구로부터 돈을 빌리고 한 달 뒤에 갚기로 약속했는데 한 달이 지나도 약속을 지킬 기미도 안 보이고 그런 약속을 한 사실도 부정하는 사람이 있다면 그 사람은 손절대상 1순위다. 마찬가지로 돈을 대출받아도 굳이 안 갚아도 되는 사회에 있다면 그 어느 누구도 돈을 내어주려고 하지 않기 때문에 돈이 돌지 않아 경제가 마비될 것이다.

한 번 잃으면 다시는 주워 담을 수 없는 것이 있다면 그것은 바로 신뢰(믿음)이다. 신뢰를 한 번이라도 잃으면, 백만 시간을 투자하고 억만금을 주어도 그것을 절대로 만회할 수 없다. 그러므로 신뢰는 곧 가치다. 사람들은 신뢰가 높은 사람에게 비용을 아끼지 않는다. 내 믿음을 저버리지 않을 사람에게는 웃돈을 얹어주고서라도 일을 맡긴다. 애플폰이 다른 브랜드에 비해 고가임에도 연일 매진 행렬을 이어가는 이유에는 여러 가지가 있겠지만, '애플폰은 보안이 뚫리지 않는다'는 믿음에서 기반하는 것이 가장 크다. 어떤 프로그램을 진행시켜도 흥행을 보증하는 유재석의 몸값은 200억 원을 호가한다. 이러한 것들을 두고 '신뢰 프리미엄'이라고 부른다.

애플이나 유재석 정도는 아니더라도 언제나 믿음을 주는 사람이 되고 싶다면, 자신이 내뱉는 모든 말에 책임져야 한다. 약속을 했다면 아무리 사소한 약속이라 하더라도 반드시 지키는 모습을 보여줘야 한다. 지금 당장은 그 약속 지킴이 가시적으로 드러나지 않을지라도, 그 믿음이 차곡차곡 쌓여가면 언젠가는 모두가 기댈 수 있는 큰 사람이 될 것이다. 그리고 그런 사람에게는 반드시 꿈을 이룰 수 있는 기회가 오기 마련이다. 한마디로, 꿈을 이루고자 한다면 믿음부터 주는 사람이어야 한다.

책임감의 무게

내가 처음 공신과 인연을 맺었을 때는 정식 모집으로 들어간 것이 아니기 때문에 '인터넷 공신'이라는 직함을 받았다. '구본석의 N수 상담실'이라는 게시판이 개설되었고, 상담요청 글이 올라오면 답변을 해주는 일을 부여받았다. 처음에는 무명에 가까웠기에 한 달이 지나서도 질문 글이 2~3개 올라오는 수준이었다.

그러다가 공부법 강연 같은 걸 다니면서 꽤 많은 n수생들의 공감을 샀고, 그 n수생 멘티들이 내 게시판을 자주 찾아주었다. 고맙기도 하고, 또 n수생들끼리는 서로 마음 짠한 것들이 있어서, 매 글마다 장문으로 성심성의껏 답변을 달아주었다. 그러다 보니 점점 내 게시판을 찾아오는 사람들이 많아졌다. 다른 인터넷 공신들은 잘 짜인 매뉴얼 아래 기성품처럼 일률적인 답변을 해주었지만, 나는 하나의 질문에 대해서도 하루 종일 고민하고 답해줄 정도로 질문자에 최적화된 맞춤서비스를 제공해주었기 때문이다. 자유게시판도 있었는데 '모두의 것은 누구의 것도 아니'라고, 거기에 질문을 올리면 답해주는 멘토가 없었지만, 멘토의 개인 게시판은 역할 소재가 정해져 있어 자유게시판 질문들도 내 게시판으로 빨려오기 시작했다.

그러다 정신을 차려보니 하루 평균 30개의 질문 글이, 많게는 50개의 질문 글이 쏟아졌다. 처음 한두 개의 글에 정성스럽게 답변해주다가, 시간도 너무 많이 소요되고 또 지치니까 나머지 글들에는 답변을 계속 미루었다. 해결되는 속도(output)보다 쌓이는 속도(input)가 더 빨라졌다. 극심한 질문 체증 현상이 벌어졌다. 답변을 기다리는 질문 글이 100개가 되고, 200개가 되니 결국 선택할 수밖에 없었던 길은 '도망'이었다.

'도망'이라는 책임회피의 길을 선택하니 마음이 참 홀가분해졌다. 비로소 삶의 자유가 찾아온 것만 같았다. 학교 수업 때문에 바빴지만, 시간이 날 때에는 여유를 즐기기도 했다. 또 자유전공학부에서 글로벌 캠퍼스라고 해서 해외 학교로 계절학기형 교환학생을 보내주는 프로그램이 있었는데, 운이 좋게도 영국 런던에 있는 킹스칼리지(King's College)에 여름 학기로 가게 되었다. 난생 처음 가보는 장기간의 해외여행, 그것도 완전히 다른 세계인 영국에서 살아가는 것은 동화 속 주인공이 된 느낌을 주기에 충분했다. 대학교 첫 여름방학을 그렇게 자유로운 분위기의 영국과 프랑스에서 보내고 나니, 머릿속에서 멘토링 따위는 철저히 '아웃오브안중'이 되어버렸다.

7월 초에 떠나 8월 중순에 귀국했다. 귀국하자마자 공신 측으로부터 다급한 연락을 받았다. 혹시 최근에 공신 사이트 게시판 확인해본 적이 있냐는 연락이었다. 영국으로 계절학기를 다녀와 확인할 수 없었다고 대답했다. 사실은 거짓말이었다. 영국 기숙사 인터넷으로 당시 유행하던 소녀시대의 'Gee'와 '소원을 말해봐'를 질리도록 들었고, 그 즈음 사망한 마이클 잭슨을 추모하기 위해 그의 음악을 매일 찾아 들었는데, 확인을 안 하면 안 했지 못했을 리가 없었다. 공신 측은 지금 게시판이 난리 났으니 일단 수습부터 도와달라고 부탁해왔다.

혹시나 했는데 역시나였다. 지레짐작은 하고 있었지만, 게시판은 악플로 도배되어 있었다. 특히 더욱 열렬히 악플을 남긴 사람들은 원래 열성팬으로 알려진 사람들이었다. '빠'가 '까'가 되는 것은 더욱 쉽고 더욱 무섭다는 말이 있다. 게시판 글쓴이들은 수능이 점점 다가오고 목숨이 왔다 갔다 하고 있는데, 답을 못해주면 못해준다고 할 것이지 아무 말 없이 잠수를 타면 어떻게 하냐는 취지로 나를 탓했다. 다들 혹시나 있을 답변을 기다리기 위해 하루에도 여러 번 게시판을 확인했다고 했다. 처음에 나는 왜 이렇게까지 내가 욕을 먹어야 하는지 이해할 수 없었다. 나도 내 삶이 있는데, 내 답변만 기다리면서 시간을 낭비했다는 것은 그들의 자기변명 같았다.

하지만 글 하나 하나를 다시 한 번 꼼꼼히 읽어보면서 내가 얼마나 무책임했는지를 뼈저리게 깨달았다. 정말 마음 같아서는 일일이 찾아가 고개 숙여 사과드리고 싶었다. 약속했으면 지켜야 하고, 못하겠으면 솔직하게 못하겠다고 하면 되는데, 어떠한 언급도 없이 잠적해 버리면 사람은 당연히 기대한 만큼 고스란히 실망하는 법이었다.

사람들의 기대를 한몸에 받는 사람일수록 그 사람의 사소한 행동거지는 그를 의지하는 사람에게 큰 힘으로 확증되어 전파된다. 그래서 사소한 책임회피도 그에게 의지하는 사람들에게는 거대한 배신이 되는 것이다. 그러면 이제 더 이상 그 사람은 의지할 가치가 없는 사람이 되어버린다. 그 사람의 말 한 마디는 참을 수 없이 가벼워서, 차라리 앵무새가 하는 말이 더 신뢰가 갈 정도가 되어버린다. 기대는 원망이 되고, 원망은 시간이 지나 무관심이 되어버린다. 한 번 흘린 말과 한 번 잃은 신뢰는 주워 담을 수 없다. 기회는 신뢰를 바탕으로 주어지는 법인데, 신뢰를 잃었으니 기회가 올 리도 만무하다.

난생 처음으로 책임이라는 말에 대해서 곱씹어보았다. 책임은 한자로 풀어내면 '꾸짖을 책(責), 맡길 임(任)'이다. "누가 욕먹을래?"가 책임을 가장 직관적으로 표현한 말이다. 법 용어에서도 '책임성'이라는 말이 있는데, 이는 '비난 가능성'으로 풀이된다. 어떤 사람을 잘못했다고 비난할 수 없다면, 그에게 죄를 물어 처벌할 수 없다는 뜻이다. 대표적인 경우로 어린아이(만 14세 미만의 형사미성년자)나 온전한 정신 능력을 전혀 갖추지 못한 사람(심신상실자)은 정상적인 법적 판단을 하리라고 기대하기 어렵기 때문에 그가 잘못을 저질러도 무죄 판결을 내린다. 어린아이가 아파트 고층에서 벽돌을 떨어뜨려도 그 아이는 자신의 행동으로 인해 누군가가 위험에 빠질 거라는 관념이 잘 없기 때문에, 그 떨어진 돌에 지나가는 행인이 맞아 죽었더라도 그 아이를 비난할 수도, 처벌할 수도 없다(대신 아이를 관리 감독할 의무를 위반한 부모가 민사적으로 손해배상책임 등을 질 뿐이다).

이렇게 보면 책임이라는 것은 안 좋은 것 같다. 사람은 누구나 칭찬과 보상만을 받고 싶어 하지, 비난과 처벌을 원하지 않는다. 책임지라는 것은 잘못된 결과에 대해서 모든 비난과 욕을 다 먹고 필요하다면 처벌까지 받거나 배상까지 해주라는 말이기에 그렇다. 그럼에도 많은 사람들은 책임지는 자리에 올라서고 싶어 한다. 도대체 온갖 욕을 다 먹어야 하는 책임지는 자리를 왜 가려 할까? 그것은 세상에 '주는 것이 있으면 받는 것이 있다'는 보편 룰이 존재하기 때문이다. 그 사람이 나의 잘못까지 책임져주고 나 대신 욕을 먹어준다면, 그 사람을 지지하지 않을 수 있겠는가?

책임감 있게 외부의 비난으로부터 나를 든든하게 지켜주는 사람에게 드는 감정은 무한한 신뢰와 존경이다. 권리가 있으면 의무가 있고, 의무가 있는 곳에 권리가 있다는 말이 있듯, 욕먹는 의무를 다한 자에게는 그에 대한 보상을 받을 수 있는 권리가 주어지기 마련이다. 세상에는 좋은 일이 있고 나쁜 일이 있는데, 결과가 좋을 때만 그 보상을 다 가져가려고 하고, 결과가 안 좋으면 쏙 빠져버리는 사람에게 다음은 없다. 반대로 어려울 때 모두의 결과를 다 짊어지고 간 사람에게는 그 마음의 빚을 잘 될 때의 결실로 되갚아준다.

성인과 미성년자를 가르는 것은 바로 이 책임감이다. 미성년자는 미숙해서 그런 거라고 법적으로도, 사회적으로도 봐준다. 그렇기에 민법에서는 이런 자의 행위능력(스스로 법적으로 유효한 행위를 할 수 있는 능력)을 제한하여 단독으로 권리 행사를 하지 못하게 하고(단독으로 했다 하더라도 취소의 대상임) 대리인만이 그를 위해 법적으로 유효한 행위를 해줄 수 있다. 그러나 성인의 잘못은 어김없이 고스란히 그 개인에게 책임 지운다. 의사결정은 자기 자신이 하고, 주체적으로 선택한 것에 대해 안 좋은 결과가 나왔더라도 남 탓하지 않고 마지막 수습까지 하는 것이 성인이 되는 길이다. 쏟아지는 장대비를 우산이 대신 맞아주듯이, 집단에게 쏟아지는 비난을 대신 맞아주는 사람이 되는 것이 리더의 길이다.

그 이후로 나는 그 모든 글에 진심으로 사과하고, 모든 비난을 감수하겠다는 공지 글을 작성했다. 말미엔 '혹시라도 늦지 않았다면 제게 다시 한 번 성심성의껏 답변을 달아드릴 수 있는 기회를 주십시오'라는 말을 남겼다. 덧붙여 '제 능력 부족으로 하루에 선착순 3개의 글만 질문을 받겠으니, 급하신 분들은 다음날을 기약해주십시오'라고 마무리했다.

비록 잃었던 모든 신뢰를 회복할 수는 없었지만, 많은 사람들이 진심으로 반성하는 모습에 다시 한 번 기회를 주었고, 그때의 그 신뢰를 바탕으로 후일 공신에서 가장 많이 찾는 베스트셀러이자 가장 강력한 팬덤을 갖는 멘토가 되었다. 'N수 상담실'이 문 닫는 날인 군 입대 전날 밤 12시까지 게시판에 달린 모든 질문 글에 답을 달아드렸다. 그리고 그때의 나를 기억해주는 사람들은 아직까지도 인연이 이어져 내가 하는 일이라면 어떤 일이든 믿어주고 응원해주는 버팀목이 되어주고 있다.

책임은 그러나 비단 타인으로부터의 존경을 받아내는 수단으로서만 의미를 가지는 것은 아니다. 책임의 무게를 짊어지며 살아가는 삶은 확실히 고되다. 때로는 양어깨와 허리로 지탱해도 너무 버거워 주저앉기도 한다. 그럴 때면 제일 먼저 드는 생각은 '다 내려놓을까?'이다. 그리고 그렇게 내려놓고 사는 삶은 분명 가뿐하고 즐겁다. 그러나 삶의 의미는 책임감의 무게에서 나온다. 삶은 선택의 연속이고 그 작은 선택들이 삶의 발자취를 남긴다.

인간은 누구나 불완전한 존재이기에 잘못된 선택을 할 수도 있다. 중요한 것은 잘못된 길로 발을 들였더라도 다시 올바른 길을 찾아 발걸음을 돌릴 수 있는 태도(attitude)이다. 잘못된 결과가 나온다면 그 결과를 겸허히 수용하며 앞으로 잘하면 되는 것이다. 우리는 처음부터 좋은 아이가 아니었고 처음부터 예의바른 사람이 아니었다. 수많은 꾸지람과 질책 속에서 잘못된 행동들을 고쳐왔고 어느 순간 비로소 큰 갈등 없이 건전한 사회 구성원으로서 살아갈 수 있는 것이다. 이렇게 오류들을 수정해나가고 잘못을 교정해나가며 점차 올바른 길로 수렴해가는 것이 삶의 의미이자 방향성이다. 자신이 내키는 대로만 살면 방향성 없는 삶을 의미를 가지지 못하고 끊임없이 부유하고 만다. 그러므로 우리는 버겁더라도, 주저앉았더라도, 잠시 쉬어가는 한이 있더라도 등에 진 짐을 놓지 말고 다시 일어서서 한 걸음씩 내딛어야 한다. 끝으로 조던 피터슨 교수님의 말을 인용하며 글을 마무리하고자 한다.

"고귀한 책임의식이 사라진 자리를 채우는 건 충동적이고 저급한 쾌락뿐입니다. 짊어질 짐이 없다면 자기 자신을 먹어치우고 말 것입니다. 삶의 의미는 책임에 있습니다."

덜 약속하고 더 해주어라

왜 그런지는 모르겠지만 많은 이들의 인식 속에 약속은 좋은 것이라는 관념이 있다. 그러나 약속은 여러분들이 생각하는 것보다 훨씬 더 무서운 것이다.

현 이미지 사회를 시뮬라크르 시대라고 한다. 과거에는 이미지가 현실로부터 만들어진다고 생각했는데, 이제는 이미지가 오히려 현실을 만들어가고 있다는 뜻이다. 이를 약속의 영역에 적용해보면, 옛날에는 약속을 잘 지키는 사람에게 '신용 있는 이미지'가 부여됐다. 그래서 그가 혹시라도 약속을 어기게 되면 무슨 피치 못할 사정이 있어서 그랬을 것이라고 생각했다. 그러나 현대 이미지 사회에서는 실제 그 사람이 약속을 잘 지키는지 아닌지는 전혀 중요하지 않다. '약속을 잘 지키는 이미지'만이 중요할 뿐이다. 그 사람은 원래 약속을 잘 지키지 않는 사람이더라도, 다른 사람들 눈에 신뢰감 주는 이미지가 박히게 되면 그것이 곧 현실이다.

문제는 이미지는 현실보다 더 빨리 바뀐다는 데 있다. 이미지를 조작·가공·변조·왜곡하는 것이 누워서 유튜브 보는 것만큼이나 쉽다는 것은 대부분 알고 있는 사실이다. 만약 조금이라도 변화의 여지를 줄 틈만 생기면 이미지가 정반대로 바뀌는 것은 손바닥 뒤집는 것보다 쉬운 일이다. 그래서 '약속을 잘 지키는 이미지'를 만드는 것은 어렵지만, '약속을 잘 깨는 이미지'를 만드는 것은 매우 쉽다.

간단한 예를 들어보면 다음과 같다. 대왕 카스테라는 공장에서 기성품으로 찍어내는 일반 유통 카스테라와는 달리 사람들 앞에서 정해진 시간이 되면 직접 만드는 것을 보여주는 식으로 '우리는 신선한 카스테라를 제공합니다'라는 이미지를 구축해내는 데 성공했다. '대왕 카스테라는 신선하고 위생적이다'라는 믿음은 소비자들에게 먹혔고 전국적으로 큰 성공을 거두었다. 그런데 한 방송사에서 그것이 거짓이라고 고발했다. 대왕 카스테라가 촉촉한 이유는 식용유를 들이붓기 때문이며, 재료에 분유와 액상 계란을 쓰기도 한다는 것을 소비자들에게 고발했다.

난공불락의 요새라고 생각되었던 대왕 카스테라는 한순간에 쫄딱 망했다. 사실 방송에서 보여준 비위생적인 가게는 한두 군데에 불과하고 대부분의 대왕 카스테라 가게들은 소비자들에게 한 약속을 성실히 지키고 있었다. 하지만 이미지가 주는 무서움에 대항할 수 없었고, 대왕 카스테라라는 브랜드는 물론 대왕 카스테라라는 음식은 대한민국에서 종적을 감췄다. 이는 영화 〈기생충〉의 소재로도 쓰일 정도로 유명한 일화다.

마찬가지로 한 개인도 약속을 잘 지키는 이미지를 구축하는 것은 어렵다. 신뢰감 주는 이미지를 각인시키기 위해서는 오랜 시간과 많은 노력이 필요하다. 그러나 그렇게 어렵게 만들어낸 이미지도 와장창 깨지는 것은 한순간이다. 수천 번 수만 번의 약속을 지켜왔어도 한 번 약속 위반으로 끝날 수도 있다. 그래서 약속은 처음은 가볍게 시작하지만 신뢰가 누적될수록 그 구속력은 기하급수적으로 늘어나서 그 무게를 감당하기가 버거워질 때가 온다.

사람은 자기가 한 약속을 지킬 만한 좋은 기억력을 가져야 하는데(니체), 약속을 잘하는 사람은 잊어버리기도 잘한다(플러). 나도 한동안 수많은 공수표를 날려봤고, 그 말을 주워 담지 못한 때가 있었다. 사실 지금도 그렇다. 약속을 하면 할수록 내가 어디서 누구와 무슨 약속을 하는지를 잊게 되니까, 내 약속을 기다리는 많은 사람들은 나를 기대의 시선에서 실망의 눈초리로 바라보았다. 한동안은 약속노트까지 만들어 누군가와의 약속을 기록해놓았다가 잊지 않으려고 노력까지 한 적도 있었다. 물론 약속노트는 주효해서 나름 약속을 잘 지키는 사람으로 인정받기도 했다. 하지만 약속노트도 약속이 주는 구속에서 나를 해방시켜주지는 못했다.

그때 깨달은 것은 '덜 약속하고 더 해주면 되는 것'이었다. 약속을 지킨다고 해서 인상이 크게 좋아지지는 않는다. 약속에는 구속력이 있어서 약속을 지키는 것은 그 약속에 구애됐기 때문이다. 하지만 약속을 하지 않았음에도 무언가를 해주는 것은 순전히 자발적인 의지에서 비롯한 것이다. 안 해주어도 되지만, 해준다고 말한 적도 없었는데 해주는 것은 사람들에게 주는 울림이 다르다. 자신이 한 약속을 지키는 사람보다 말 대신 행동으로 보여주는 사람에게 더 큰 신뢰감을 갖는다는 것은 시사하는 바가 크다.

성실

나는 '성실(誠實)'이라는 말을 좋아한다. '정성스럽고(誠, 정성성) 실(實, 열매실)하다'는 말로도 해석되지만, 이 말을 하나하나 나누면 멋진 말이 된다. 즉 言(말)+成(이루다)+實(열매). 말을 현실로 이룬다는 뜻이다. 자신의 일에 진심을 다하여 꾸준히 일관되게 노력하는 자세를 가진 사람을 보고 '성실하다'고 말한다. 그렇게 살아가는 사람을 보면 자신이 한 말은 반드시 지켜낼 것 같다. 성실하다는 말을 듣는 사람은 말이 아닌 행동으로써 사람들에게 믿음을 심어주고, 그 사람에게 두터운 믿음을 가진 사람은 그 사람 말이라면 모두 믿어준다. 그리고 진심으로 그가 잘되기를 빌어준다.

성실한 사람은 남의 평가에 휘둘리지 않는다. 그저 다른 사람으로부터 인정을 받기 위해서라면 그렇게 못한다. 그냥 할 뿐이다. 이유는 없다, 원래 그런 것이기에. 10세 때부터 16세 때까지 약 7년을 매일 새벽부 검도에 나갔다. 6시에 시작하는 운동시간을 맞추기 위해 그 어린놈이 새벽 5시에는 일어나야 했다. 눈이 오나 비가 오나, 소풍 가는 날에도, 시험 보는 날에도, 체온이 40도에 육박할 정도로 몸이 아픈 날에도, 주말에도, 명절에도 매일 나갔다. 왜 그랬는지도 몰랐다. 왜 그래야 했는지도 몰랐다. 그냥 그런 건 줄 알았다.

친구들은 바보라고 놀려댔다. 시험기간이면 그 아침에 공부를 한 자라도 더 해야지 무슨 운동을 하냐고 나를 비웃어댔다. 그렇지만 내 딴에는 나를 놀려대는 친구들이 이해가 안 갔다. 해가 동쪽에서 뜨는 것처럼 매일 새벽 6시가 되면 운동을 해야 하는 건데, 그걸 놀리는 건 해더러 왜 동쪽에서 뜨냐고 놀리는 것 같았다.

그러다 공부 때문에 본격적으로 검도를 접게 되니 목표를 잃었다. 7년 동안 일관되게 유지되던 나의 삶에 변화가 오는 것이 두려웠다. 다른 무언가로 그 시간을 채워야만 했다. 그 대상을 공부로 바꾸기로 했다. 새벽 5시에 일어나서 공부를 했다(고3 때는 새벽 1시). 마찬가지로 눈이 오나 비가 오나, 소풍 가는 날이나 심지어 수련회나 수학여행 가는 날은 물론 숙소에서 숙박한 그다음 날에도, 몸을 가누지 못할 정도로 아픈 날에도 매일 새벽 그 시간에 공부를 했다. 시험이 끝난 날에도 친구들은 놀러 갈 때 집에 돌아와 가방을 싸고 도서관으로 향했다. 시험이 끝났다고 해서 인생이 끝난 것은 아니었기 때문이다.

선생님들은 한결같이 그 마음가짐이면 서울대를 안 가고 싶어도 못 갈 수가 없을 거라고 말했다. 성적이 떨어져도 걱정하지 말라고 했다. 나보다 성실한 학생은 본 적이 없고 그 성실성만 놓지 않는다면 반드시 원하는 곳에 갈 수밖에 없을 거라고 확신해주셨다. 그 말을 듣고서 선생님들께 서울대를 간다고는 장담 못하겠지만, 수능 보는 날까지는 단 하루도 쉬지 않고 1년 365일 제자리에서 공부하겠다고 약속드렸다. 나를 믿어준 선생님들의 믿음을 배반하고 싶지 않아, 수능 끝나고 나서도 졸업할 때까지 늘 그 자리에서 공부하는 것으로 고등학교 생활을 마무리했다. 비록 대학은 떨어졌지만, 마지막 날까지 그 자리를 지킨 내 삶의 자세를 보고 선생님들은 감동을 받아 눈물을 흘리셨다. 그리고 2년 뒤, 나는 서울대에 입학해서 그 약속을 지켜냈다.

성실로 이 파트의 글을 마무리하는 이유는 성실은 곧 자신과의 약속을 지키며 살아가는 자세의 기본이기 때문이다. 미국의 강철왕 앤드류 카네기는 "자신과의 약속을 어기는 사람은 남과의 약속도 쉽게 저버릴 수 있다"고 했다. 자신과의 약속도 못 지키는 사람이 무슨 다른 사람과의 약속을 지킬까. 반대로 자기 자신과의 약속을 소중히 여기는 사람은 다른 사람과의 약속도 소중히 여길 줄 안다.

사실 자기 자신과의 약속을 지키는 것이 더 어렵다는 것은 금방 생각해보면 알 수 있다. 누구나 한 번쯤은 다이어트나 운동, 매일 영어 공부하기, 금주, 금연 등을 결심한 적이 있을 것이다. 물론 그중 성공한 사람도 있겠지만, 그 약속이 결코 쉽지 않다는 것을 우리는 몸소 알고 있다. 그리고 그런 자기와의 약속들은 매일 꾸준히 해야만 이루어질 수 있다는 것도 알고 있다. 성실함만이 자기와의 약속을 지킬 수 있게 해준다는 것도 알고 있다. 그렇다면 성실함이 가장 어렵고, 성실함을 갖추면 자기 자신과의 약속을 지킬 수 있으며, 나아가 다른 사람과의 약속도 지킬 수 있다는 결론이 도출된다. 요컨대, 성실함은 약속을 지키는 삶의 시작이자 끝이라고 할 수 있다.

악마는 디테일에 있다

4

"작은 일들에 충실하십시오.
당신을 키우는 힘은 바로 거기에 있습니다."

— 마더 테레사

방망이 깎던 노인

「방망이 깎던 노인」은 수필가 윤오영이 1974년에 발표한 수필로, 그 진솔한 메시지 덕분에 교과서에 실리는 건 물론이고 아직까지 회자되고 있는 유명한 이야기다. 내용은 이러하다.

때는 1930년대 무렵, 작가는 자신의 집인 의정부에 가기 위해 동대문에서 내려서 청량리역으로 가야만 했다(일종의 환승이라고 생각하면 된다). 마침 동대문 맞은편에서 방망이 깎아 파는 노인이 있어서 한 벌 살 겸 방망이를 깎아달라고 부탁했다. 그런데 처음에는 빨리 깎는 듯하더니 이내 이리 깎고 저리 깎고 계속 굼뜨고 있었다. 작가가 보기엔 이미 다 완성된 것처럼 보였는데도 자꾸만 더 깎고 있으니 차 시간도 다가오고 답답하고 초조하여 이제 그만하면 됐으니 달라고 했다. 그러나 노인은 버럭 화를 내며 물건이란 제대로 만들어야 한다며 더 재촉할 거면 안 팔겠다고 했다. 작가는 어차피 차도 놓쳤고 해서 노인 마음대로 하라고 했다. 노인은 그 이후로도 계속 여유를 부리며 한참 뒤에야 방망이가 완성되었다고 돌려주었는데, 작가가 보기엔 이미 아까부터 다 완성되었던 방망이였다. 부아가 올라왔지만 참고 방망이를 집에 들고 가니 아내가 예쁘게 깎았다고 좋아했다. 그 모습을 보자 그제야 노인에게 미안해지기 시작했다. 물건 만드는 그 순간만큼은 오직 아름다운 물건을 만든다는 그 일 하나에만 열중하며 보람을 느끼는 사람에게 괜히 쏘아붙인 것 같아 노인에게 사과하러 찾아갔지만 노인을 다시 만날 순 없었다(직접 원문을 읽어보기 바란다. 5분도 안 걸릴 정도로 짧다).

「방망이 깎던 노인」은 사라져가는 장인정신에 대한 씁쓸한 일화를 다루고 있다. 노인이 던진 "끓을 만큼 끓어야 밥이 되지, 생쌀이 재촉한다고 밥이 되나"라는 말 한 마디는 그로부터 100년이 다 되어가는 지금까지도 파장을 주고 있다. 그렇다. 속도가 생명인 시대에 살고 있는 우리는 어느 정도만 되어도 다 된 것이라고 여기고 속전속결로 살아간다. 99%에서 100%를 기다려주는 여유 따윈 없다. 99%나 100%나 매한가지이기 때문이다. 그러니 사람들도 점점 완벽을 기하기보다는 대충 어느 정도만 맞추면서 일상을 살아간다. 99도에서 아직 다 끓지 않은 생쌀이라도 시간이 됐으면 밥 대신 먹을 기세다.

그러나 디지털 시대에서도 99%는 무(無)다. 99%는 아무런 의미가 없다. 아무런 쓸모도 없다. 어떤 파일을 다운로드하는 데 99%에서 멈췄다고 해보자. 그 파일을 열 수 있겠는가? 다운로딩 99%에서 멈춘 파일은 말 그대로 쓰레기다. 바로 휴지통 행이다. 다운로드 100% 아니면 그 파일을 열어볼 수 없듯이, 일의 노력과 성과도 100% 아니면 그 결과를 알아볼 수 없다.

다음 그림은 물의 상변화와 관련된 T-t 그래프이다. 100℃가 되기 전까지는 끓지 않는다. 100℃가 되어야 액체가 기화되기 시작하면서 물이 끓는다. 그렇게 100℃에서 모든 열 교환이 끝나면 드디어 모든 액체는 기체가 되고 그 순간부터 다시 온도가 오른다.

인간 만사도 물의 상변화와 비슷한 것 같다. 99.99…9℃여도 물이 끓지 않는 것처럼, 99.99…9%의 완성도라도 절대 목표가 이뤄지지 않는다. 다른 것이 있다면 물의 상변화는 선형이지만, 인간의 성과는 로그함수의 형태를 띤다는 데 있다. 0~99.99…9%는 그냥 0(nothing)이고, 100%만이 1(all)이다. 세상은 냉정하게도 0 아니면 1인 2진법의

세계다. 커트라인에 딱 걸려 떨어진 사람에게는 얄짤없다. 그냥 0이
다. 세상이 그렇게 무섭다.

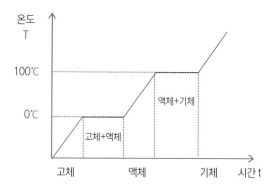

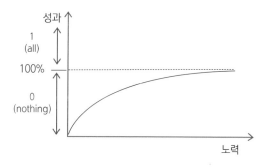

로그함수의 도함수(기울기 함수, 증가율 함수)는 분수함수이다
($= \dfrac{d}{dx} lnx = \dfrac{1}{x}$) . 우리의 성과(Effect)-노력(effort) 함수(E-e 함수)가 로

그 함수를 따라간다면, 노력 대비 성과 효율(기울기)은 노력이 늘어날 수록 0에 가까워진다. 이 말을 쉽게 정리하면, 0에서 99%까지 올리는 노력보다 99%에서 100%로 만드는 노력이 훨씬 더 많이 들어가고 더 어렵다는 것이다. 노인의 방망이 역시 처음 몇 번 깎더니 금세 다 만들어진 것처럼 보였지만, 그 상태에서부터 한참을 더 깎고서야 진짜 방망이가 되었다. 노인이 그때서야 방망이를 건네준 것은 바로 이 때문이다. 명품보다 더 명품 같은 가품(짝퉁)들이 판을 치고 있는 시대지만, 가품이 명품을 넘어설 수 없는 이유는 재료나 재질과 같은 그 대단한 무언가가 아니라 1mm 단위의 아주 섬세한 박음질 차이에서 비롯되는 것과 같은 이치다. 따라서 꿈에 다가서고자 하는 우리는 방망이 깎는 노인처럼 99%에서 만족할 줄 모르는 사람이 되어야 한다.

악마는 디테일에 있다

'악마는 디테일에 있다(Devil is in the details)'는 원래 '신은 디테일에 있다(God is in the details)'라는 말에서 유래했다. 무언가를 할 때는 철저하게 해야 한다는, 세부사항이 중요하다는 의미였던 '신은 디테일에 있다'는 말은 문제점이나 불가사의한 요소가 세부사항 속에 숨어 있다는, 즉 어떤 것이 대충 보면 쉬워 보이지만 제대로 해내려면 예상했던 것보다 더 많은 시간과 노력을 쏟아부어야 한다는 뜻의 '악마는 디테일에 있다'는 말로 재탄생하게 된 것이다(위키백과 참조).

쉬운 말로 풀어보자면, 악마가 우리를 괴롭히기 위해 어떤 문제를 쉬워 보이도록 현혹시키고 그에 걸려든 우리는 99%까지는 부드럽게 도달하다가 나머지 1%에서 막히고 마는데, 그 1%는 도저히 찾을 수 없도록 악마가 꽁꽁 숨겨놓았다는 뜻이다. 요컨대, 어떤 일이 도저히 잘 풀리지 않는 난관에 봉착해 있다면 그 답보상태의 원인이 사실은 매우 사소한 디테일에 숨어 있다는 말이다.

이 말은 대단히 중요한 시사점을 던져주는데, 어떤 일이 되느냐 마느냐의 싸움은 0에서 99까지를 채우는 것이 아닌 나머지 1%를 채우느냐 마느냐의 싸움이라는 것이다. 꿈을 이루는 자와 꿈을 이루지 못하는 자는 대단히 큰 차이에서 벌어지는 것이 아니라 종이 한 장 차이, 1점 차이에서 비롯된다. 그래서 대부분의 프로들은 자신의 모든 기력을 그 나머지 1%에 쏟아붓는다.

최상위권의 프로 정도 되면 이미 모르는 것들은 없다. 알아야 할 것도 다 알고, 해야 할 것도 다 할 수 있다. 결국 극도로 긴장되는 실전에서 자신의 역량을 온전히 뽐낼 수 있냐 마냐의 문제만이 남아 있다. 긴장하지 않고 최고의 컨디션에서 자신의 잠재력까지 끌어내는 사람은 챔피언이 될 것이고, 긴장하다가 페이스에 말려 조금의 실수라도 할라치면 패배자가 된다. 당장 올림픽 경기만 지켜보아도 현재 세계 랭킹 1위라고 해서 반드시 금메달을 따리라고는 보장할 수 없지 않은가. 오늘의 1등이 내일의 1등이 될 수 없고 오늘의 꼴찌라고 해서 내일의 1등이 되지 말란 법이 없는 것이 스포츠이기 때문에 사람들은 마지막까지 손에 땀을 쥐게 하는 그런 스포츠에 열광하는 것이다.

내가 재수 삼수할 때도 그랬다. 사실 '고3 때 이미 서울대 법대를 수능 성적으로 뚫을 정도였으면 99%는 완성되었다고 봐도 되지 않을까'라고 생각했다. 아니 뭐 수능 때문이 아니라 논술 면접에서 떨어진 거니까 수능은 거의 100%에 가까운 99.99…9% 정도 완성되었다고 해도 과언이 아니라고 자만했다. 하지만 재수는 그 0.00…1%의 무서움을 간과해서 실패했고, 삼수는 그 0.00…1%에 목숨 걸어서 성공했다.

재수 때는 할 게 없어 보였다. 100%나 99.99…9%나 똑같다고 생각했다. 그런데도 1년이나 같은 짓거리를 해야 하니까 답답할 노릇이었다. 그러니까 공부를 우습게 알고 다른 유흥도 즐기면서 1년을 허송세월 보냈던 것이다. 그 0.00…1%를 무시하고 자만에 취해 있던 결과는 처참했다. 고3 때 수능보다도 100점이나 떨어졌다.

삼수를 시작하면서 깨달았다, 99.99…9%보다 0.00…1%가 더 중요했다는 사실을. 원하는 목표를 달성하느냐 못하느냐의 문제는 나머지 0.00…1%를 채웠냐 못 채웠느냐의 싸움이었다. 그리고 놀랍게도 삼수 내내 그렇게 피터지게 공부했음에도 불구하고 수능 전날이 되자 아직 다 공부가 완성되지 못해서 시간이 한 달만 더 있었으면 좋겠다고 생각했다. 0.00…1%를 채우는 데 1년이라는 시간이 턱없이 부족하게 느껴진 것이다.

특히 수능의 순간이 얼마나 떨리는지 두 번의 경험을 통해 뼈저리게 깨달았다. 1문제가, 1점이 인생의 방향을 바꿀지도 모르는 무시무

시한 시험에서 맨정신으로 시험에 임한다는 것은 사이보그가 아닌
한 불가능하다고 생각한다. 그래서 사실 100%란 불가능하다고 생각
했다. 99.999999999%에서 99.9999999999%로 올리기 위한 나노 단
위의 공부가 필요했다. 그 나노 단위의 불확실성을 제거하기 위해 고
안해낸 방식이 '최악의 상황을 가정한 시뮬레이션'이었다.

최악의 상황을 가정한 비상사태 훈련

중고등학교 때부터 구씨이다 보니 ㄱㄴㄷ, ㅏ ㅑ ㅓ ㅕ 순으로 번호
가 매겨지고 자리가 정해져서 칠판 보는 방향을 기준으로 맨 왼쪽 앞
쪽 창가자리에서 시험을 봐왔다(보통 2, 3번). 고3 현역 수능 때도 운이
좋게 맨 왼쪽 앞쪽 창가자리가 걸려서 학교에서 시험 보는 듯한 느낌
으로 편하게 수능 시험을 볼 수 있었다.

문제는 재수 수능 때 걸린 자리는 그와 정반대편인 맨 오른쪽 맨
뒤 뒷문 옆자리였다는 것이다. 처음 그 자리에 걸린 순간 엄청 찝찝
했다. 시험 보는 내내 앞 사람들 문제 푸는 광경이 다 보여서 너무나
도 신경이 쓰였다. 지금까지 내가 시험 봤던 자리는 앞쪽 꼬트머리에
있다 보니 뒤에서 누가 시험을 보는지 보이지도 않고 내 페이스만 잘
맞추면 됐던 것이다. 갑자기 막히거나 했을 때 창문을 통해 바깥을
바라보면 금세 진정되기도 했다. 그런데 뒷문 바로 옆자리는 사람들
이 화장실에 들락날락거리는 것까지 신경 쓰여서 집중력이 계속 흐
트러졌다. 그래서 결국 킬러문제 몇 문제 푸는 동안에는 뒷사람들의

통행으로 집중력을 온전히 유지할 수 없어 다음 문제가 힘들었다.

삼수를 시작하면서 제일 먼저 생각난 것은 자리 문제였다. 그전까지는 공부도 창가자리를 선호했다. 하지만 이제는 어떤 자리도 고수할 수 없었다. 여기저기 자리를 옮겨가며 환경의 변화에 적응해나갔다. 조명, 온도, 채광, 공기흐름, 인구 밀도, 소음, 날씨, 창가 위치나 화장실 위치 등 모든 요소를 점령해나갔다. 심지어 모의고사를 보는 날에는 감독관의 양해를 구해 재수 때와 같은 뒷문 옆자리, 교실 한가운데 자리 등등에서 시험을 봐왔다.

자리문제를 극복해나가자, 내 몸의 컨디션 변화 역시 정복이 필요했다. 물론 시험 전날까지 최상의 컨디션을 유지해서 시험에 임할 것이지만, 몸이란 게 뜻대로 안 돼서 시험 전날 갑자기 독감에 걸리거나 배탈이 날 수도 있는 것이었다. 그래서 모의고사를 볼 때마다 각각의 시나리오에 맞는 비상사태 대비 훈련을 했다.

맨 처음에 정복한 것은 수면 부족이었다. 시험 전날 혹시라도 너무 떨어서 잠이 안 올 수도 있다. 그래서 모의고사 전날 일부러 밤을 샌다음 피로가 극도로 몰려 있는 상태에서 모의고사를 봤다. 그렇게 몇 번 하면서 설령 전날에 잠을 못 자더라도 어느 정도는 견뎌낼 만한 상태가 되자 그다음엔 이틀 밤을 새고 시험을 보았고 사흘 밤까지 새고 시험을 보면서 극한의 상황에 대비하는 나름의 노하우를 익혔다.

그렇게 수면 문제를 극복하고 나서는 시험 보기 전에 과식해서 불편한 속 만들기, 설사약 먹어서 민감한 장 상태 만들기, 카페인 음료

잔뜩 마셔서 과민상태와 이뇨작용 유도하기, 하루 종일 굶은 상태 유지하기 등 각종 최악의 상황을 리스트 업하고 하나씩 클리어하며 상상할 수 있는 모든 비상사태에 대비했다. 굳이 이렇게까지 해야 하나 싶지만, 사람 일은 항상 어떻게 될지 모르는 일이고 나노 퍼센트의 불확실성이 모든 것을 지배할 수 있는 카오스가 펼쳐질 수도 있으므로 반드시 그랬어야만 했다. 방망이 깎는 노인처럼 이 불확실성, 그 불확실성, 저 불확실성 등 상상할 수 있는 모든 불확실성을 나열하여 하나씩 깎아나갔다.

놀라운 것은 이 비상사태 훈련이 결국 효과를 발휘했다는 사실이다. 수능 주가 다가오니까 긴장이 되어서 1주일 정도의 묵은 변비 증상이 생겼다. 속은 미친 듯이 더부룩했다. 거기에 약간의 감기 증상도 있었다. 더 큰 문제는 수능 전날이었다. 일찍 자서 일찍 일어나려고 밤 10시에 잠이 들었는데, 아버지가 코를 너무 심하게 골아 12시에 잠에서 깨어버렸다. 2시간밖에 못 잤으니 잠을 다시 청하려 했지만 자려고 노력할수록 오히려 잠은 오지 않았다. 밤 12시부터 그날 새벽 6시까지 지옥 같은 시간을 보냈다. 잠을 자려고 해도 잠이 오지 않는 순간의 1분 1초는 거대한 중력장이라도 작용하는지 정말 더디게 흘러갔다.

그렇게 2시간밖에 못 자고 밤새 우울한 생각이 가득한 상황에서 아침에 잠을 한숨도 못 잔 내가 걱정스러웠는지 어머니는 보온병에 맥심 커피 한 병을 타주셨다. 나도 금방이라도 졸면 잠에서 깨어나오지 못할까봐 그 한 병을 다 마셨다. 그 상태에서 1교시 국어 시험을 봤고 시간이 부족했지만 카페인 과다 섭취로 소변이 급해서 막히는 문제는 빨리 빨리 마킹해버리고 화장실을 겨우 다녀올 수 있었다.

1교시에 대한 긴장이 풀리자 쉬는 시간엔 잠이 쏟아졌고 잠깐 자는 사이에 이미 2교시 시작 후 15분이 흘러가고 있었다. 아마 감독관이 깨워도 안 일어나니까 수포자(수학포기자)라고 생각했나 보다. 그렇게 남들보다 15분을 더디 시작하니 마음이 너무 다급했다. 그러나 이내 정신을 부여잡고 마음을 많이 내려놓을 것, 막히는 문제에 대해 고민할 시간적 여유는 없으니 풀 수 있는 문제에는 30초 이상 넘기지 말 것, 안 풀리는 문제는 뒤도 돌아보지 않고 일단 패스할 것, 풀리는 문제를 풀고 남은 시간을 n등분하여 안 풀리는 문제에 각 배정하고 시간이 초과되면 그냥 찍을 것, 예비 마킹 시간도 없으니 과감히 패스하고 문제 푸는 즉시 OMR에 즉각 마킹할 것 등의 비상대책을 가동하여 30문제를 마지막까지 겨우 끝낼 수 있었다.

그런데 그해는 뭘 해도 되는 해였나 보다. 1교시 국어도 그렇고 2교시 수학도 불수능으로 악명이 높은 수능이었다. 그래서 많은 학생들이 중간에 속속들이 배치된 킬러문제를 붙잡고 시간을 질질 끌다보니 시간 부족 문제로 완주하는 학생이 별로 없었다고 한다. 그러나 나는 모든 상황이 비상상황이었고, 실전 대응은 비상대책으로 긴급하게 넘겨버렸으니 최소한 완주는 할 수 있었다. 그리고 긴급한 상황에서 시간당 집중력을 최대한 끌어올리는 수많은 훈련을 통해, 평소보다 더 짧은 시간 더 고도의 집중력을 발휘해서 좋은 결과를 낼 수 있었다. 심지어 이때 습득한 전략들은 이후에 있을 변호사 시험의 위기상황에도 적용되었으니, 불확실성 통제 훈련은 신의 한 수였던 셈이다.

맹점

시야의 사각지대를 맹점(盲點, blind spot)이라 한다. 평소에 맹점은 잘 인식하지 못하기 때문에 맹점이 있어도 살아가는 데 하등의 지장이 없다. 아니 평생 죽을 때까지 맹점으로 인한 불편함 없이 살아가는 사람들이 대다수이다.

그런데 다른 맹점이 골칫거리를 낳는다. 어떤 개념 안에는 일반적인 시각으로는 잘 보이지 않는 맹점이 숨어 있다. 그래서 그 맹점을 인식 못하고 가볍게 넘어갔다가, 시험 문제에서 그때 가볍게 넘겼던 맹점을 마주한 순간 적잖이 당황하며 호되게 당한 경험들을 누구나 해보았을 것이다. 그 맹점이 쌓이고 쌓이면 결국 아는 건 많은데 시험은 물 말아먹는 사람이 되는 것이다. 보통 한 시험을 오래 붙잡고 있는 장수생들이 그 맹점에 취약한 사람들이다.

사실 맹점을 극복하는 것은 답이 뻔하다. 방망이 깎는 노인처럼 개념을 섬세하게 다듬고 또 다듬고의 무한 반복 과정을 거치는 것이다. 확실히 아는 부분은 괜찮지만 조금이라도 불완전하다 싶으면 편의주의적으로 넘어갈 것이 아니라 집요하게 파고들어야 한다. 자다가도 그대로 말이 나올 정도로 그 개념에 깊이 심취해 있어야 한다. 출제자들도 같은 개념에서 똑같이 넘어져봤고, 수험생들이 그 부분에 취약하다는 것을 이미 너무나도 잘 알고 있기 때문에, 그 맹점 부분을 평소에 깊이 생각해보지 않았으면 도저히 손도 못 대는 문제를 낼 수밖에 없다.

맹점을 볼 수 있는 매직아이를 가지는 가장 좋은 방법은 기출문제를 먼저 푸는 것이다. 기출문제 중에서도 킬러문제라고 불리는 포인트들은 반드시 수험생들의 그 맹점을 공략한 문제들이다. 대부분의 수험 강의들은 결과론적인 강의이기 때문에 기출에 나온 개념을 반영하여 쉽게 풀어주는 개념 강의로 구성돼 있을 것이다. 그래서 개념 강의를 먼저 듣고 기출문제를 보면 그런 맹점을 보는 시야가 길러지지 않는다. 먼저 블라인드 상태에서 킬러문제를 접해봐야 시야가 더 넓어지고 더 깊어진다. 못 풀어도 그 감을 가지고 있어야 '어떻게 접근해야 하지?'라는 의문점을 안고서 개념들을 예리하고 섬세한 시선으로 대할 수 있다.

그다음으로 좋은 방법은 '질문'이다. 처음에 본격적으로 대학을 가야 한다고 결심했을 때, 나는 질문왕으로 불렸다. 선생님들을 지속적으로 괴롭혀서 선생님 화장실까지 쫓아가서 질문을 했다. 질문하기를 좋아했던 이유는 다른 사람의 시선에선 이게 어떻게 보일까를 확인할 수 있는 유일한 방법이었기 때문이다.

사실 해설지를 보면 간편한 문제였다. 그러나 질문을 해보면 선생님들(또는 친구들)이 해설지보다 더 번득이는 아이디어로 문제의 핵심을 찌르는 접근법을 갖고 있는 경우가 많았다. 심지어 질문하는 과정에서 스스로 답을 찾기도 했다. 소크라테스는 이와 같은 이유로 책을 반대했다. 진정한 비판적 사고는 사람들의 대화 속에서 가능한 것으로 보았다. 책이라는 고정적인 매체는 인간에게 비판적 사고를 배양해줄 수 없다고 했다. 책은 한 번 쓰이면 고치기 어려운데, 사람들은 책에 담겨 있는 내용을 고정불변의 진리로 받아들일 우려가 있다고 진단했다.

나는 점차 일정 경지에 오르자 차츰 질문이 없어졌다. 웬만한 궁금증들은 어느 정도 자체적으로 해소할 수 있는 수준이었기 때문이다. 하지만 질문이 없어지는 것을 경계했다. 질문이 없어진다는 것은 공부를 대하는 감각이 점차 둔해지는 것을 의미하기 때문이다. '물은 물이요, 산은 산이니까, 그런가 보다' 하면서 안이하게 공부할 때 반드시 허를 찔린다는 것을 수차례 시험 끝에 깨달았다. 그래서 매 개념을 공부할 때마다 정말 되도 않는 질문이라도 최소 3개씩 해야 한다는 강박관념을 가졌고, 교과서마다 해당 개념에서 떠오르는 질문과 그에 대한 답변을 적어두는 습관을 들였다. 이는 모난 방망이를 이리 깎고 저리 깎아 맨질맨질하게 하는 디테일 훈련이었다.

마지막으로는 '스터디'가 있다. 질문과 유사한 맥락에 있는데 다른 사람들과 대화를 나누다 보면 자신과는 전혀 다른 시각으로 개념을 접하는 경우들을 발견하게 된다. 그런 시각들은 둔해져가는 자신의 감각을 예리하게 깎아주고 맹점을 좁혀준다. 특히 자신보다 더 감각이 예리하고 꼼꼼한 친구들과 그룹 스터디를 구성하면 우물 안 개구리에 갇혀 있는 자신의 인식의 한계를 깨닫고 그 한계에서 탈피할 수 있는 힌트들을 얻게 된다.

로스쿨 다닐 때 스터디의 도움을 정말 톡톡히 받았다. 평소에 덜렁대고 쉽게 자만하는 성격이라 미세한 트릭에 많이 당하는 유형이었던 나는 운이 좋아 감각이 날서 있는 분들과 스터디를 꾸려나갈 수 있었다. 강의를 듣고 개념서를 읽고 문제까지 풀면서 '이것은 A다'라는 나름의 결론을 짓고 진도를 나갔는데, 더 섬세한 분들과 대화를 나누다 보면 '이것은 A가 아니라 A´다'라는 결론이 나왔다. 그리고 놀랍게도 바로 다음 시험에 A라고 생각한 사람들이 빠지면 완전 다른 결론을 내는 문제들이 나왔고, '스터디 안 했으면 완전 낚였을 뻔했구나'라고 안도했던 적이 한두 번이 아니다.

한 개인이 스스로 맹점을 볼 수 있을 정도로 시야를 넓히는 것은 쉽지 않은 일이다. 정말 다듬고 다듬고 또 다듬어야 될까 말까다. 그럴 때는 다소 외부의 자극이 필요하다. 출제자가 주는 쇼크, 스승으로부터 받는 깨우침, 동료들로부터 받는 지적 도전은 정체되고 둔해지는 인식의 동맥경화를 뚫어주는 혈관 청소제라 할 수 있다.

계획 깎던 본석

간혹 의욕이 앞서는 멘티들 중에는 "저는 의대를 갈 거구요, 올해 안에 전 과목 1등급 찍겠습니다"라고 말하는 친구들이 있다. 그러나 그렇게 말하는 사람 중 진짜 의대를 가는 사람은 별로 못 봤다. 그들을 무시하는 것이 아니다. 그들은 사태의 핵심을 완전히 잘못 이해했음을 말하는 것이다.

결론부터 말하면, 계획은 나노 단위로 짤수록 좋다. 단기적, 구체적으로 짜는 사람일수록 목표치에 도달할 확률이 높아진다. 그 사람들은 요행이나 기적을 믿지 않고 작은 노력 하나 하나가 켜켜이 쌓여 침전물을 만들고 침전물이 굳어져 흙과 돌이 되고 그 흙과 돌이 쌓여 거대한 산을 이룬다는 세상의 이치를 아는 사람들이다. 그들은 쌀 알갱이 하나도 벼를 파종하고 파종한 벼를 물속에서 발아시키고 흙을 뒤엎은 다음 써레질하고 모내기하고 물 주고 비료 주고 논두렁 풀을 베고 도랑치고 추수하고 수확한 벼를 태양 빛에 건조하고 정미소에서 도정까지 해야 겨우 얻을 수 있다는 농부의 마음을 가진 사람들이다.

적분을 처음 배울 때 무한소(infinitesimal)를 무한히 합하는 데서 아이디어를 얻는다는 것을 배운다. 무한소(小)는 무한대(大)와 반대말로 0보다는 크지만 어떠한 양의 실수보다도 작은 수를 의미한다. 즉, 우리가 상상할 수 있는 어떤 가장 작은 가상의 양수(positive number)를 무한소라고 한다. 이 한없이 작은 무한소를 무한히 쌓아나가다 보면 갑자기 눈앞에 어떤 실체가 되어 나타난다. 이것이 적분의 원리다.

티끌과 같은 작은 성과들을 차곡차곡 적분해나가며 농부의 마음으로 한 걸음 한 걸음씩 떼어 나가는 그들은 그 언젠가는 자신이 당도하고자 하는 목적지에 도착하기 마련이다. 원래 모든 기적들은 그런 작은 발걸음 하나하나가 쌓여 만들어진 것이다. 반면, 크고 멀리 큰 뭉텅이 단위로 목표를 설정하고 계획을 짜는 사람들은 추상이라는 늪에서 헤어나오지 못하고 몽상이라는 안개 속에서 행복회로만 태우다가 기적과 요행만 일어나기를 바라는 처량한 신세가 되고 만다. 아니면 반대로 너무 큰 계획과 목표에 압도되어 매일 미끄러지고 넘어진다. 너무나도 큰 이상과 겨우 한 걸음 내딛고 쩔쩔매는 현실의 자신을 보며, 둘 사이의 괴리감에 '나는 왜 이거밖에 안 되냐'며 자기 혐오 감정만을 키워간다.

어려서부터 어떤 긴 수련의 과정을 걷는 운동을 하다 보니 이러한 세상의 이치를 나름 깨달을 수 있었다. 이름만 해도 검술(術)이 아니라 검도(道)였다. 해동검도는 처음 들어가면 아무것도 안 하고 기마 자세만 배운다. 약 한 달은 거울 앞에서 기마자세만 잡고 있다. 그러다가 다음 한 달이 되면 기마자세에서 정면 베기만 다시 몇 달을 한다. 그다음 사선 베기, 측면 베기… 이런 식으로 하나의 베기에서 다음 베기까지 수십만 번은 휘둘러야 겨우 다음 단계로 넘어가고 대략 1년 정도 되면서 처음으로 제대로 된 검법을 배운다. 처음부터 멋있는 검법을 배우고 싶었지만 언감생심이었다. 그렇게 기초 자세를 몸에 완전히 내장시키면서 자신의 모든 신체구조를 검도할 수 있는 상태로 개조시킨 후에야 비로소 검도다운 검도를 할 수 있었다.

그 이후로 공부라는 놈을 정복하기 위해서 단 한 번도 욕심낸 적이 없다. 하물며 검도라는 놈도 몇 년에 걸쳐 차근차근 한 스텝 한 스텝 익혀나가야 승급이 되고 유단자가 되고 사범이 될 수 있을진대, 어떻게 한 번에 서울대를 가나. 서울대라는 목표는 부차적이고 결과적인 것이고 내가 가고 싶다고 해서 반드시 갈 수 있는 것도 아니었다. 통제 불가능한 서울대라는 목표를 통제하려고 하는 순간 비극이 시작된다. 통제할 수 있는 것에만 집중하면 통제 불가능한 결과들은 알아서 따라온다. 진인사대천명(盡人事待天命)이라는 말이 괜히 있는 게 아니다.

공부를 처음 잡는 순간부터 목표를 단기적 · 구체적으로 설정하기로 했다. 정확히 말하면, 꿈은 크게, 목표는 현실적으로 잡았다. 내가 처음 제대로 공부하려고 마음먹을 때가 중3 하반기였으니 중학교에서의 마지막 시험인 중3 2학기 기말고사를 화려하게 치르고 앞으로의 가능성을 확인해보기로 했다. 남들은 고등학교 선행학습 한다고 마지막 기말고사를 버리고 있을 때, 나도 잠시 흔들렸지만 아직 보이지도 않는 고등학교 시험까지 바라보지 않기로 했다. 당장 코앞에 들이닥치고 있는 기말고사에만 집중하기로 했다. 조금 더 극단적으로 기말고사에서 전 과목 평균 95를 넘지 않으면 서울대는 포기하기로까지 마음을 굳게 먹었다. 하지만 서울대의 꿈은 너무 간절했으니 평균 95는 사생(死生)이 달린 문제가 되었다. 이 첫 단추를 못 꿰면 앞으로 더 험난한 허들도 못 넘고 쓰러질 것을 알기에 정말 심혈을 기울였고, 그 결과 기어코 95를 넘기고 평균 99를 넘어 전교 1등을 찍었다.

모두가 마음만 먹으면 뚝딱 전교 1등도 해버리는 나를 보고 기적이라고 입을 모았지만, 그것은 나에 대해 전혀 모르고 하는 소리였다. 먼저 시험 두 달 전 한 달 전 월 단위 계획을 세워 대충의 바운더리를 확인하고, 주별로 해내야 할 성과들을 알맞게 배분한 다음, 각 배분된 공부 분량을 일 단위로 다시 쪼갰다. 다시 하루를 오전, 오후, 저녁 세 단위로 나누어 하루 공부 가용시간을 엄밀히 측정했고, 생체리듬에 맞게 그날 해야 할 업무를 균형 있게 나누었다(오전, 오후, 저녁 과업을 나누는 방식은 체력 편에서 소개한 바 있다).

그다음 1시간에 각 과목을 몇 페이지 소화할 수 있는지 소화력을 측정하고, 집중력 소모를 감안해서 80%를 시간당 적정 수행량으로 계산했다. 예를 들어, 1시간에 5페이지를 소화할 수 있으면 시간당 4페이지를 적정 수행량으로 계산해서 오전/오후/저녁 시간대의 진도를 채웠고, 그리하여 1일 분량의 적정 수행량(하루 가용 공부시간 12시간으로 계산하면 48페이지)과 해야 하는 할당량(예: 하루 50페이지)을 비교 분석했다. 그렇게 해서 둘 사이의 괴리가 생기면 적정 수행량을 조금 더 늘리거나 할당량을 줄이는 방식으로 그 폭을 좁혀나가 정확히 일치하는 교차점을 기준으로 업무수행속도를 끌어올렸다. 그리고 공부하기 전에 항상 5분 안에 봐야 할 분량을 각각 표시해서 실시간 페이스메이킹(pace making)을 이어나갔다.

이런 미세하고 세심한 접근은 매 순간에만 집중하도록 해주었다.

'저기까지 언제 도달하나'라는 생각을 안 해본 것은 아니지만, 그때마다 나온 답은 '일단 오늘만 살자'였다. 저 고개만 넘으면, 저 산턱만 넘으면, 열 발자국만 건너면, 이렇게 가다 보면 어느새 나도 모르게 내가 꿈꾸던 정상에 올라와 있을 것이다. 그것이 인생이라는 산을 정복하는 방식이다. 오늘이 마지막인 것처럼 살라는 어느 시인의 말처럼….

디테일은 결국 기본이다

디테일이 중요하다, 0.00…1%가 중요하다고 계속 말해왔지만, 아직 의문이 있을 것이다. 디테일이 중요한 건 알겠는데, 그 디테일이란 게 도대체 뭔가? 그 실체는 바로 '기본'이다.

0.00…1%를 채우는 완벽주의를 말한다고 해서, 아주 지엽적인 부분까지 파고들면서 시간을 비효율적으로 보내라고 말하는 것이 아니다. 시간은 한정되어 있고 우리는 주어진 투자 시간 대비 성과가 가장 잘 나오는 효율적인 방법을 채택해야 한다. 중요한 것, 많이 나오는 것 위주로 보고, 우선순위에 따라 그다음을 메꿔나가는 것은 당연하다. 우선순위를 뒤집으면서까지 다룰 필요도 없는 데 시간을 낭비하는 것은 디테일이 아니다.

억지로 실수를 유발하려고 만들어낸 기괴한 문제가 아닌 이상, 정말 손도 못 대겠는 어마어마한 문제들은 사실 작정하고 기본을 묻고자 나온 것임을 알 수 있다. 특히 수능 수학 30번 같은 킬러문제나 변시 민사 기록형 같은 문제는 어디 있는지도 모르는 개념을 들추어내서 수험생을 괴롭히려고 만든 괴상한 문제들이 아니라, 정말 나올 만한 데서 나왔구나 생각이 드는 기본을 물어보는 문제들이다. 시험장에서 나온 우리는 그동안 얼마나 기본이 부실했는지를 뼈아프게 느끼게 된다.

그렇다. 우리 모두는 기본을 잘 안다고 생각하지만, 사실 기본에 강한 사람은 많지 않다. 기본은 기초이기도 하지만 대미를 장식하는 용의 눈동자이기도 하다. 그래서 기본이 함축하고 있는 깊이는 너무나도 심오해서 한도 끝도 없다. 그러나 맨눈으로는 그 깊이가 잘 안 보여서 표면만 보고 많은 사람들은 수박 겉핥기 식으로 '기본은 참 쉬운 거네~' 하고 간과하기 십상이다. 그 깊이를 볼 줄 아는 심미안을 갖는 것이 디테일이요 세심함이다. 그러한 심미안을 갖기 위해서는 기본이 나온 배경, 연원, 핵심, 변형, 활용방안 등 전체적인 모든 맥락을 알아야 한다. 기본을 얼마나 진지한 자세로 대하는지를 보면 그 사람의 수준을 가늠할 수 있다.

따라서 결국 마지막 2%가 항상 부족한 사람들, 문턱에 걸려 넘어지는 사람들은 다른 데서 문제의 원인을 찾을 것이 아니라 기본으로 돌아가야 한다. 기본에 답이 있고, 그 기본을 얼마나 섬세하고 꼼꼼하게 볼 줄 아느냐가 운명을 결정할 것이다. 기본을 중시하는 자 축복이 있을 것이요, 기본을 경시하는 자 반드시 피를 볼지니라.

빨리 가려면 혼자 가고
멀리 가려면 함께 가라

"혼자 꾸는 꿈은 그저 꿈에 지나지 않는다.
하지만 함께 꾸는 꿈은 현실이다."

— 존 레논

밥상에 숟가락 하나

"저는 스태프들이 차려놓은 밥상에 그저 숟가락 하나만 올려놨을
뿐입니다."

2005년 청룡영화상에서 〈너는 내 운명〉으로 남우주연상을 수상한 황정민의 수상소감이다. 정말 공감이 많이 가는 말이다. 과연 나는 어떤가 생각하니, 지금 내가 있는 여기 이 자리에 온전한 내 것이라고는 하나도 없다는 생각이 든다. 그저 다른 사람들이 잘 차려놓은 밥상에 숟가락만 얹어놓고 있을 뿐이다. 그래서 남들 앞에 '내 성과가 이렇다'라고 떠벌리고 다니는 건 참으로 낯간지러운 이야기가 아닐 수 없다. 설령 그 사람이 아무것도 없는 허허벌판에서 시작한 자수성가 출신이라도, 그 허허벌판을 일구는 데에는 모름지기 보이지 않는 곳에서 많은 이들의 희생과 헌신이 있었을 것이다.

공(功)은 주변 사람들에게 돌리고, 과(過)는 자신에게 물어야 한다. 한 개인의 성공은 결코 그 한 개인이 잘나서 이룰 수 있는 성질의 것이 아니다. 그 기반은 많은 사람들로부터 빌려온 것이라 나중에 잘될 때 우리는 그 은혜에 감사할 줄 알아야 한다. 그 작은 고마움의 표시가 주변 사람들의 노고를 어루만져줄 것이고, 그 사람들은 그 고마움에 화답해서 우리가 더 잘되기를 진심으로 바라마지 않을 것이다. 고마움이 고마움을 낳고, 그 고마움이 또 고마움을 낳는다. 반면에 뭔가 잘 안 풀릴 경우, 자신이 아직 부족해서니까 남 탓 하지 않고 오뚝이처럼 일어서는 모습을 보여준다면 주변 사람들이 다 같이 힘을 보태줄 것이다.

좋은 사람을 만나기 위해선

어떤 사람을 만나느냐에 따라 인생은 천차만별로 뒤바뀌기도 한다. 우리네 인생의 많은 것들은 우연의 요소에 의해 결정되고, 그 우연 중 가장 큰 우연은 사람 간의 인연이다. 좋은 가족과 좋은 친구들을 만나고, 좋은 선생님에 좋은 동료들을 만난다면, 특별히 일부러 망가지지 않는 이상 엉망인 인생을 살 가능성은 낮다. 그들이 당신을 위해 좋은 상차림을 준비해줄 것이기 때문이다. 숟가락 올려놓을 힘만 있다면 진수성찬을 즐길 수 있다. 반면에 나쁜 가족과 나쁜 친구들, 나쁜 선생님과 나쁜 동료들을 만난다면, 그로부터 벗어나려고 아득바득 노력하지 않는 이상 슬픈 인생을 살 가능성이 높다.

그나마 다행인 것은 사람은 비슷한 사람끼리 서로 끌린다는 사실이다. 비록 안 좋은 부모 밑에서 태어나고 안 좋은 친구들로 둘러싸인 인생일지라도, 마음을 고쳐먹고 착실히 살려고 노력하면 얼마든지 좋은 사람들이 모여든다. 반대로 아무리 좋은 밑바탕을 가져도 안 하무인으로 살아간다면 주변에 좋은 사람들이 모여들 리가 없다. 그러므로 다른 사람을 탓하기 전에 자신이 어떤 사람인지부터 살펴보아야 한다.

앞으로 살면서 누구를 만나게 될지는 아무도 모른다. 그러나 어떤 사람을 만날지는 알 수 있다. 자신을 돌이켜보면 답이 나온다. 그래서 이미 만난 사람들이야 어쩔 수 없지만, 앞으로 좋은 사람들을 만나고 싶다면 자신부터 가꾸어야 한다. 좋은 사람을 만나지 못할 것을 걱정할 것이 아니라, 자신이 누군가에게 좋은 사람이 되지 못할 것을 걱정하라. 좋은 사람을 만나기만을 바라지 말고 자신이 누군가에게 만나고 싶은 좋은 사람이 되기를 바라라.

사실 처음부터 나는 그리 환영받는 사람은 아니었다. 물론 훌륭하신 부모님과 사랑스러운 동생들을 만나 행복하게 살 수 있었지만, 초등학교 때 처음 만난 친구들은 내 내면을 있는 그대로 봐주지 않았다. 겉으로 보이는 부의 수준에 따라 나를 멸시하고 거지 취급했다. 명절날 받은 세뱃돈을 꼬깃꼬깃 모은 돈으로 가장 친하다고 믿었던 친구의 생일 선물로 무려 당시 시가로 1만 원이나 넘는 다마고치 게임기를 사가지고 생일 파티에 갔는데, 그 친구는 엄마가 나랑 놀지 말라 했다며 나를 문전박대했다. 그때 다친 마음의 상처로 사람들을 비뚤게 보니 사람들은 나를 더 멀리했고 초등학교 5학년 무렵에는 왕따까지 당했다.

하지만 나보다 어려운 환경에서도 더 어려운 사람들을 위해 일평생을 바친 사람들을 알게 되면서 마음을 달리 먹기 시작했다. '나도 좋은 사람이 되고 싶다'는 그 작은 결심 하나가 앞으로 펼쳐질 인생을 송두리째 바꾼 트리거가 되었다. 앞서 나가기보다는 뒤처지는 사람들과 발맞추어 걷는 사람을 꿈꾸었다. 그리고 그 꿈은 아직도 현재진행형이다.

그때부터였을까. 좋은 사람들이 점차 주위로 몰려들었다. 중학교 때 반장도 해보고, 선생님들이 두 발 벗고 나서서 장학금도 알아봐주었다. 가다가 지치면 응원해주는 사람들도 있었고, 잘하면 나보다 더 기뻐해주는 친구들도 있었다. 세상은 아직 살 만하다는 것을 느끼게 해준 그 사람들을 보며, 나 역시 누군가에게 살 만한 세상임을 느끼게 해주고 싶었다. 그것이 지금까지 숱하게 포기하고 싶었던 순간에 나를 붙잡아준 원동력이었다.

물론 항상 좋은 사람들만 만난 것도 아니고, 나 역시 누군가에게 항상 좋은 사람이지도 않았다. 놀라운 사실은 내가 누군가에게 나쁜 행동을 하면 그것이 언젠가는 반드시 부메랑으로 돌아와 결정적인 순간에 나를 고꾸라뜨렸다는 것이다. 누군가에게 상처를 주면 누군가로부터 상처를 받았다. 누군가를 괴롭히면 누군가로부터 괴롭힘을 당했다. 누군가를 버리면 누군가로부터 버림받았다.

착하게 살려고 노력하는 것은 천성이 착해서가 아니라 착한 사람들 사이에 파묻혀 살고 싶은 나의 욕망 때문이다. 세상은 기묘하게 얽혀 있어서 내가 먼저 하나의 시그널을 보내면 어느 방향이든 그 시그널에 대한 회신이 온다. 나쁜 시그널을 보내면 나쁜 시그널이, 좋은 시그널을 보내면 좋은 시그널이 온다. 좋은 사람들끼리 서로 소통하는 주파수 대역이 있기 마련이어서 내 마음의 전파를 그 주파수 대역에 맞춰놓아야 나에게도 좋은 사람들이 보내는 전파가 수신된다.

만남은 인연이고 관계는 노력이다

어딘가에서 슬쩍 스쳐지나간 문구인데 아직도 머릿속에 맴돈다. '만남은 인연이고 관계는 노력이다.' 곱씹으면 곱씹을수록 깊은 맛이 우러나는 말이다. 만남은 우리의 뜻대로 될 수 있는 것이 아니다. 하지만 한 번 그렇게 주어진 만남을 깊은 관계로 끌어가는 것은 온전히 우리의 소관이다.

주변을 돌아보라. 정말 많은 만남과 인연이 있다. 그런데 정작 지속적으로 관계를 이어오는 만남이 그리 많지는 않음을 알 수 있다. 그게 정상이다. 한 번 만난 인연을 모두 관계로 만들어가는 것은 불가능할 뿐만 아니라 바람직하지도 않다. 우리 만남에는 더 많은 시간과 공을 들여야 하는 인연도 있고, 그저 한 번 스쳐지나간 만남으로 족한 인연들도 있다. 누구와 어떤 관계를 맺으며 살아가느냐는 철저히 본인의 선택 여하에 달려 있다.

문제는 많은 사람들이 그저 흘러가는 대로 관계를 이어간다는 데 있다. 농작물을 키울 때 모든 생명은 소중한 것이라 여겨 자연 그대로 놔둔다면 잡초만 무성할 뿐이어서 정작 키우려고 했던 농작물은 모두 고사해버린다. 잡초는 주기적으로 뽑아내고 농작물은 애지중지 물도 주고 비료도 줘야 한다. 그래야 농작물에 예쁜 꽃이 활짝 피고 싱그러운 열매들이 꽉 차게 열릴 것이다. 관계도 마찬가지여서 좋지 못한 관계는 빨리 끝내고, 좋은 만남은 품을 많이 들여서라도 좋은 관계로 이끌고 가야 한다. 그래야 내 인생에 꽃도 피고 열매도 열린다.

사람을 너무 이해타산적으로 바라보는 것 아니냐고 할 수도 있다. 하지만 잡초와 병충해가 너무 심한 경우를 상정해보자. 열매는 벌레들에게 갉아 먹히고 이파리에는 반점도 올라오며 영양분도 잡초들에게 다 빼앗겨 힘이 없는 모습을 보면서도 가만히 놔두는 것이 최선일까? 유기농만으로는 도저히 치유가 안 되는 상황이라면? 농작물을 자식 키우듯 대하는 농부의 마음이라면 농약을 쳐서라도 농작물을 살릴 것이다. 같은 이치로 나쁜 관계들이 병충해처럼 자신의 인생을 좀먹고 있다면 더 이상 방치할 수만은 없다. 병들어가는 우리의 소중한 인생을 지키기 위해서라면 농약을 치듯 나쁜 관계들을 과감히 손절할 줄 알아야 한다. 그러한 단호함이 고사(枯死)의 위험으로부터 우리 인생을 구해낼 수 있다.

반면에 내 인생을 빛내주는 태양 같은 사람들뿐만 아니라 비옥하게 만들어주는 비료 같은 사람들, 가문 땅에 내리는 단비 같은 사람들에게는 남은 자신의 모든 에너지를 주어도 모자라다. 그런 고마운 사람들에게만 남은 내 인생을 모두 쏟아부어도 부족하다. 그들에게 고맙다고, 사랑한다고 더 표현하지 못할까봐 두려울 뿐이다. 심지어 그들은 정성스럽게 가꾸어온 꽃과 열매를 나누어주어도 벌과 나비, 동물이 되어 여기저기에 새롭게 다시 피어나도록 분주히 움직여준다. 그들에게 내가 가진 모든 것을 주어도 전혀 아깝지 않은 이유다.

지금까지도 그랬지만 앞으로의 우리 인생에도 벌레와 벌과 나비들이 쉴 새 없이 꼬여들 것이다. 정말 자신의 인생을 사랑할 줄 아는 사람이라면, 누가 자신을 위해주고 누가 자신을 위해주는 척하는 사람인지 구분할 수 있어야 한다. 우리는 평생을 자신을 위해주는 사람만을 사랑하기에도 시간이 한없이 부족하다. 그러니 오늘 당장 그들에게 고맙다고, 사랑한다고 얘기해보는 것은 어떨까.

가까운 사람일수록 더 소중히

앞에서와 같은 맥락의 이야기이지만, 특별히 중요해서 다시 한 번 강조하고자 한다. 우리 모두는 자신을 위해주는 사람이 더 좋은 사람이라는 것쯤은 이미 다 알고 있다. 문제는 그렇게 잘 알고 있으면서도 소중한 사람들을 소중히 대하지 못해서 놓치는 경우가 허다하다는 것이다.

부모님처럼 내가 무슨 일을 저질러도 늘 내 편이 되어주는 사람들도 있다. 하지만 부모님을 제외하고 언제까지나 그 자리에 있을 거라고 확신할 수 있는 사람은 아무도 없다. 심지어 영원한 사랑을 약속했던 자신의 연인마저 소중히 대해주지 않으면 자기를 더 소중히 여겨주는 사람을 찾아 떠나기 마련이다. 하물며 친구나 동료들은 어떠할까.

비극은 우리와 가까운 사람들이 언제나 그렇게 가깝게 있을 거라고 방심하는 데서부터 나온다. 그래서 나를 아끼고 사랑해주는 사람들을 소홀히 여기고 자신을 새롭게 사랑해줄 사람들을 찾아나선다.

가족보다는 친구에게, 오래된 친구보다는 새로 만난 친구들에게 더 많은 시간과 열정을 쏟는다. 새로운 사람들과 새로운 경험을 같이하는 것이 더 즐겁다. 더 많은 사람들이 자신을 사랑해주기를 바라는 것은 인간의 본능이다. 인간은 사랑을 받으면 받을수록 더 사랑을 받고 싶어 하기 때문에.

그러나 당신 옆에 있는 그 사람들도 당신의 사랑을 원한다. 그들도 당신의 사랑을 갈구하지만 당신은 그들에게 충분한 사랑을 주지 않는다. 그 사람들은 당신이 한 번만 봐주기를 바라지만 당신은 그 사람들을 봐주지 않는다. 당신이 그 사람들을 외면하는 날이 많아질수록 그 사람들은 당신에게 지쳐갈 것이고 마침내는 당신을 더 이상 원하지 않게 된다. 그 사람들에게도 자신을 사랑해주는 사람들이 눈에 들어오기 시작한다. 모든 준비가 끝난 나의 사랑하는 사람들은 드디어 다른 사랑을 찾아 떠난다, 불러도 돌아보지 않고.

이건 순전히 나의 경험이다. 유난히 주변 사람들로부터 사랑을 많이 받고 자란 나는 그 사랑이 당연한 줄 알았다. 그냥 언제든 손만 뻗으면 닿을 수 있다고 믿었다. 그래서 더 욕심이 났고 더 많은 사람들을 원했다. 가까웠던 사람들이 부를 때면 "잠깐만", "내일은 어때?", "조금만 기다려줘"라고 답해놓곤, 새로 알게 된 사람들에게 먼저 연락해서 "내일까지는 못 기다려", "오늘 어때?", "한 번만 시간 내주라"라고 졸라댔다. 그렇게 누구는 멀어졌고 누구는 가까워졌다.

그러다가 힘든 일이 있을 때면, 오랫동안 나를 사랑해주었던 사람들이 먼저 생각났다. 나의 역사를 아는 사람들만이 나를 온전히 이해해줄 수 있었다. 그들만이 나를 위로해줄 수 있었다. 아니, 그들만이 위로해주기를 원했다. 그런데 손 내밀면 닿을 수 있던 그 사람들은 저 먼발치에 있거나 이미 어느 먼 곳으로 떠나버린 지 오래다. 그 사람들을 불러보아도 목소리가 닿지 않는다. 사실 그 사람들을 부를 염치조차 없었다. 그렇게 놓친 소중했던 사람들이 사무치게 그립다. 그립고 그립지만 그리워해도 돌아오지 않을 그들을 생각하면 더욱 가슴 아리다.

외롭지 않지만 너무나도 외로웠던 그날들을 지내오면서, '내 사람'이라고 부를 수 있는 사람들의 소중함을 몸에 새겼다. 시간 여유가 없더라도, 물리적 거리가 멀어졌더라도 아주 조금의 틈만 날 때면 그들의 안부를 묻는다. 그러면서 가까이에선 차마 하지 못했던 말, 그러나 꼭 하고 싶었던 말을 스리슬쩍 던진다.

보고 싶다고, 사랑한다고.

그 작은 한 마디가 마음을 참 훈훈하게 만든다. 메말랐던 눈가에 눈시울도 맺힌다. 이것이 사람 사는 재미인가 싶다. 사랑하는 사람에게 사랑한다고 말 한 마디 건네는 것이 이렇게 어려울 줄이야. 막상 해보면 어렵지 않을 것을.

위성이 행성 주위를 원 운동하는 것은 궤도로부터 멀어지려는 원심력과 같은 크기로 위성을 끌어당기는 구심력이 작용하기 때문이다. 같은 이유로 사랑하는 사람들이 언제나 같은 궤도에 있는 것처럼 보여도 언제든지 멀어질 수 있고, 그만큼 매 순간 그들을 끌어당기는 노력을 해야 그 사랑하는 사람들을 지켜낼 수 있는 것이다.

스치는 인연이 더 무섭다

인도 힌두교 신화에 등장하는 최고신 브라흐마의 하루를 칼파 (kalpa)라 하고, 이를 한자로 음역한 것이 겁(劫)이다. 대략 $3,375km^3$만 한 거대한 바위를 100년에 한 번씩 선녀가 나타나 옷깃을 훑고 가는 데 이렇게 옷깃에 쓸리면서 바위가 다 닳아서 없어지는 시간을 1겁 이라고 한다. 혹자는 그 시간을 10^{28}년으로 계산하기도 했지만, 현대 적으로는 빅뱅이 일어나 하나의 우주가 생겨났다가 다시 소멸할 때 까지의 시간을 1겁이라고 한다.

불교에서는 현생에서 옷깃만 스치는 인연으로 만나기 위해서도 전생에서 500겁의 시간 동안(우주가 500번 태동했다가 사라지기까지의 시간) 좋은 인연을 맺어와야 한다고 한다. 1천 겁의 전생 동안 좋은 인연을 맺어와야 한 나라에 태어나고, 2천 겁의 인연에 하루 동안 길을 동행한다고 한다. 3천 겁에는 하룻밤을 한 집에서 지내고, 4천 겁에 한 민족으로, 5천 겁에 한 동네에 태어난다. 6천 겁에는 하룻밤을 같이 자고, 7천 겁에는 부부, 8천 겁은 부모와 자식, 9천 겁은 형제자매, 1만 겁은 사제지간이 된다고 한다. 오늘 지하철에서, 버스에서, 길거리에서 만난 인연들도 수백 수천 겁의 인연들이고, 이렇게 지면으로 만난 우리도 몇 천 겁의 인연이다.

그래서 찰나의 순간 마주친 인연을 한 번 스쳐지나가고 끝나는 인연으로 생각하면 큰 오산이다. 한 번 마주친 인연은 최소 500겁짜리 인연이기 때문에 언제 어디에서 또 만난다고 해도 전혀 이상하지 않은 인연이다. 그나마 자주 마주하는 인연은 우리가 또 만날 걸 알기에 좋게 대하려고 노력한다. 그러나 한 번 스쳐가는 인연은 다시 만날 거라고는 꿈에도 생각 못하기에 함부로 대할 때가 종종 있다. 공교롭게도 함부로 대한 인연일수록 결정적인 순간에 반드시 다시 만나게 되어 있다.

물론 모든 인연을 소중히 여기라는 말은 아니다. 그렇게 하고 싶어도 할 수가 없다. 최소한 악연은 만들지 말라는 얘기다. 20대 시절 이 중요한 진리를 몰라 악연을 함부로 만들고 다닌 때가 있었다. 한 번 척을 진 사람은 어차피 다시는 영영 안 볼 사람들이니까 마지막을 엉망진창으로 끝내도 아쉬움이 없었다. 어른들은 늘 100명의 친구를 만드는 것보다 1명의 적을 만들지 말라는 말을 누구이 해주고는 했는데, 당시에는 그 말의 의미를 전혀 이해 못했다. 1명의 적을 만들든 10명의 적을 만들든, 심지어 100명의 적을 만들더라도 1명의 진짜 친구만 있으면 충분하다고 믿어 의심치 않았다.

물론 100명의 보통 친구를 만드느니 1명의 진짜 친구를 만드는 것이 더 중요하다는 것은 부정할 수 없는 사실이었다. 그러나 1명의 적이라도 만들지 말았어야 했다. 설령 내게 적의를 품는 사람이 있더라도 마지막은 좋게 끝내려고 노력했어야 했다.

그들은 중요한 순간에 외나무다리에서 만나 천 년에 한 번 올까 말까 한 기회가 왔을 때 그 기회를 잡을 수 없도록 했다. 적극적으로 훼방놓은 사람도 있었고 안 좋은 평을 하는 수준으로 끝나는 사람도 있었다. 정도의 차이만 있을 뿐 그 적의는 앞으로 다가올 기회의 가능성을 현저히 떨어뜨리기에 충분했다. 하지만 그들을 마냥 욕할 수는 없는 것이 그 꼴을 만든 것은 다름 아닌 나였기에 그렇다. 모든 것은 인과응보였다. 적어도 나쁜 인연은 쌓지 말았어야 할 내 업보였다. 그나마 아직까지는 운이 좋아서 가까스로 꿈의 문턱은 넘었지만, 그들을 다시 만난다면 내가 준 상처에 대해 진심으로 용서를 구하고 싶다. 그들이 내 인생에 걸림돌이 될까봐서가 아니라 내가 그들의 인생 길에 걸림돌이 된 것에 대해서 말이다.

반대로 내 사람이 될 인연도 있다. 대수롭지 않게 넘겼던 인연이 강한 운명의 힘에 이끌려 가장 소중한 사람이 되기도 한다. 사람일이 어찌될지 몰라서 모두에게 최선을 다하진 못하더라도 항상 후일을 기약하는 마음으로 대해야 한다. 그 사람은 당신의 연인이 될 수도, 가족이 될 수도 있는 사람이다. 될 인연은 노력하지 않아도 되고 되지 않을 인연은 아무리 노력해도 안 된다고 하지만, 나중에 다시 나에게 올지도 모르는 그 사람을 위해 다리를 놓아준다면 멀리 돌아서 오는 수고를 덜어줄 수 있다. 그 사람이 쉬이 올 수 있어야 하루라도 빨리 내가 꿈꾸는 길에 동반할 수 있고, 둘이 어렵게 가꾸어 탐스럽게 익은 꿈의 열매를 함께 나누어 먹을 수 있다.

사소한 배려의 미학

우리는 다른 사람을 배려함에 있어, 뭔가 크게 배려해야 한다고 생각하는 경향이 있다. 그러나 큰 배려는 오히려 부담스러울 때가 많다. 독일의 철학자 게오르크 짐멜에 따르면, 인간관계의 활력은 적당한 거리감에서 나온다.

한 개인이 사유하고 있는 공간에 함부로 들어가지 않은 채, 선을 지킨 상태에서 비로소 선 밖으로 나온 그 사람이 바로 손 내밀면 닿을 수 있는 거리를 유지하라. 그 정도 거리에서 상대방이 비로소 선 밖으로 문 열고 나올 때 편의가 제공되어 있다면, 그 상대방은 두 번 감동받는다. 하나는 자신에게 편의를 준 배려에 대한 감동, 다른 하나는 선을 넘지 않고 자신의 영역을 존중해준 배려에 대한 감동.

쉽게 말하면, 배려는 섬세해야 한다. 그러나 동시에 상대에게 부담을 주지 않을 정도로 자제해야 한다. 상대에게 부담을 주는 배려는 배려가 아니다. 그러한 배려는 상대방만의 영역에 대한 주거침입이며, 불쾌함을 주는 폭력이다. 초대하지 않은 손님이 내 방문을 열고 들어와 원하지도 않는 선물 한 박스를 주는 것과 같다.

진짜 배려는 방문을 열고 나왔을 때 마침 딱 필요했던 작은 선물이 놓여 있는 것과 같다. 심지어 내색도 전혀 없어서 '산타할아버지가 두고 가셨나?'라는 생각까지 들 정도로 소리 소문이 없어야 한다. 배려해놓고도 배려하지 않은 것처럼 행동하는 것은 고도의 섬세함과 자제력을 요구하지만, 그만큼 상대를 더 편하게 만들어준다. 무심한

듯 절대 무심하지 않은 배려가 상대방의 마음을 편하게 감동시킬 수 있다. 중요한 것은 배려의 크기가 아니라, 배려하는 태도이다.

한편 과하지 않은 사소한 배려만으로도 충분하기에, 배려하는 사람 쪽에서도 부담스럽지 않다. 배려하는 그 태도가 어렵다지만 그 태도가 한 번 몸에 밴다면, 사소한 배려로 상대방을 얼마든지 편하게 해줄 수 있기에 언제든 마음만 먹으면 여러 번 배려를 베풀 수 있다. 그렇게 한 사람의 우주 속에 편입해 들어가기 위해서는 조금씩 시나브로 스며들어야 한다. 마치 「어린 왕자」 속의 어린 왕자와 여우처럼.

"참을성이 있어야 해." 여우가 대답했다. "우선 내게서 좀 멀어져서 이렇게 풀숲에 앉아 있어. 난 너를 곁눈질해 볼 거야. 넌 아무 말도 하지 말아. 말은 오해의 근원이지. 날마다 넌 조금씩 더 가까이 다가앉을 수 있게 될 거야…."

다음 날 어린 왕자는 다시 그리로 갔다.

"언제나 같은 시각에 오는 게 더 좋을 거야." 여우가 말했다. "이를테면, 네가 오후 네 시에 온다면 난 세 시부터 행복해지기 시작할 거야. 시간이 흐를수록 난 점점 더 행복해지겠지. 네 시에는 흥분해서 안절부절못할 거야. 그래서 행복이 얼마나 값진 것인가 알게 되겠지! 아무 때나 오면 몇 시에 마음을 곱게 단장해야 하는지 모르잖아. 올바른 의식이 필요하거든."

—생텍쥐페리, 「어린 왕자」 중에서

예의

군대에서 주말 밤 선임들이 당직 몰래 OCN을 틀어 영화 하나를 본 적이 있다. 〈하녀〉(2010)라는 작품인데 청소년 관람불가 딱지가 붙어서인지 같은 생활반 선후임들 모두 기대어린 마음으로 잠을 청하지 않고 몰래 영화에 집중했다. 그 영화를 슬쩍 슬쩍 보다가 갑자기 흘러나온 한 마디 대사가 가슴팍에 깊이 꽂혔다.

"아버지한테 배웠어요. 사람들한테 예의바르게 대하라구요. 그게 그 사람을 높여주는 것 같지만 사실은 내가 더 올라가는 거라구요."

전혀 기대하지 않았던 곳에서 인생의 교훈을 배웠다. 그전까지는 사람들에게 예의를 다해야 하는 것은 그것이 당연하기 때문에 그래야 하는 것인 줄 알았다. 그러나 영화 속 이 대사를 머릿속에 음미한 순간, 예의란 것이 왜 수천 년 동안 인류 유산으로 이어져오면서 현재까지 살아 숨 쉬고 있는지 그 이유를 알 것만 같았다. 매너가 사람을 만든다고 하지 않았던가.

인류 어느 문명, 어느 종교를 둘러보아도 보편적으로 존재하는 윤리 원칙 하나가 있다. 이는 마치 어떠한 규칙도 찾을 수 없을 것 같았던 소수(素數, 1과 자기 자신으로만 나눌 수 있는 수)의 분포에서 일정한 규칙성이 보일 뿐 아니라 그 규칙성이 양자역학의 운동법칙과 일치한다는 것을 보여주는 리만가설과 같은 충격이다. 이 윤리 원칙을 일컬어 '황금률(Golden Rule)'이라 한다. 서양에서는 예수가 남에게 대접받고자 하는 대로 남에게 대접하라는 적극적 황금률을, 동양에서는 공자가 자신이 하고 싶지 않은 것을 남에게도 하지 말라는 소극적 황금률을 제시한 것으로 유명하다. 한마디로 정리하면 '자신이 남으로부터 대우받고 싶은 대로 먼저 남을 대우하라'는 원칙이다.

다른 사람으로부터 사람대접을 받고 싶은가? 그럼 먼저 그 사람에게 사람대접을 해주어라. 다른 사람으로부터 무시당하기 싫은가? 그럼 먼저 그 사람을 무시하지 마라. 다른 사람이 내게 보이는 행동은 내가 다른 사람에게 보이는 행동의 거울이다.

물론 충분조건은 아니다. 즉, 다른 사람에게 예의를 갖춘다고 해서 그 사람이 반드시 내게 예의바르게 행동한다는 보장이 없다. 하지만 필요조건은 된다. 즉, 다른 사람에게 무례하게 굴면 그 사람 역시 반드시 내게 예의를 보이지 않을 것이다. 그래서 실망할 것도 원망할 것도 없다. 사람 사는 이치다.

나 역시 일평생 사람대접 받으며 살고 싶었다. 그래서 만나는 사람들 모두에게 늘 예의를 다하려고 노력했다. 성의를 보여줬지만 그 성의를 철저히 짓밟은 사람도 분명 있었다. 그러나 예의 있게 행동하는 나를 존중해준 사람이 더 많았다. 그것이 설령 체면치레로 보일지라도 예의를 싫어하는 사람은 없었다. 지금까지 만나본 모든 사람들 중 단 하나의 예외도 없었다.

특히나 '작은 것들'에 대한 예의를 갖추는 것이 중요하다. 사회 경제적으로 소외받는 사람들, 어르신들, 어린아이들, 하다못해 동물들과 식물에게까지도 예의를 다해야 한다. 이들에게 보이는 태도를 보면 그 사람의 됨됨이를 알 수 있다. 이들에게 진심을 다해 예의바르게 행동하는 사람들은 그 어느 누구에게나 예의바르게 행동할 사람이지만, '큰 것들'에만 예의를 보여주는 사람들은 그렇지 않은 경우를 많이 보게 된다. '사람'을 존중해서가 아니가 그 사람 뒤에 있는 '배경'을 존중하는 것이기 때문이다. 그래서 아이들에게도 같은 성인 대하듯 존대해주고, 길거리에서 굶주려 있는 동물들에게 물이라도 한 컵 떠다주는 사람에게 자연스레 마음이 갈 수밖에 없다. 그런 사람이라면 아무것도 특별할 것 없는 자신을 특별하게 대해줄 것만 같고, 모르긴 몰라도 잘 교육받은 사람이기에 하나라도 더 배울 점이 있을 것만 같아 가까이 지내고 싶은 것이 인지상정이다.

실제로도 그러했다. 어렸을 적에는 내게 무조건 잘해주는 사람을 따랐다. 나에게 무한 호의를 베풀어주는 사람을 마다할 리가 없다. 그런데 그랬던 사람들 중에 사회적 약자에 대해 무시하는 발언을 하고, 동물을 학대하며, 길가에 핀 꽃을 함부로 꺾어버리는 사람들이 있었다. 조금 꺼림칙했지만 원만하게 관계를 이어나갔는데, 아니나 다를까 내 상황이 안 좋아지기 시작하니 바로 외면했다. 내게 보였던 환한 미소는 언제 그랬냐는 듯 무관심 내지 냉담함 섞인 조소로 바뀌었다. 아직도 그때의 트라우마를 잊지 못해 가끔씩 악몽을 꾸기도 한다.

반면에 사회적 약자들에게 아무런 편견 없이 대하고, 어린아이들에게도 깍듯이 인사하며, 길거리를 배회하는 동물들을 마주칠 때면 늘 굶주리지는 않는지 걱정해주는 사람들도 있었다. 그 사람들은 나라고 해서 더욱 특별히 잘해주거나 더 특별한 존중을 보여주지는 않았다. 그래서 그냥 좋은 사람 정도로만 여기고 있었다. 그런데 인생길이 좌초되고 난항에 빠질 때, 제일 먼저 달려와 밥은 잘 먹고 다니냐고 물은 사람들은 그들이었다. 별 볼일 없는 나라도 괜찮겠냐고 했더니 그게 무슨 상관이냐면서. 그냥 전에나 지금이나 넌 똑같은 구본석일 뿐이고, 세상에 대해 애정을 가진 당신이라면 인생이 잘 안 풀리더라도 존중받아 마땅하다는 데는 변함없다고 말해주었다. 그 말을 들었을 때 머리를 한 대 크게 얻어맞은 느낌이었다. 우리는 무수히 사람 내면을 볼 줄 알아야 한다고 교육받았지만, 그것은 동화 속에서나 나오는 이상적인 스토리인 줄 알았는데 사람 겉보기와 상관없이 내면을 있는 그대로 보는 사람들은 존재했던 것이다. 그때의 감동을 차마 말로 표현하지 못하겠다.

그분들의 위로와 응원에 힘입어 다시 딛고 일어설 수 있었다. 내면만 변하지 않으면 나를 언제나 믿어주는 사람들이 버티고 있다고 생각하니 천군만마를 얻은 듯한 느낌이었다. 그분들이 아니었으면 실패와 역경에도 굴하지 않고 여기까지 올 수 있었을까. 더불어 생각했다, '나도 그런 사람이 될 순 없을까' 하고. 아직 그분들의 위대함을 따라가려면 한참 부족하지만, 오늘은 어제보다 더 노력하는 삶을 살고 있다.

꿈을 이룬다는 것은 지금 있는 위치보다 한 단계 도약하는 일이다.

더욱 품격 있고 존중받는 사람이 되어야 꿈에 한 발짝 더 가까워진다. 그런 사람이 되기에 가장 빠르고 확실한 길은 단언컨대 예의바른 사람이 되는 것이다.

겸손

어려서 겸손해져라.
젊어서 온화해져라.
장년에 공정해져라.
늙어서는 신중해져라.

—소크라테스

소크라테스가 남긴 말 한 마디 한 마디는 모두 곱씹어볼 만하지만, 그중에서도 첫 문장 '어려서 겸손해져라'는 말을 눈여겨볼 필요가 있다. 겸손이 동양의 유교사상에서 기인한 덕목인 줄 알았는데, 서양에서도 불세출의 현인이라 불리는 소크라테스가 일찍이 겸손을 미덕으로 삼았다니 놀랍다. 그것도 특별히 젊은이들에게 말이다.

소크라테스는 '청년들을 부패시킨 죄'로 사형판결을 받아 사망한 것으로 알려져 있다. 그런 그가 정작 청년들에게 던진 말은 겸손해지라는 말이었다. 이 말이 나왔다는 것은 사람은 원래 젊을수록 겸손하지 못하다는 것을 방증한다. 그래서 '테스형'은 그렇게 놔둬서는 안 되고 겸손의 미덕을 갖추어야 비로소 사람다워진다고 경고했다.

나 역시 겸손하지 못함의 표본이었다. 세상은 바뀌었고, 이제는 얼마나 자기 PR을 잘하는지가 그 사람의 가치라고 생각했다. 다방향커뮤니케이션 시대에는 혼자서만 잘나서는 안 되고 자기가 잘났다는 것을 널리 퍼뜨릴 줄 알아야 그 사람의 가치가 올라가고 더 많은 기회가 생기며 그만큼 더 성장한다고 생각했다.

반면 겸손은 구시대의 유물이라고 생각했다. 동양 유교 사회에서는 모난 돌이 정 맞는 시대여서 스스로를 깎아내리는 전통이 생겼을 것이라고 추측했다. 특히나 사촌이 땅을 사도 배 아픈 한국 사회에서는 자기가 잘났다는 것을 어필하면 남들이 배 아파하기에 그것을 감추려 겸손이 강조되었을 것이라고 짐작하니 이는 한국 사회의 모난 모습이 반영된 것이라서 하루 빨리 바뀌어야 한다고 생각했다.

사실 내가 세운 이론이 완전히 틀리지는 않았다. 20대 시절 영광에 취해서 여기저기 잘났다고 떠벌리고 다니자, 주변 사람들이 시샘하고 재수 없어 했던 것은 맞다. 사람은 상대가 아무리 잘났어도 자기보다 부족한 면을 가지고 있는 사람에게 마음이 열리는 심리가 있다. 그래서 한 사람의 성과를 인정하지 못하고 어떻게든 깎아내리려 하는 사람들의 단면을 보고 씁쓸해한 적도 있었다.

그러나 이는 핵심을 완전히 잘못 짚은 것이었다. 겸손은 삶의 지혜로서 현명하게 살아가기 위한 꾀 정도가 아니었다. 정말 말 그대로 자기 자신을 아는 것이 겸손의 본질이다. 소크라테스가 '너 자신을 알라'고 말한 것과 '젊어서 겸손해져라'는 같은 말이었다.

생각해보자. 정말 자기가 잘났다고 말할 수 있나? 하늘 아래에는 수많은 잘난 사람들이 끝도 없이 있어서, 자기가 잘났다고 믿어도 자기가 위치한 좁은 우물 안에서만 잘난 것일 뿐이지 인간 세상에서 최고로 잘난 사람 축이라고 함부로 말할 수 없다. 가령 정말 절대적으로도 잘났다고 해보자. 온전히 자기가 내딛은 걸음은 그 사람이 처음부터 가지고 있었던 배경에 비하면 새 발의 피도 안 된다. 설령 처음부터 아무것도 없는 집안에서 빽도 없이 혼자 자수성가해서 세계 최고의 대부호가 되었다고 하더라도, 그것은 온전히 그 사람이 잘나서 나온 결과가 아니다. 그 사람이 거기까지 올라간 데는 수많은 사람들의 도움과 희생이 있었고, 시대적 배경과 사회적 운이 좋게 딱 맞아떨어진 것이었으며, 그 사람이 한 일은 유독 잭팟이 잘 터진 행운의 작용이었다.

물론 그런 사람들을 일부러 깎아내리려는 마음은 없다. 같은 좋은 배경을 가져도 방탕하게 살다가 망하는 사람도 많은데, 어쨌거나 그 사람은 자신이 가진 배경을 살려 한 걸음 더 나아갔다. 그리고 그 한 걸음 더 떼는 게 얼마나 힘든 일인 줄도 안다. 수많은 사람과 시대의 도움을 받아도 잘못되거나 어리석은 선택을 해서 실패하는 사람도 있는데, 그 기회를 살리는 것만도 대단한 능력이다. 일반 사람들 중에는 그 기회가 주어진다고 해도 엄두도 못 낼 이들이 많다. 그것만으로도 그 사람들은 충분히 존중받을 만하다는 것은 절대 부정할 수 없는 사실이다.

하지만 적어도 기망은 해서는 안 된다는 것이다. 겸손은 무조건 자기 자신을 깎아내려 저자세로 낮추라는 말이 아니다. 100% 자신의 것과 그렇지 않은 것을 명확히 구분하는 것, 조금이라도 남으로부터 빌려온 것이 있다면 그 이상으로 갚아주는 것, 받은 도움에 감사할 줄 아는 것, 자신이 집중적으로 받고 있는 영광을 각각의 몫이 있는 사람들에게 함께 나누어주는 것, 이것이 겸손의 자세다. 겸손은 다름 아닌 '각자에게 자신의 몫을 나누어주는 것', 즉 정의(正義, Justice)의 일면이다. 그러므로 겸손한 사람은 정의로운 사람이다. 겸손한 사람은 정직하다. 겸손한 사람은 아름답다.

어떤 영광을 맞이할 때마다 항상 생각한다. 이 영광의 포션(portion)을 적절히 잘 분배해야 하는데, 이 부분 이 부분은 다른 사람 거니까 쭉 나누어주다 보면 온전히 내가 가질 몫은 얼마인가. 그렇게 다른 사람들께 각자 받아야 할 몫을 나누어주고 내 몫을 가져간다 하더라도 분명 남는다. 나머진 그 출처를 알 수 없는 다른 사람들과 시대와 사회와 운명의 여신의 몫이다. 그리고 또 나머지도 온전히 내게 배당되기 때문에, 내 영광을 다른 사람들께 아무리 많이 나누어준다고 해도 과분할 정도로 내 몫이 남는다. 그래서 욕심 부릴 필요가 하나 없다. 정 그 나머지 몫조차 과분하다면, 지금까지 안정적인 밑바탕이 되어준 다른 사회 구성원들께 기부하면 된다.

돈을 나누어주는 것만 기부가 아니고 재능을 기부하는 것도 큰 기부다. 그러고도 남으면 꿈을 꾸고 있지만 아직까지 기회를 만나지 못한 사람들에게 나누어주면 된다. 우리에겐 민망할 정도로 아주 작은 몫이더라도 받는 사람들에겐 태산과 같은 큰 몫일 수 있다. 그러면 그 사람들은 또 그다음 사람들에게, 그다음 사람들은 다시 그다음 사람들에게 계속 나누어주는 선순환의 나비효과가 이어진다. 이것이 우리 사회가, 인류 사회가 그토록 수많은 위기를 겪었음에도 아직까지 굳건하게 살아남은 이유다.

오늘의 땀이 기필코
감격의 눈물이 되기를!

    마지막까지 함께해주신 여러분께 감사를 표하기 위해 존대의 말로 이 책을 마무리하겠습니다.

    시작은 부끄러운 제 짧은 인생을 길게 나열하느라 많은 지면을 할애했습니다. 세상 물정 아무것도 모르는 어린아이가 아무런 배경도 없이 뭔가 좋은 일을 해보겠다고 범 무서운 줄 모르는 하룻강아지처럼 덤벼 고군분투한 성장 스토리입니다. 누구에게나 있을 법하지만 쉽게 찾아볼 수 없는 클리셰 같은 이야기가 누구 하나에게라도 가 닿을 수만 있다면 충분히 저의 소명은 다했다고 생각합니다.

    다음으로 꿈에 대해 깊이 사색하여 내린 저만의 생각을 짧게 정리해보았습니다. 꿈은 어떤 것을 이루기만 하면 끝이 나는 점 같은 것이 아니라, 그 점들이 모여 선과 방향을 이루는 전체적인 과정을 의미한다는 것이 저의 생각입니다. 여기서 중요한 것은 그 방향성이 자신의 행복과 직결되어야 한다는 점입니다. 꿈이란 우리 삶의 목적인 행복을 찾아나가는 여정이니까요. 그래서 꿈을 꿀 때는 다른 사람의 욕망을 투영시키지 말고 스스로의 행복에만 집중해야 합니다.

2부는 꿈을 가진 여러분께 드리는 제 조그마한 선물이라고 생각해 주시면 감사하겠습니다. 꿈을 이루기 위해서는 정말 많은 것들이 필요합니다. 그 많은 것들 중 제가 느끼기에 특별히 중요하다고 생각하는 다섯 가지를 추려보았습니다. 누구는 동의하실지도, 누구는 공감 못하실지도 모르겠습니다만, 나름 긴 시간을 거쳐 생각해온 제 인생 고민의 결정체들입니다.

우선, 처음 달리시는 분들께는 체력부터 가꾸라고 말씀드렸습니다. 앞으로 펼쳐질 장기전에서 가장 중요한 것이 뭐냐고 묻는다면 뭐니 뭐니 해도 체력을 꼽지 않을 수 없습니다. 체력은 여러분이 상상하는 것보다 여러분 인생을 크게 좌우하는 요소이므로, 이 부분이 부담 없이 체력을 유지하는 법을 익히는 데 도움이 될 것입니다.

다음으로 메타인지를 꼽았습니다. 자신이 무엇을 알고 무엇을 모르는지 아는 능력은 여러분의 성과를 몇 배로 증진시킬 것이며, 이러한 능력은 앞으로 더더욱 중요해져 생존전략으로 급부상할지도 모릅니다.

세 번째로는 약속의 중요성에 대해 언급했습니다. 우리는 약속을 쉽게 생각하는 경향이 있지만, 약속은 우리의 생각보다 훨씬 더 무겁고 무서운 것입니다. 약속을 지키는 데는 책임감의 자세가 필요함을 역설했는데, 이 부분을 음미하면서 책임지는 삶의 의미를 곱씹어보시기 바랍니다. 더불어 약속의 신중함에 대해, 성실히 자기와의 약속을 지켜나가는 것에 대해 고민해보시기 바랍니다.

네 번째로 디테일을 강조했습니다. 꿈을 이루는 이와 꿈을 이루지 못하는 이 사이에는 어떤 큰 차이가 있는 것이 아니라 나노 단위를 다투는 미세한 차이만이 존재함을 보여주었습니다. 항상 마지막 한 끗 차이로 넘어지는 분들께서는 이 부분을 주목해주셔서 화룡점정으로 완성의 미학을 거두는 방법들을 익히시길 바랍니다.

마지막으로 함께하는 삶의 중요성을 말해보았습니다. 꿈을 이루기 위해서는, 더 많은 기회를 얻기 위해서는, 눈앞의 인연을 소중히 여기되 좋지 못한 관계는 과감하게 끊을 줄 알아야 한다는 점을 짚어보았습니다. 좋은 사람을 만나기 위해서는 먼저 좋은 사람이, 존중받기 위해서는 먼저 존중해주는 사람이 되어야 한다는 것을 여실히 논증해보았습니다. 마침내 꿈을 이루신 분들이라면 이 부분에서 겸손의 미덕을 깊이 숙고해주시기 바랍니다.

꿈을 꾼다는 것, 그 꿈의 여정에 도전한다는 것, 쉽지 않은 길임을 잘 압니다. 지금까지 해왔던 고생보다 앞으로 해야 할 고생이 더 많은 것도 잘 알고 있습니다. 하지만 그 인고의 시간들이 여러분이 앞으로 얻게 될 영광을 더욱 빛내주리라 의심치 않습니다. 그 과정에서 이 책이 조금이나마 희망과 용기를 주는 따뜻한 이야기로 전해졌으면 좋겠습니다. 오늘도 꿈을 향해 땀 흘리시는 여러분, 여러분이 오늘 흘린 그 땀이 반드시 꿈을 이룬 순간에 흘릴 감격의 눈물이 되기를 진심으로 기원하고 응원하며 이만 글을 마치겠습니다.

우리 모두 정상에서 만나뵙기를 희망합니다.

2021년 11월

구본석

맨손의
꿈이
가장
뜨겁다

초판   1쇄 발행 2021년 12월 15일

지은이   구본석
펴낸이   한승수
펴낸곳   문예춘추사
편집   이상실
마케팅   박건원 김지윤
디자인   디자인 홍시

등록번호 제300-1994-16
등록일자 1994년 1월 24일
주소   서울시 마포구 동교로27길 53 지남빌딩 309호
전화   02-338-0084
팩스   02-338-0087
이메일   moonchusa@naver.com

ISBN   978-89-7604-501-0   03810